LA GRANGE
DE ROCHEBRUNE

DU MÊME AUTEUR

La Forge au loup, Presses de la Cité, 2001
La Cour aux paons, Presses de la Cité, 2002
Le Bois de lune, Presses de la Cité, 2003
Le Maître ardoisier, Presses de la Cité, 2004
Les Tisserands de la licorne, Presses de la Cité, 2005
Le Vent de l'aube, Presses de la Cité, 2006
Les Chemins de Garance, Presses de la Cité, 2007
La Figuière en héritage, Presses de la Cité, 2008
La Nuit de l'amandier, Presses de la Cité, 2009
La Combe aux oliviers, Presses de la Cité, 2010
Le Moulin des Sources, Calmann-Lévy, 2010
Le Mas des Tilleuls, Calmann-Lévy, 2011
Les Bateliers du Rhône, Presses de la Cité, 2012

Françoise Bourdon

LA GRANGE DE ROCHEBRUNE

Roman

Collection
« France de toujours et d'aujourd'hui »
dirigée par
Jeannine Balland

calmann-lévy

COUVERTURE
Maquette : Atelier Didier Thimonier
Photographie : © Simeone / Photononstop

ISBN 978-2-7021-4490-9
ISSN 2107-2639

Par les soirs bleus d'été, j'irai dans les sentiers,
Picoté par les blés, fouler l'herbe menue :
Rêveur, j'en sentirai la fraîcheur à mes pieds.
Je laisserai le vent baigner ma tête nue.

Extrait de « Sensation »,
Arthur Rimbaud, 1870

Prologue

2000

Lorsqu'elle s'était installée dans la maison de sa tante Paula, jamais elle n'aurait imaginé qu'elle y resterait aussi longtemps.

Assise à son bureau, son regard filait vers la lande, couleur sépia, et le ciel pommelé. Un cadre idéal pour un peintre.

Jane aimait cet endroit du Yorkshire, même si elle évitait certains jours de se rendre à Haworth. Elle qui travaillait avec son ami Bruce sur la vie d'Emily Brontë se demandait parfois ce que la fille du pasteur penserait du rayonnement littéraire et touristique de la petite ville.

Au cours de ses promenades sur la lande, elle avait appris à vivre au gré des descriptions des trois sœurs Brontë. Emily était sa préférée, certainement à cause de son romantisme passionné.

« Les contraires s'attirent », pensa-t-elle, amusée. Ses amis, à commencer par Bruce, leur éditeur, et jusqu'à David, la considéraient comme une femme pragmatique, ayant les pieds sur terre.

Le vent frais de juin coucha l'herbe grasse. La course des nuages dans le ciel marqua une pause. « Nous sommes le 21 juin », se dit-elle.

Brusquement, elle songea à la Grange de Rochebrune, et aux champs de lavande qui fleuriraient bientôt.

C'était si loin… Et pourtant, elle n'avait pas oublié le parfum enivrant de la lavande, ni cet homme aux yeux clairs qui avait le pouvoir de lui faire chavirer le cœur.

D'un geste décidé, elle trempa son pinceau dans un godet de peinture bleu indigo.

Il y avait longtemps. Beaucoup trop longtemps.

Il l'avait assurément oubliée.

1

1917

La journée, d'une douceur exceptionnelle pour ce début mars, lui était apparue comme une promesse.

Debout sur le seuil de la Grange, elle contempla l'horizon qui pâlissait lentement, comme à regret, alors que le soleil avait disparu depuis une bonne dizaine de minutes. Des écharpes d'un rose mauve délicat se confondaient avec le sommet des crêtes. Le bleu grisé du ciel s'estompait peu à peu tandis que l'obscurité gagnait du terrain.

Un soupir gonfla la poitrine d'Antonia. Elle avait travaillé tout au long du jour et elle devait à présent rentrer. C'était plus fort qu'elle, dès qu'elle pénétrait à l'intérieur du corps de bâtiment principal, une angoisse sourde lui nouait le ventre.

Elle jeta un ultime regard au ciel et se dirigea d'un pas décidé vers le logis des Ferri. Lorsqu'elle y était entrée pour la première fois, cinq ans auparavant, jamais elle n'aurait imaginé s'attacher autant à la Grange. Aînée d'une fratrie de trois, Antonia avait été élevée dans une ferme modeste du côté d'Eygalayes. Une salle éclairée par un maigre quinquet, l'eau à aller chercher à la source, distante d'un petit kilomètre, l'aide d'un gamin de l'Assistance pour garder le maigre troupeau… On tirait le diable par la queue dans la famille Corré. Aussi, lorsqu'elle avait croisé le chemin de Pierre, elle avait vite compris que les parents Ferri verraient leur relation d'un mauvais œil. Pierre était un gars bien bâti, avec des yeux aussi bleus que le ciel et un sourire qui vous donnait envie de tout quitter pour le suivre. Antonia était belle fille. Plusieurs hommes le lui avaient fait comprendre, le soir, à la veillée. On avait coutume, dès l'automne, de se rendre les uns chez les autres. Les enfants dégovaient les amandes, écalaient les noix, tandis que leurs mères tricotaient mitaines et chaussettes. Les pères buvaient leur vin de noix à petites gorgées, en faisant claquer leurs langues. On avait bien chaud, au coin de l'âtre. Les jeunes gens en profitaient pour faire mieux connaissance. Passé onze heures, lorsqu'il gelait, on rentrait chez soi en levant bien haut la lampe-tempête.

Antonia se rappelait avoir eu les jambes engourdies, le bout du nez glacé, malgré les tricots et les châles dont sa mère l'enveloppait. Bien au chaud dans son lit, avec le chat Zéphyr pour lui servir de bouillotte, elle se remémorait la veillée, et les yeux si bleus du fils Ferri. C'était ainsi que tout avait commencé.

« Je vous veux pour femme », Antonia, lui avait-il déclaré, le jour de la fête votive, à Lachau, alors que tous deux dansaient. Elle avait ri. Elle se souvenait de son rire, un brin moqueur, et de cette chaleur qu'elle avait éprouvée dans tout son corps. Parce que, comme elle l'avait confié à son amie Fernande, ce serait cet homme-là et aucun autre. Bien que les parents Ferri aient froncé le nez…

Pierre et elle s'étaient mariés au mois d'avril suivant. La tante d'Antonia avait confectionné sa robe. Couturière itinérante, elle sillonnait les Baronnies dans sa jardinière, s'installant pour plusieurs jours, voire parfois plusieurs semaines, dans les grosses fermes où l'on avait de l'ouvrage pour elle. Les familles nombreuses n'étant pas rares, il fallait habiller les enfants de neuf pour le mariage d'un aîné, une communion… Ensuite, on établissait un roulement d'année en année, les plus jeunes portant les vêtements des plus âgés. En cas de deuil, on avait moins de frais. Les coffres et les armoires renfermaient de nombreux habits noirs. On se mariait d'ailleurs encore très souvent en noir, par mesure d'économie. Il était difficile de réutiliser une robe blanche.

La tante Ernestine avait insisté, cependant, pour qu'Antonia ait une toilette neuve, couleur ivoire. Un beau satin qu'elle caressait du plat de la main, avec respect. Chaque fois qu'Ernestine se présentait à Eygalayes, elle s'enfermait avec Antonia dans la chambre de la mamée Maria. Sa tante, la bouche hérissée d'épingles, tournait autour d'elle, rectifiait une pince, donnait un peu de jeu au corsage. Antonia, le rose aux joues, imaginait le sourire de Pierre, sa main effleurant sa taille. Ils s'aimaient. Leur vie serait belle à la Grange, même si les parents Ferri l'acceptaient à contrecœur.

Elle gardait un souvenir émerveillé de leur mariage bien que les Ferri aient imposé une noce modeste. Le ciel, d'un bleu insoutenable, l'église fleurie de brassées de genêts, sa famille rassemblée sur le parvis, et tout ce bonheur qu'elle lisait dans les yeux de Pierre, qu'il lisait dans les siens.

« On aurait dû se douter que cela ne durerait pas ! » songea Antonia, tout en s'activant dans l'étable. Ils n'avaient plus de chevaux à la Grange. Ceux-ci avaient été réquisitionnés dès la première année de la guerre. Sur la suggestion de son beau-père, Antonia avait entrepris de se procurer un bœuf, avec l'aide du vieux Jules, et de l'atteler à la charrue.

Elle changea la litière des bêtes à grands coups de fourche. Le chien César la suivait pas à pas.

« Et si j'étais venue de la ville ? » pensa subitement Antonia.

Depuis trois ans, depuis que cette satanée guerre avait commencé, elle avait pris en charge la ferme, sans même se poser de questions. Il fallait bien que quelqu'un le fasse ! Le père de Pierre avait perdu une jambe à la suite d'une mauvaise chute. La gangrène s'y étant mise, il avait fallu l'amputer. Depuis, il ne quittait plus son fauteuil, derrière le carreau. C'était arrivé deux mois avant la déclaration de la guerre.

« Année maudite », maugréait la mère de Pierre, Aglaé, en remuant sa terraille. Elle avait dû être jolie, dans sa jeunesse. Mme Ferri avait désormais le teint flétri et deux rides d'amertume encadraient sa bouche. On racontait qu'elle avait du bien, et que Louis l'avait mariée, un peu par inclinaison, beaucoup par intérêt. À la mort de ses parents, Aglaé avait hérité de terres du côté du plateau qu'elle avait affermées.

« La terre, petite, il n'y a que ça de vrai », répétait-elle souvent à sa bru. Elle n'était peut-être pas si mauvaise. On ne lui avait pas appris la douceur, ni la tendresse. Chez les parents d'Antonia, on n'était pas riche mais on se tenait chaud. Depuis le départ de son fils, Aglaé semblait avoir perdu aussi bien ses forces que le désir de vivre. Elle passait des journées entières prostrée sur son lit, à contempler le plafond, avant de se lever brusquement et d'attaquer un grand ménage. À d'autres moments, elle s'habillait de pied en cap, mettait son chapeau des dimanches et se rendait à l'église. Elle y restait plusieurs heures, à prier et à promettre messes et achats de cierges en quantité le jour où son fils reviendrait à la Grange.

Parfois, elle posait un regard vide sur la silhouette de sa bru, comme si elle s'interrogeait sur la raison de sa présence dans la ferme, et secouait la tête. « Si seulement vous aviez eu un petit… », marmonnait-elle alors, et Antonia détournait les yeux.

Pierre et elle avaient été si heureux. Les premiers temps de leur mariage, ils n'avaient pas ressenti le besoin d'avoir un enfant. Vivre ensemble, tout partager suffisait à leur bonheur. Parce qu'Aglaé fronçait les sourcils ou leur jetait un regard réprobateur lorsqu'ils s'isolaient dans leur chambre, ils avaient pris le pli de se donner rendez-vous à la fenière, dans les champs, ou encore au pied de la tour des Lumières, une ruine dominant la plaine. Là-haut, ils pouvaient s'aimer sans craindre des remarques désagréables.

Antonia ferma les yeux un bref instant, comme si elle avait eu le pouvoir, ainsi, de faire revivre les moments de bonheur partagé. Dans chacune des lettres qu'elle écrivait à Pierre, Antonia évoquait ces jours heureux et lui assurait que tout allait bien à la ferme. Pas question, en effet, de lui relater par le menu les journées de travail harassant, la tristesse de sa mère, le mutisme de son père, les hivers particulièrement rigoureux, les difficultés pour trouver du personnel. Antonia était forte ; elle garderait la Grange pour Pierre.

César s'immobilisa sur le seuil de la salle. Éprouvait-il, lui aussi, une sourde appréhension à l'idée de pénétrer dans la pièce sombre, seulement éclairée par deux lampes à pétrole ? Antonia embrassa du regard la grande table en noyer, la vaste cheminée encadrée de niches et d'étagères, le sol de parefeuilles, en terre cuite patinée à la cire et à l'huile de lin, la pierre à évier alimentée par une pompe, un luxe pour Antonia ! En 1913, Pierre avait fait venir à grands frais un fourneau de Laragne. La jeune femme avait tourné autour pendant au moins trois jours avant d'oser s'en servir. Puis, très vite, elle avait pris plaisir à cuisiner la daube, le rôti de chevreau, l'agneau confit. Elle astiquait avec soin le dessus en fonte et les poignées. C'était pour elle le plus beau des cadeaux, une preuve tangible de l'amour de Pierre. Encore maintenant, il lui arrivait de l'effleurer furtivement, comme pour vérifier qu'il était toujours là.

Elle aurait aimé inviter sa famille à la Grange, tout en devinant que les Corré n'y seraient pas les bienvenus.

Elle avait trop souvent entendu la mère de Pierre critiquer les « pièces rapportées qui n'avaient pas le sou ». Elle se savait seulement tolérée. Aussi, le dimanche, son ouvrage terminé, elle marchait jusqu'à la ferme de ses parents, escortée de César. Elle avait parfois la chance de rencontrer Casimir, le roulier. « Monte, petite ! » lui proposait-il alors. Assise sur le siège à ses côtés, Antonia savourait ce moment d'évasion. Casimir lui racontait les événements survenus dans la semaine tout en déplorant le dépeuplement de la vallée. Les femmes effectuaient le travail des hommes tandis que les vieux s'occupaient des enfants. « Le monde à l'envers, soupirait Casimir. Qui pourra nous dire quand finira cette maudite guerre ? »

Lui-même, à soixante ans passés, s'acquittait de ses tournées sans se plaindre. Il dépannait plusieurs fermes isolées et il lui arrivait d'aller chercher la sage-femme ou le médecin. Mais le nombre des accouchements avait lui aussi fortement diminué. Les vieux prédisaient la mort lente de la vallée et, la nuit, des craintes diffuses assaillaient Antonia. Combien de temps pourrait-elle tenir ? Aglaé n'avait plus le goût, comme elle disait, et ne lui était d'aucune aide. Quant à Louis, son amputation l'avait laissé aigri et désemparé. Déjà tombé à deux reprises, il n'osait plus s'aventurer au-dehors. Le couple, qui approchait de la septantaine, se laissait peu à peu dépérir. Mais leur bru, qui leur permettait de survivre, cristallisait leurs rancœurs. « Si le fils avait choisi Annette », grommelait souvent Aglaé.

Annette, la fille du notaire, bien dotée et porteuse d'espérances, la bru rêvée pour Aglaé… Fille unique comme Pierre, elle hériterait d'un beau patrimoine immobilier à la mort de son père. Pierre et elle s'étaient fréquentés, le temps de deux fêtes. Chaque fois qu'elle entendait prononcer le prénom d'Annette, Antonia éprouvait un pincement au cœur.

Quand Pierre reviendrait, l'aimerait-il toujours autant, elle, Antonia, la femme qu'il avait prise avec seulement son linge sur le dos ?

2

Le soleil chauffait à blanc les terres des Ferri. Pour les moissons, Antonia s'était entendue avec la grande Mireille, qui exploitait la ferme familiale, située sur la route de Laragne. Les deux femmes travaillaient ensemble, chez l'une puis chez l'autre.

Afin de mieux résister à la chaleur écrasante, Antonia s'était coiffée d'un feutre cabossé appartenant à Pierre. Elle avançait, le corps raidi, suivant Mireille qui coupait le blé à la faux. Elle-même regroupait les épis en javelles et le vieux Célestin les liait avec une dextérité étonnante.

« Ne t'inquiète pas, je m'en sortirai », avait-elle écrit à Pierre. Il lui manquait tant qu'elle ne pouvait plus contempler sa photographie sans avoir envie de pleurer. « Ça ne le fera pas revenir ! » commentait Aglaé, la bouche amère.

Antonia serra les dents sans quitter des yeux le jupon bleu de Mireille qui abattait un travail d'homme. Attirées par la sueur, des mouches les assaillaient sans trêve.

« Tantôt, j'irai à la rivière », se promit la jeune femme.

Elle n'en avait jamais le temps. Le soir, elle était si rompue de fatigue qu'elle s'écroulait sur son lit sans même souper. Elle avançait, du même pas que le bœuf traçant son sillon. Une bête de somme, voilà ce qu'elle était devenue. Pour une terre qui ne lui appartenait même pas ! « Rien n'est à toi, ici », lui rappelait fréquemment Aglaé.

Comme si elle avait redouté que sa bru n'attrape des idées de grandeur à force de trimer comme une esclave dans les champs des Ferri… Une fois, une seule, Antonia s'était rebellée. « Vous êtes bien contente de me voir travailler sans relâche mais, pour vous, je suis moins qu'une domestique ! » avait-elle lancé à la vieille dame. Aglaé avait trouvé le moyen de se venger. Elle s'était plainte à Pierre. Celui-ci avait aussitôt écrit à Antonia pour lui demander d'être patiente avec ses parents, en précisant : « Après tout, ils sont chez eux. » Ulcérée, la jeune femme avait failli rentrer à Eygalayes.

Elle était restée. Pour Pierre. Et aussi pour papé Louis qui la regardait désormais comme si elle seule était capable de sauver la Grange. C'était lui qui lui avait recommandé de louer les services du vieux Célestin pour l'aider. « Malgré ton courage, tu ne pourras pas t'en sortir seule », lui avait-il dit sous le regard de sa femme qui virait au noir. Antonia avait entendu sa belle-mère gronder, peu après : « As-tu perdu la tête ? Nous n'avons pas d'argent à jeter par les fenêtres ! » Et Louis avait répondu : « C'est la récolte qui compte. Nous avons besoin de réserves pour tenir. À quoi te servira ton bel argent le jour où il n'y aura plus rien à manger, ni pour les bêtes ni pour nous ? Moi, je pense à la fin de la guerre et à tout ce qui risque de se passer après. »

Antonia avait souri. Si papé Louis s'intéressait à l'avenir, il parviendrait peut-être à sortir de son marasme.

Elle s'essuya le front à l'aide de son grand mouchoir blanc. La sueur trempait son corsage et ruisselait le long de son dos. Pas un souffle de vent n'agitait le feuillage des arbres. Pourtant, il fallait bien que le travail se fît. Elle se rappelait ces beaux jours de juillet quand Pierre, torse nu, fauchait le blé mûr. Elle aimait à l'observer tandis qu'il dirigeait son cheval, l'Ami, tout en fredonnant. L'Ami était parti, réquisitionné par l'armée, seulement deux semaines après son maître, et Antonia se demandait parfois s'il avait survécu.

Les premiers temps, elle avait accordé foi à ce que Pierre racontait dans ses lettres. À l'en croire, ses camarades et lui ne risquaient rien, ils menaient la belle vie. Et puis, le jour où elle l'avait retrouvé sur le quai de la gare d'Avignon, plus d'un an après son départ, elle avait compris. Non seulement son mari lui revenait couvert de poux mais son regard avait changé. Pierre n'était plus le même. Une ombre voilait ses yeux bleus. Il avait beau essayer de se montrer de bonne humeur, le cœur n'y était pas. Il semblait être sur le qui-vive en permanence. Il avait à peine parlé à ses parents. Le deuxième jour, après une nuit passée à la serrer contre lui, comme s'il ne s'était plus souvenu de son corps, il était parti marcher dans la montagne. Seul avec César, fou de joie d'avoir retrouvé son maître.

« J'en ai besoin », avait-il dit à Antonia, avec ce drôle de sourire triste qui n'atteignait pas son regard. Elle lui avait assuré qu'elle comprenait, même si c'était faux. Durant cinq jours, ils avaient fait « comme si ». Comme si la guerre était finie, qu'ils étaient de nouveau réunis pour toujours, comme s'ils avaient tout leur temps. Le dernier soir, ils s'étaient querellés pour un prétexte futile avant de se jeter dans les bras l'un de l'autre. Pierre s'était cramponné à elle. « Ne m'oublie pas, Antonia, mon amour. » Ses yeux reflétaient la peur. Elle ne lui avait posé aucune question, de crainte de le voir éclater en sanglots. Si cela était… Dieu juste ! il ne se le serait jamais pardonné.

Elle avait pensé sombrer dans le désespoir après le départ de son mari. D'une certaine manière, l'attitude de sa belle-mère lui avait permis de surmonter son absence. Rien de ce qu'elle faisait ne trouvait grâce aux yeux d'Aglaé. L'orgueil piqué au vif, Antonia s'était juré de se débrouiller. Lorsqu'elle ne pouvait plus supporter l'atmosphère délétère pesant sur la Grange, elle se réfugiait à Eygalayes. Parfois juste l'espace de quelques heures, pour le plaisir de partager un peu de bonne humeur et de tendresse. Ses deux frères, Raphaël et Gustave, trimaient dur à la ferme malgré leur jeune âge. Son père, souffrant de la maladie de la pierre, ne pouvait plus effectuer tous les travaux comme avant. « N'aie crainte, nous nous en sortirons », lui affirmait sa mère. Cependant, le cœur d'Antonia se serrait en remarquant le visage émacié, marqué par la douleur, de son père.

« Ce n'est pas trop dur, par là-bas ? » s'inquiétait Julien Corré. Il professait une certaine défiance à l'égard des parents Ferri qui leur avaient battu froid jusqu'au jour de la noce. « Ils veulent faire les fiers, mais ils ont eu bien de la chance d'avoir leurs parents avant eux, avait-il confié un jour à sa femme avant d'ajouter : C'est comme l'Aglaé, qui se donne de grands airs… *Fiero coum'un agasso*[1]… Le travail fait ne lui fait pas peur, à celle-ci ! »

Antonia se répétait cette phrase quand Aglaé la « bassinait » trop. À entendre sa belle-mère, la jeune femme faisait tout de travers. La bugade[2] était bâclée, le linge grisâtre, elle ne vérifiait pas le fourrage des chèvres, laissait la porte de l'étable entrouverte… « Une Marie-souillon », grommelait Aglaé, la bouche mauvaise, et Antonia serrait les poings pour ne pas se laisser submerger par la colère.

C'était pire encore depuis la permission de Pierre.

Antonia se redressa en passant la main sur ses reins endoloris. Allons ! la moisson ne serait pas trop mauvaise ; elle pourrait envoyer des colis à Pierre.

Le lendemain, elle courrait la montagne pour aller cueillir de la lavande sauvage. Elle avait souvent accompagné sa mère lorsqu'elle était encore toute jeunette. Pierre lui avait promis qu'après la guerre ils cultiveraient la « bleue ».

Après la guerre… Pour elle, ces trois mots constituaient une sorte de formule magique, un moyen de ne pas s'effondrer.

Même si, parfois, elle ne savait plus si elle avait encore le droit d'espérer.

---

1. Fière comme une pie.
2. Lessive.

3

1918

« Un nouvel été, une nouvelle fenaison », pensa Antonia, le cœur étreint d'une angoisse diffuse. Depuis le temps qu'ils espéraient la fin de la guerre ! L'arrivée des Américains avait suscité l'espoir, un espoir vite battu en brèche par les offensives allemandes de mars en Picardie.

Pour tout arranger, Antonia était tombée malade. Un coup de froid attrapé fin décembre, en rentrant le troupeau de chèvres… Elle était restée couchée deux jours avant que les parents de Pierre ne se décident à appeler le médecin par l'entremise de Casimir, le roulier. Blottie sous la courtepointe, la jeune femme claquait des dents. Une méchante toux lui déchirait la poitrine, la laissant épuisée.

« Oh ! ma belle… te voilà bien arrangée ! » avait commenté le docteur Bonfils. Toute la vallée le connaissait depuis des lustres. Il se déplaçait en jardinière, et les enfants, avant la guerre, gardaient souvent un morceau de sucre en poche pour le donner à sa jument Coquette. Ne ménageant pas sa peine, le docteur Bonfils se déplaçait jusqu'à Séderon, Lachau et même Laragne. Lorsqu'il arrivait dans une ferme, il réclamait systématiquement un broc d'eau, un savon, une serviette et procédait à un lavage minutieux de ses mains. Le plus souvent, les hommes levaient les yeux au ciel. « Vous savez, docteur, on n'a pas encore inventé mieux que la crasse pour se protéger des microbes », plaisantaient certains, et Bonfils haussait les épaules. « L'hygiène, c'est le progrès… »

Il avait examiné Antonia, s'était redressé, le visage soucieux. « Cette gamine n'est pas assez nourrie, la pneumonie est comme chez elle », avait-il laissé tomber.

Aglaé n'avait pas tergiversé ; Casimir fut envoyé à Eygalayes afin de ramener la mère de la jeune femme. C'était Jeanne Corré qui était allée chercher les remèdes chez l'apothicaire, qui avait préparé les cataplasmes de feuilles de choux écrasées et veillé sa fille pendant près d'une semaine. Chaque fois qu'Antonia, épuisée par le combat mené contre l'infection, ouvrait les yeux, elle découvrait le visage de Jeanne penché au-dessus de son lit. La mère et la fille n'avaient pas besoin de parler. Une simple pression de la main leur suffisait. La jeune femme reprit lentement des forces après avoir trempé sa chemise et ses draps durant plus de quarante-huit heures.

« C'est bon, l'infection s'en va », avait déclaré le docteur Bonfils en se frottant les mains et en recommandant de la garder au chaud. Le septième jour, il avait affirmé qu'Antonia était tirée d'affaire, même si la convalescence risquait de durer un certain temps. Jeanne était repartie après avoir serré sa fille contre elle et lui avoir proposé une nouvelle fois de l'accompagner à Eygalayes. Antonia avait secoué la tête. « Ma place est à la Grange, mère. Les parents de Pierre ont besoin de moi. »

Elle avait tu sa maladie. Les lettres de son mari étaient empreintes d'une sourde désespérance, teintée de résignation.

Je me demande parfois si cette guerre finira un jour. Tant de bons camarades sont morts… Mon tour ne devrait plus tarder.

Blottie sous la courtepointe, Antonia pleurait sans pouvoir s'arrêter. Il lui semblait à elle aussi que la guerre n'aurait jamais de fin. Éloi, le facteur, s'était déjà rendu à plusieurs reprises dans la vallée, accompagné du maire. Chacun savait ce que cela signifiait. Virginie, qui avait un seul garçon, avait eu une attaque le jour où Éloi et le maire s'étaient présentés à sa porte. On avait enterré le même jour la mère et le fils. On n'osait plus faire de projets, ni même espérer. Louis Ferri refusait désormais d'ouvrir le journal. « Mensonges », marmonnait-il, en crispant la main sur sa jambe de pantalon vide.

Chaque dimanche, à la messe, le père Forget exhortait ses ouailles à la patience. Si Aglaé se rendait à l'église, Antonia préférait marcher dans la campagne ou visiter sa famille. À la différence de Pierre et de ses parents, elle n'était pas certaine d'avoir la foi. Mais qui pourrait dire quelles seraient les idées de Pierre à son retour ?

– Patronne…

L'accent rocailleux de l'inconnu la fit sursauter. Elle se retourna, considéra d'un air surpris l'homme qui, la casquette à la main, la saluait.

– Travail, expliqua-t-il. Je viens travailler. Le maire m'envoie…

Il cherchait ses mots, sans paraître embarrassé. Il émanait de lui une impression de force et de détermination qui frappa Antonia. Elle recula d'un pas.

– Je ne suis pas la patronne, corrigea-t-elle. Je vais vous conduire auprès de mon beau-père.

Ils gravirent la côte l'un derrière l'autre. Elle sentait le regard de l'homme fixé sur elle et en éprouvait comme une gêne diffuse. Elle portait une vieille jupe de coton noir, un caraco laissant voir ses bras nus et halés et un grand tablier à imprimé ramoneur qu'elle avait taillé dans une ancienne robe. Sa mère lui avait appris à ne rien jeter. On usait les draps jusqu'à ce qu'ils se déchirent puis on les transformait en torchons. On les rapetassait aussi, de façon à confectionner un seul drap avec deux usagés.

Avant la guerre, Pierre l'avait emmenée un jour à Sisteron pour lui acheter une parure complète en métis ainsi qu'une étoile de Digne. Il s'agissait d'une broche en forme de comète, dite aussi étoile de Saint-Vincent, montée sur argent. Antonia y tenait énormément.

Elle se retourna vers l'étranger.

– D'où venez-vous ? Comment vous appelez-vous ?

Il soutint son regard.

– Je m'appelle Ruiz. Et je suis espagnol. Nous sommes beaucoup à venir chercher travail en France et…

– Oui, vous ne faites pas la guerre, vous ! le coupa Antonia.

À cet instant, elle détestait tous les politiciens de la terre.

D'un geste régulier et sûr, l'Espagnol battait les gerbes en cadence. Il manœuvrait son fléau, composé de deux bâtons, le manche et la batte, reliés par une courroie, en le faisant voler au-dessus de sa tête, sans paraître forcer. Antonia écrivit à Pierre :

> *Nous avons beaucoup de chance d'avoir Ruiz pour nous aider. Depuis son arrivée à la Grange, je me sens libérée d'un grand poids.*

Elle avait regretté, ensuite, cette confession spontanée. N'avait-elle pas tu depuis près de quatre ans ses angoisses et ses craintes ? Les journaux multipliaient les recommandations pour que soit préservé le moral des soldats. Antonia en parlait, de temps à autre, avec Sylvette, qui était devenue pour elle une amie. La jeune femme, institutrice, attendait elle aussi le retour de son époux. Passionnée de lecture, elle avait créé une association baptisée L'Ouvroir qui organisait un système de prêt de livres. Grâce à elle, Antonia avait découvert des auteurs comme Henry Bordeaux, Paul Bourget, mais aussi Jean de la Varende ou Émile Zola.

« Nous attendons tant la fin de la guerre, avait-elle confié à Antonia au printemps 1918, mais nous avons tellement changé les uns et les autres… Regarde, avait-elle ajouté, c'est grâce à toi que la Grange existe encore. Tu as effectué le travail d'un homme, tout comme Juliette, à Séderon, ou la grande Mireille. Lorsque je suis allée à Marseille, j'ai constaté que les femmes étaient contrôleuses dans les tramways ou travaillaient en usine. C'est une nouvelle répartition des rôles. Je ne sais pas ce qu'en diront les hommes à leur retour. – Ils seront bien obligés d'en tenir compte, avait vivement répliqué Antonia. Nous faisons tourner l'économie. » Son amie avait esquissé une moue. « Une raison de plus pour nous renvoyer vite fait à nos casseroles ! Tu verras… Notre indépendance a toujours fait peur à nos époux ! » De nouveau, Antonia avait secoué la tête. « Pierre n'est pas comme ça », avait-elle insisté, comme pour se rassurer.

Mais le connaissait-elle vraiment ?

Elle y songeait, tout en suivant des yeux les gestes sûrs de Ruiz. Il donnait l'impression que rien ne pouvait l'atteindre. Il travaillait tout le jour sans paraître souffrir de la chaleur. Le soir venu, il descendait au café du village. César grondait lorsqu'il rentrait, vers dix heures, alors qu'Antonia écrivait à Pierre. L'Espagnol dormait dans l'étable, à la place réservée aux chemineaux et aux valets de ferme.

Il s'immobilisa quelques instants, le temps de s'essuyer le front et d'ôter sa chemise qu'il noua autour de ses reins. Antonia sentit ses joues s'empourprer. La vue de son torse puissant venait d'éveiller en elle un élan de désir irrésistible. Elle se mordit les lèvres. Que lui arrivait-il ? Certes, elle n'avait pas revu Pierre depuis une éternité mais ce n'était tout de même pas une raison pour se jeter dans les bras du premier venu ! Sylvette et elle avaient évoqué une seule fois leur solitude de femmes, à mots couverts, empreints de gêne. L'institutrice avait laissé entendre à une Antonia rouge de confusion qu'elle se chargeait elle-même de se donner du plaisir et la femme de Pierre avait mis fin à leur conversation.

À cet instant, elle croisa le regard de Ruiz et comprit qu'il avait deviné ce qu'elle éprouvait. Cela suffit pour qu'elle se ressaisisse. Mais le souvenir de la tentation était là, fiché dans son cœur et dans sa tête.

4

Août 1918

Le village picard avait dû être riant et accueillant. Pierre imaginait des maisons groupées autour de l'église, une école, des fleurs aux fenêtres… À présent, il ne restait plus que quelques pans de murs noircis. Appliquant la politique de la terre brûlée, les Allemands, en partant, avaient tout détruit, laissant la région de Saint-Quentin exsangue, en ruines. De guerre lasse, Pierre et ses camarades avaient trouvé refuge dans le cimetière, où l'ennemi avait aménagé avant eux les caveaux les plus vastes avec des bottes de paille. « Un avant-goût de ce qui nous attend », avait plastronné Urbain, qui jouait volontiers les provocateurs.

Pierre, épuisé, avait roulé son paquetage et s'était allongé sur la paille. Pourtant, il lui fut impossible de trouver le sommeil. Dès qu'il fermait les yeux, il revoyait les scènes d'assaut, le sillon lumineux des fusées éclairantes, entendait les cris des collègues tués sur place par des éclats d'obus. Il ne parvenait même plus à écrire à Antonia. Qu'aurait-il pu lui dire ? Qu'il avait l'impression de perdre la raison, qu'il ne pouvait plus supporter les conditions de vie au front et que, certains jours, il avait le sentiment d'être déjà mort ? Trop de drames, trop de misère l'avaient marqué. La Grange, le village, Antonia elle-même lui semblaient appartenir à un autre monde. De plus, la dernière lettre de sa mère, dans laquelle elle parlait d'un ouvrier agricole espagnol, l'avait profondément démoralisé. « Ces hommes qui n'ont pas fait la guerre sont en pleine santé et nos jeunes femmes les regardent avec admiration », avait-elle écrit. Pierre la connaissait suffisamment pour comprendre le sous-entendu. Se pouvait-il qu'Antonia l'ait trompé ? À cette idée, il n'avait plus qu'un désir. Mourir.

Il se rappelait le sentiment de résignation qu'il avait éprouvé en apprenant que l'état-major comptait lancer une nouvelle offensive. Il avait demandé à René, son vieux camarade, quel jour ils étaient, et René avait répondu : « Le 14 août. » Pierre avait bu une rasade de gnôle pour se donner du courage. Le 14 août, vraiment ? Pour lui qui venait du sud, chaque jour se ressemblait dans ce paysage détruit par les tirs d'obus. Gris et humide. À croire que les tirs d'obus avaient fait fuir le soleil… Il se rappelait la fébrilité de René. « J'la sens pas, cette attaque », répétait-il.

René rêvait d'une « bonne blessure », de celles qui vous envoyaient au vert durant plusieurs semaines et vous permettaient d'espérer vous en sortir. Sa femme Louise allait accoucher d'un jour à l'autre. Ce serait leur premier enfant. Ils l'avaient conçu durant sa dernière perm.

« Je ne veux surtout pas de fils, avait-il confié à son ami. On est tout juste bons à être utilisés comme chair à canon. Je préfère une petite fille, qui ressemblerait à ma Louise. C'est si gentil, les petites filles. » Son regard s'était embué. Pierre avait éprouvé quelque chose qui ressemblait à de la jalousie et à de la compassion. Il ne savait plus s'il désirait ou non un enfant. Pourquoi faire ? se disait-il, dans ce monde qui avait perdu toute humanité. Le pilonnage infernal avait commencé en début de matinée. Un tir d'artillerie d'une puissance incroyable, déversant sur le ravin qui constituait leur position plus de deux mille obus et ce pendant près de deux heures. René s'était effondré le premier, dans un fracas épouvantable. Pierre ne s'en était pas aperçu tout de suite.

L'établissement, ceint de hauts murs, avait été un asile psychiatrique avant la guerre. Vidé de ses pensionnaires expédiés vers Arcachon, il avait été transformé en hôpital de campagne. Des chambres, une salle d'opération, de grands couloirs… Le luxe comparé aux installations que le docteur Mellier avait connues. En quatre ans de guerre, il avait opéré aussi bien dans des baraques chirurgicales qu'au fond d'une tranchée, à la lueur d'un briquet. Or, malgré la fatigue, malgré les conditions plus que précaires dans lesquelles il exerçait son métier de chirurgien, Georges Mellier avait à cœur de sauver le plus grand nombre de patients. Sa propre impuissance le révoltait. Il avait renoncé à compter les blessés perdus. Les « ventres » étaient les plus nombreux, de pauvres diables auxquels il aurait voulu épargner d'intolérables souffrances. De par son expérience, Mellier savait qu'on perdait environ quatre-vingts pour cent des « ventres ». Un constat terrible. Il refusait de s'y attarder, sous peine de perdre la raison. À l'hôpital de Sommerville, Mellier était un peu rassuré par l'infrastructure dont ses collègues et lui disposaient. Une salle réservée à la stérilisation des instruments, une autre au blanchissage, un dortoir pour les médecins, un autre pour les infirmiers... Mellier ne se rappelait pas avoir connu un tel confort lui qui, durant des années, avait dormi – quand il le pouvait ! – sur un simple brancard.

Sommerville étant située à moins de huit kilomètres du front, on y procédait au triage. Les blessés « légers » ou ceux « moyennement atteints » étaient expédiés à l'arrière par train sanitaire. Ne restaient sur place que les cas les plus graves.

Penché au-dessus de son patient, le docteur Mellier sondait ses blessures. Comme trop souvent, les éclats d'obus avaient provoqué l'introduction dans la plaie de débris de coton, de restes de capote et de sous-vêtements. Il fallait alors se livrer à un véritable travail d'« épluchage » pour les ôter un par un. C'était une opération fastidieuse, mais bien maîtrisée. Ce genre de blessure, si elle ne s'infectait pas, n'entraînait pas de mauvaise surprise.

Le blessé suivant, un gaillard âgé de moins de trente ans, était un cas plus difficile. Couvert de sang, il avait la mâchoire inférieure fracassée. L'os était déchiqueté en plusieurs fragments et le sang coulait toujours en abondance.

– Transfusion ! cria Mellier.

Son collègue Prat défendait une théorie suivant laquelle la médecine de guerre permettait des avancées spectaculaires. Mellier comptait l'appareil de Jeanbrau au nombre de celles-ci. Le professeur Émile Jeanbrau avait en effet réalisé la première transfusion sanguine le 16 octobre 1914 sur un blessé considéré comme perdu. La méthode était simple puisqu'on ignorait encore beaucoup de choses sur les groupes sanguins. Un ou plusieurs volontaires de l'hôpital ou de l'ambulance offraient cent cinquante à cinq cents millilitres de sang et on les injectait au blessé grâce à ce fameux appareil. Cela suffisait… ou non. Cet après-midi-là, l'intervention parut satisfaire le chirurgien.

– Il faudra le réparer s'il s'en sort, commenta l'infirmier Noullet.

Mellier haussa les épaules. Il s'efforçait de sauver tous les pauvres diables qui arrivaient dans sa salle d'opération. Leur vie d'après ne le concernait plus. Il n'était pas le bon Dieu !

5

Novembre 1918

Les cloches sonnaient à la volée dans chaque ville, chaque village traversé, comme un hymne à l'allégresse. En ce jour de fête, Pierre aurait dû éprouver bonheur et soulagement et, pourtant, il ne ressentait qu'une immense lassitude. Il s'appuya contre le dossier de son siège de seconde classe, se demandant une nouvelle fois comment il allait affronter le regard de sa famille.

Il avait refusé toute visite des siens depuis son transfert, mi-septembre, à l'hôtel-Dieu de Marseille. Revenir de Picardie avait constitué une épreuve particulièrement pénible, pas vraiment à cause de la douleur – c'était une affaire personnelle, une sorte de défi – mais surtout à cause des regards qui se détournaient trop vite. Dans le train, Pierre regrettait déjà l'asile de Sommerville, les chambres immenses préservant l'intimité de chacun et l'impression de sécurité qu'il avait connue là-bas parce que, justement, il était loin d'Antonia et de ses parents.

Il crispa les doigts. C'était devenu un réflexe pour éviter de serrer les mâchoires. Malgré trois opérations et des mois de souffrances atroces, Pierre savait qu'il n'était plus le même homme. Il avait tenté de l'expliquer à Antonia dans une lettre écrite début septembre, alors qu'il endurait une contention barbare. La réponse de son épouse, empreinte de maladresse et de bons sentiments, lui avait prouvé qu'elle ne pouvait pas comprendre. Comment aurait-il pu lui en tenir rigueur ? Tous deux avaient connu des destins parallèles, la guerre les avait séparés, faisant de Pierre un mutilé. Lui n'osait imaginer comment elle l'accueillerait. S'il lisait dans ses yeux la crainte ou le rejet, il n'aurait pas la force de le supporter. Depuis août, il avait eu le loisir de penser à ce fameux retour. Il avait souvent rêvé de la Grange et de cette lumière particulière qui baignait la vallée. Il revoyait le troupeau de brebis, une mer ondulante conduite par Baptiste, le berger, et se demandait combien de têtes il leur restait. Il pressentait, en effet, qu'Antonia lui avait tu ses difficultés durant ces quatre années de guerre. À l'hôtel-Dieu, ses camarades d'infortune avaient ressassé avec lui tout ce qui avait pu se passer. Il n'avait pas oublié les allusions fielleuses de sa mère à un ouvrier espagnol et s'interrogeait. Il avait été tenté, à deux reprises, de mettre fin à ses jours. Par peur de ne pouvoir soutenir le regard de sa femme. Pourtant, ils s'étaient aimés ! « Foutue guerre », pensa-t-il en crispant de nouveau les doigts.

L'été de la Saint-Martin faisait chanter les couleurs des arbres par un jeu de lumière et de clair-obscur. Pierre avançait avec peine. Il avait présumé de ses forces en descendant de la patache à Séderon mais il tenait à parcourir à pied les derniers kilomètres. Il reconnaissait avec une émotion indicible ce paysage autrefois si familier. Lorsqu'il aperçut la tour des Lumières, il s'arrêta un instant pour reprendre son souffle. Son cœur battait à grands coups précipités ; il avait l'impression de manquer d'air.

« Je me suis laissé aller depuis août », se dit-il.

À l'hôtel-Dieu, le personnel était aux petits soins pour les blessés du front. Si sa fracture de la mâchoire l'avait empêché de se nourrir correctement durant plusieurs semaines, Pierre avait passé beaucoup de temps étendu sur une chaise longue. « Une vraie vie de pacha », avait-il écrit à Antonia.

Il lui faudrait de l'entraînement avant de pouvoir grimper à nouveau vers les sommets. Il était impatient. Au détour du chemin, près du buisson de genévrier, il aperçut la ferme. Avec son bâtiment en forme de U, sa cour semi-fermée orientée au midi, l'étable, la bergerie et le cellier ajoutés au fil des ans, le cadran solaire ornant la façade, la Grange des Ferri avait encore fière allure, même si la toiture laissait voir quelques « pièces » et si son œil exercé avait remarqué que la corniche en terre cuite vernissée du pigeonnier s'était dégradée.

Un sentiment de bonheur, aussi intense qu'inattendu, le submergea. Un instant seulement… Instinctivement, il porta la main à son visage. Certes, il était rafistolé lui aussi, comme le toit de la Grange, mais il savait que, malgré les souffrances endurées, il ne redeviendrait jamais comme avant. De nouveau, il eut peur.

Comme chaque samedi, Antonia s'était rendue au marché de Lachau afin d'y vendre ses fromages. Elle aimait l'atmosphère chaleureuse du bourg et se réjouissait de retrouver ses clientes habituelles. Mme Laborde, l'épouse du notaire, Mlle Lilie, la sœur du père Forget, Mme Vincent, qui se nourrissait presque exclusivement de fromage de chèvre... Célie, la cuisinière du château, lui en achetait aussi une bonne vingtaine chaque semaine, qu'elle servait sur un plateau pour accompagner ses ravioles. Ces dames étaient fidèles à la production d'Antonia.

La jeune femme considéra le ciel d'un bleu profond en songeant que l'été s'était attardé en chemin. Elle s'attachait aux petits bonheurs du quotidien depuis que Pierre lui avait annoncé son retour prochain. Mi-septembre, alors que, sans nouvelles de lui, elle devenait folle d'angoisse, il l'avait avertie de sa blessure. Il lui avait interdit de venir le voir à Marseille.

> *Ce serait trop dur pour toi, ma pauvre chérie. Je reviendrai quand je serai un peu plus présentable.*

« De la coquetterie, tout ça, avait marmonné Aglaé. A-t-on idée, je vous le demande ? » Elle s'était abîmée en prières dans l'église avant d'acheter une douzaine de cierges. Antonia, muette, était restée sur le seuil. Il lui semblait qu'il lui manquait un élément, que Pierre ne lui avait pas tout dit.

Pourtant, elle avait, de nouveau, bâti des projets. Un espoir fou la portait. Pierre ne serait pas renvoyé sur le front ! Il était sauvé.

Hyppolyte, l'époux de Sylvette, blessé au bras, était revenu mi-octobre. Sylvette s'était promenée dans

Lachau, Séderon et même Laragne, au bras de son héros. Avait-elle remarqué elle aussi le regard vide du maître d'école ?

Une nouvelle fois, Antonia avait pensé que, malgré la signature de l'armistice, la guerre n'en avait pas fini avec eux.

– Ça va comme tu veux, ma belle ? la héla un colporteur.

Quand on le voyait marcher bien droit, s'appuyant seulement sur son bâton, on avait de la peine à imaginer que sa balle, la caisse noire qu'il portait sur son dos, pesait près de cent kilos.

Alexandre, que tout le monde appelait Sandre, était très apprécié dans la région. Les enfants savaient qu'il leur offrait toujours un bonbon.

Antonia lui sourit.

– J'attends le retour de Pierre.

Il lui envoya un baiser du bout des doigts.

– Soyez heureux, ma belle. Il y a eu tant de malheur depuis quatre ans.

Elle agita la main dans sa direction. Elle avait hâte de rentrer à la Grange. Elle chargea ses corbeilles vides à l'arrière de la jardinière, monta sur le siège. Elle avait froid, tout à coup, et elle savait fort bien pourquoi. Parce qu'elle redoutait de retrouver un étranger.

6

Février 1919

« Ça ne peut pas durer ainsi ! » pensa Antonia, se levant d'un bond. Pierre était allongé sur le dos, les mains croisées à la hauteur de la poitrine. Il gardait les yeux fermés. Pourtant, elle était certaine qu'il ne dormait pas. Le jour de son retour, elle avait commis une terrible maladresse. Elle n'imaginait pas la gravité des dégâts occasionnés par l'éclat d'obus. Les yeux écarquillés, elle avait poussé un gémissement sourd en plaquant la main sur sa bouche. Pierre avait alors laissé échapper un rire grinçant. « Ça me change, pas vrai ? Et encore… Comparé à certains, je m'en sors plutôt bien ! »

Elle s'était avancée vers lui, lui avait ouvert les bras. Tous deux avaient marqué une hésitation avant de s'étreindre. Derrière Antonia, Aglaé se lamentait. « Seigneur Jésus, que t'ont-ils fait, mon pauvre garçon ? Tu étais si beau gars ! – Tais-toi, femme ! » avait grondé papé Louis, se tenant dans l'encadrement de la porte grâce à ses deux béquilles en bois, confectionnées par Basile, le menuisier du village. Dédaignant les femmes, Pierre avait marché vers Louis, lui avait offert son bras. « Viens, père, nous allons faire le tour du propriétaire. »

Ce jour-là, Antonia avait été choquée de découvrir le

visage mutilé de Pierre mais aussi profondément blessée de se retrouver ainsi exclue. C'était elle, et elle seule, qui avait maintenu la Grange durant plus de quatre ans. Même si elle l'avait fait de bon cœur, elle n'avait pas oublié les journées passées à labourer, en tirant son « demi-bœuf », comme elle disait, par les guides, pas plus que les nuits de veille à guetter la mise bas des brebis. C'était ainsi.

Quand Pierre était revenu vers elle, elle avait éprouvé le sentiment qu'il était trop tard. Et, brusquement, elle avait évoqué le souvenir de Ruiz. Elle n'oublierait jamais son départ, en septembre 1918, à la fin des vendanges. À la Grange, en effet, comme dans la plupart des fermes des environs situées entre Ballons et Lachau, on entretenait une vigne qui donnait un petit vin agréable.

Ruiz les avait quittés un matin brumeux, alors que l'air frais et piquant annonçait l'automne. Il n'avait pas salué les parents de Pierre. Ils avaient échangé des mots peu amènes et l'Espagnol avait décidé de reprendre la route en direction de Montbrun. Il se louerait pour la fin des vendanges du côté de Vaison, avait-il expliqué à Antonia, puis se rendrait à Nyons pour la cueillette des olives, survenant impérativement après la première gelée. Il avait lu dans le regard doré de la jeune femme qu'elle regretterait sa présence et avait alors effleuré sa joue. « Soyez heureuse, Antonia », avait-il soufflé.

C'était la première fois qu'il usait de son prénom. « La première et la dernière fois », avait-elle songé. Elle le regardait intensément, en se demandant s'il l'oublierait bientôt. Un homme bien bâti, poli, arrivant dans des fermes où il ne restait que des femmes, des enfants et des vieillards, était en règle générale accueilli à bras ouverts. Sans lui, elle n'aurait pu faire vivre la Grange. Elle lui avait réglé son dû, l'avait remercié. Il avait baissé les yeux et elle avait eu l'impression qu'il désirait lui dire quelque chose. La présence d'Aglaé sur le seuil l'en avait certainement empêché. Il avait haussé les épaules et, ajustant son sac sur son dos, était parti, sans se retourner.

« Tu vas peut-être passer moins de temps dans l'étable et la bergerie », avait ironisé Aglaé, la bouche mauvaise. Antonia n'avait rien répondu. Elle songeait qu'elle n'avait jamais trompé Pierre mais, d'une certaine manière, c'était peut-être pire. Parce qu'elle en avait éprouvé le désir intense à plusieurs reprises.

Naturellement, lors du retour de Pierre, sa mère s'était empressée de lui parler de l'Espagnol. « C'est facile de venir travailler quand son pays ne fait pas la guerre », avait laissé tomber Pierre et, à cet instant, Antonia l'avait détesté.

Leur première nuit avait été un fiasco. Pierre s'était jeté sur elle avec une gourmandise presque brutale ; il avait si souvent rêvé de cette étreinte scellant leurs retrouvailles ! Il n'avait pas compris le mouvement de recul de la jeune femme, s'en était offusqué et avait insisté. Les dents serrées, Antonia l'avait laissé prendre son plaisir. Elle avait imaginé tout autre chose… Une lente montée du désir, une union intense, en parfaite harmonie. Au lieu de quoi, elle s'était retrouvée soumise à un étranger qui lui imposait sa loi. Elle n'avait pas pu fermer l'œil. Au petit matin, alors qu'il lui fallait se lever pour la traite, elle s'était promise de ne plus se laisser faire. Depuis qu'elle s'était refusée à lui, Pierre lui battait froid. Chacun s'endormait à distance respectueuse de l'autre, en faisant bien attention à ne pas bouger. Il marmonnait simplement : « C'était bien la peine de revenir pour me retrouver à l'hôtel du cul tourné ! »

Consciente d'avoir blessé son époux mais décidée à faire entendre sa voix, Antonia refusait d'effectuer le premier pas. Les livres prêtés par Sylvette concernant les droits des femmes avaient trouvé un écho chez elle. Et, cependant, elle redoutait que Pierre ne pense que la seule cause de son rejet était sa blessure. C'eût été trop facile ! Elle s'habilla de noir, jeta un châle sur ses épaules, chaussa des galoches et se rendit dans la salle commune. Elle plaça la cafetière sur le fourneau.

Il faisait bon dans la bergerie. Elle fit d'abord le tour des agneaux, blottis sous leurs mères, avant de traire les brebis. Elle procédait vite, tout en leur parlant doucement. César l'avait accompagnée, comme chaque matin. Allongé sur la paille, il suivait chacun de ses mouvements d'un œil très intéressé.

Antonia poussa un nouveau soupir. Elle ne niait pas la souffrance de Pierre mais ne parvenait pas à comprendre pourquoi il avait agi ainsi avec elle. Même si elle avait éprouvé un choc en le retrouvant, elle tentait de s'habituer à son nouveau visage. Elle eut un rire sans joie. « S'habituer... » Le simple choix de ce terme révélait l'étendue de leur problème. Il avait expliqué un soir à son père les traitements subis à Marseille et, tout en lavant la terraille, elle avait suivi leur conversation. Des mots inconnus, comme « contention », « transfusion », l'avaient fait frémir. Elle avait questionné Sylvette à ce propos. Elle avait eu honte de sa réaction ; elle aurait voulu tout recommencer depuis l'arrivée de Pierre mais, en conscience, elle ne pouvait accepter qu'il la traite comme une fille. Ils avaient été si heureux avant la guerre. Chaque fois qu'elle levait les yeux vers la tour des Lumières, elle se souvenait de leurs étreintes, de la sensation de bonheur parfait éprouvée dans ses bras. Un soir de 1912, ils avaient même observé la comète de Halley, dont toute la France parlait. Ils avaient ri en apprenant que son prochain passage était prévu pour 1986. Cela leur paraissait si loin ! Pierre avait été tout pour elle. Son époux, son amant et aussi son meilleur ami et, à présent, il était devenu un étranger.

– Toni.

Elle tressaillit, manqua renverser son seau. Il se tenait sur le seuil de la bergerie et la contemplait avec ferveur. Il avait passé une houppelande sur sa chemise et quelques flocons parsemaient ses cheveux drus.

– Il commence à neiger, déclara-t-il d'une drôle de voix étranglée.

Il ajouta :

– Ne va pas prendre du mal.

Elle rit pour dissimuler sa gêne.

– Je suis robuste, tu sais. Il a bien fallu, pendant toutes ces années…

En trois pas, il la rejoignit. Elle eut l'impression qu'il prenait brusquement toute la place dans la bergerie et qu'il lui masquait la lumière prodiguée par la lampe-tempête. Il lui caressa la joue, d'un geste empreint de tendresse, et elle frissonna car, à cet instant, elle revoyait Ruiz.

– Antonia… Je t'aime tant. J'imagine que ça n'a pas été facile pour toi, avec tout le travail, et ma mère… Le père m'en a touché quelques mots. « Deux femmes dans la même maison… » J'ai été brutal et maladroit. J'aurais voulu te demander pardon, mais tu sais que je ne suis pas fort pour dire les choses. Je suis un rustre, ma pauvre chérie.

Elle posa la main sur ses lèvres.

– Tais-toi, Pierre, je ne veux pas t'entendre parler ainsi.

Ils échangèrent un regard perdu. « Pourquoi as-tu tout gâché ? » pensa-t-elle.

Il avait résolu de laisser pousser sa barbe, afin de dissimuler les dégâts provoqués par l'éclat d'obus. Elle tendit la main à son tour, effleura sa mâchoire blessée.

– Tu es si belle, reprit-il. Et moi, je ne suis plus qu'une gueule cassée.

Léopold, un camarade de tranchée qui avait perdu un œil à Verdun, avait employé cette expression dans sa dernière lettre. Pierre l'avait trouvée étonnamment juste.

– Tais-toi, répéta-t-elle.

Il l'attira contre lui sans lui laisser le temps de protester.

– Dans la fenière, comme avant ? suggéra-t-il.

Elle hocha la tête. À condition de fermer les yeux, c'était presque comme avant. Quand elle ne connaissait pas Ruiz, que la guerre n'avait pas été déclarée, quand ils étaient heureux… Et lui, de son côté, avait-il fréquenté d'autres femmes ? Hyppolyte avait raconté à Sylvette (qui s'était empressée de le rapporter à son amie) que l'armée avait autorisé la création de BMC, des bordels militaires de campagne dans les bourgs situés à l'arrière du front. Ainsi, l'état-major pouvait-il contrôler l'état sanitaire des prostituées tout en « distrayant » les Poilus. Antonia se demandait si Pierre avait succombé à la tentation. Les romans empruntés à L'Ouvroir évoquaient de temps à autre les besoins physiques de ces messieurs, différents de ceux des dames. Toujours la même histoire… Antonia, pour sa part, désirait oublier Ruiz.

Oublier tout… Les trahisons par intention, la rancœur, le désespoir. Et aller de l'avant. Elle tendit la main vers Pierre.

– Viens…

La fenière était accueillante et chaleureuse. Ici, Aglaé n'épiait pas le moindre bruit et les bêlements du troupeau couvraient les gémissements de Pierre. Antonia resta silencieuse. Elle revoyait la silhouette de l'Espagnol, s'éloignant de la Grange en direction de Montbrun.

7

1922

Avait-elle encore la foi ? se demandait Antonia, tout en s'efforçant de se rappeler les prières apprises durant l'enfance. Elle avait pensé que ce serait plus facile dans l'anonymat de la grande ville mais, finalement, ce n'était pas vrai. Elle avait laissé Pierre devant la façade de l'hôtel-Dieu, ainsi qu'il le lui avait recommandé, et avait pris le tram pour monter jusqu'à Notre-Dame-de-la-Garde. Il lui en avait si souvent parlé qu'elle avait l'impression de connaître déjà la basilique surmontée d'une vierge dorée.

Elle se sentait perdue à Marseille, tout en refusant de l'avouer à son époux. N'avait-elle pas assez bataillé pour l'accompagner à cette consultation qui devait être la dernière ? Au cours de l'année précédente, Pierre avait subi une nouvelle intervention de chirurgie maxillo-faciale.

Il s'était rendu seul à Marseille, arguant du fait qu'ils ne pouvaient abandonner la Grange ni ses parents. Elle s'était inclinée, comme trop souvent. Au cours des derniers mois, cependant, sa belle-mère s'était montrée si odieuse qu'Antonia avait refusé de rester avec elle à la ferme. Ils avaient conclu un arrangement avec Célestine, la bru du vieux Jules restée veuve avec deux enfants. Célestine et ses garçons s'installeraient à la Grange durant les trois jours d'absence du couple. Aglaé avait eu beau gémir, tempêter, Pierre n'avait pas cédé. « J'ai besoin d'Antonia à mes côtés », s'était-il borné à répondre. Aglaé avait craché sa haine. « Ta femme, ça ? Même pas capable de te faire un *petitoun* ! » Antonia n'oublierait jamais la mise au point de son époux. Marchant sur sa mère, il avait martelé : « Écoute-moi bien, mère, Antonia est ma femme et je ne supporterai pas que tu parles mal d'elle. Si cela ne te convient pas, nous irons nous installer ailleurs elle et moi et vous louerez la Grange. J'y suis décidé. » Saisie, Aglaé se l'était tenu pour dit. Cependant, Antonia ne se berçait pas d'illusions, la vieille aurait tôt fait de revenir à la charge. Antonia se demandait de plus en plus souvent ce qui motivait la haine de sa belle-mère. N'aurait-elle pas dû se réjouir d'avoir vu revenir son fils unique vivant ?

La jeune femme posa la main sur son ventre désespérément plat. Elle approchait de ses vingt-huit ans et, chaque mois, le retour de ses périodes lui rappelait cruellement son incapacité à enfanter. Elle avait multiplié les neuvaines à sainte Anne et sainte Madeleine sur les conseils maternels. Elle s'était aussi rendue à Apt afin d'y remuer, dans la cathédrale, le berceau de sainte Delphine, épouse du baron d'Ansouis, et à Gréoux, dans les Basses-Alpes, à la chapelle d'Aurafrède, nommée Notre-Dame-des-Œufs. Ces pèlerinages étaient demeurés sans effets. Antonia désespérait. Pourquoi restait-elle stérile ? Son amie Régine avait donné naissance à des jumeaux, Lucas et Manon. « Elle, au moins, c'est une vraie femme ! » avait marmonné Aglaé au retour de la messe de baptême. Antonia avait gardé le silence. Elle ne tenait pas à lui montrer à quel point chacune de ses remarques la blessait.

Elle haussa les épaules. Elle ne voulait pas songer à sa belle-mère. Elle redescendit à pas lents la rampe menant à la basilique, admira une nouvelle fois la mer, qui l'attirait et l'inquiétait à la fois, reprit le chemin de l'hôtel-Dieu après avoir demandé sa route à deux reprises. Elle se sentait empruntée dans son ensemble sombre. Depuis que sa tante Ernestine s'était mariée et avait suivi son époux, viticulteur, à Vacqueyras, la jeune femme n'avait plus de couturière. De toute manière, les temps étaient difficiles ; ils ne pouvaient pas dépenser à tort et à travers. Priorité avait été donnée aux troupeaux. Pierre avait insisté pour acheter deux cochons. Il espérait en tirer un bon prix l'an prochain.

Il s'était moqué des efforts de sa femme pour cultiver la lavande fine. « Attends un peu, mon bonhomme ! avait-elle pensé. Un jour, ma lavande nous rapportera plus que les chèvres et les brebis réunies ! »

Ses souliers du dimanche lui faisaient mal. Elle n'osa pas les retirer – elle croisait beaucoup trop d'élégantes. Ces femmes portaient des jupes plus courtes que les siennes, des bas blancs et des chaussures à brides qu'elle aurait gâtées en moins d'un quart d'heure dans la cour de la ferme. Leurs cheveux, coupés court, caressaient leurs joues. Comparée à elles, Antonia se sentait démodée et sans grâce. « Un éteignoir ! » Elle s'arrêta net devant le magasin d'une modiste. En vitrine, posé sur une étoffe de velours noir, elle venait de remarquer un chapeau cloche couleur taupe, orné d'une plume mordorée. Avec ce chapeau, il lui semblait que sa vie pourrait changer. Elle n'était pas vraiment mécontente de son sort, non, elle avait seulement l'impression que la guerre leur avait volé quatre ans de leur vie. Elle avait besoin de légèreté, d'amusement, comme si le destin avait été leur débiteur.

« Ce n'est vraiment pas raisonnable », se dit-elle, se demandant combien ce chapeau pouvait coûter. Mais, précisément, elle n'avait plus la moindre envie de se comporter comme une personne raisonnable. Elle poussa la porte, laissant tinter un carillon guilleret. Le chapeau l'attendait.

« Ça y est, je ne reviendrai plus ici », pensa Pierre en franchissant le seuil de l'hôtel-Dieu. Le docteur Duby lui avait affirmé que son travail était achevé, et avait approuvé le port de la barbe. « Il est important de vous sentir à l'aise, pour ne pas souffrir du regard des autres », lui avait-il expliqué. Pierre avait souri. « Du moment que ma femme m'accepte tel que je suis. Ce fut dur, docteur, je ne vous le cache pas. » Le médecin avait incliné la tête, avant d'évoquer un certain colonel Picot qui, en compagnie de Bienaimé Jourdain et d'Albert Jugon, avait fondé une association de gueules cassées. « Ce serait bien de vous mettre en contact avec lui, avait-il conseillé. Il a vécu dans sa chair la réalité des mutilations de la face. » Pierre n'avait pas répondu. Il avait l'impression qu'il était temps de tourner la page, de tenter – non pas d'oublier, c'était impossible – de vivre avec ses blessures. Homme réservé, taiseux, il n'avait pas envie de rencontrer d'autres blessés qui risquaient de raviver son désespoir.

Après avoir serré avec force la main du médecin, il s'était hâté de rejoindre Antonia. Elle avait une allure juvénile sous son drôle de chapeau. Il la serra dans ses bras. Comme avant. Ils étaient encore jeunes et pouvaient choisir le côté ensoleillé de la vie.

8

1924

La nuit était belle, un ciel de velours sombre, piqueté d'une myriade d'étoiles. Plantée sur le seuil de la Grange, Antonia ne pouvait en détacher ses yeux. Elle se rappelait tout à coup une confidence de sa grand-mère Léone : « Chacun de mes enfants m'a rendu heureuse et fière comme une reine. » Elle se sentait invulnérable depuis qu'elle était enceinte. Un fils, certainement, vu la vigueur avec laquelle il dansait la sarabande. Pierre avait été fou de joie lorsqu'elle le lui avait dit. Il avait déjà quelques soupçons, lui avait-il confié, avant même qu'elle ne consulte Blanche, la sage-femme. Ses seins avaient gonflé et elle souffrait de nausées matinales, au point de ne plus pouvoir supporter l'arôme du café. Le vieux Louis avait souri, ce qui lui arrivait de plus en plus rarement. « Un petit, enfin ! » avait-il soufflé.

Aglaé n'avait rien dit. On ignorait même si elle avait compris. Victime d'une attaque six mois auparavant, elle gisait sur son lit, pâle, le visage tordu, la bouche déformée. Antonia la nourrissait de biscuits trempés dans du lait tiède.

« Il n'y a pas grand-chose à faire », avait conclu le médecin. Athée convaincu, il ne croyait qu'en l'homme et se décourageait parfois. « Quelles misères ! »

soupirait-il. La saignée de la guerre, les tragédies qu'elle avait entraînées, l'épidémie de grippe espagnole avaient marqué la région. On croisait trop souvent des hommes handicapés, au regard vide, de jeunes veuves, des vieillards s'usant à la tâche. Pourquoi le sort d'Aglaé aurait-il inspiré plus de pitié que celui des autres ? La vieille Mme Ferri avait été redoutée pour l'alacrité de sa mauvaise langue et sa façon de condamner autrui. Seuls la mère d'Antonia et le père Forget se déplaçaient encore à la Grange pour prendre de ses nouvelles. Les autres haussaient les épaules, se réfugiant dans les phrases toutes faites : « *Au peirou dei set doulour, aven toutei nonasto escudello*[1]. »

C'était triste, se disait Antonia de temps à autre. Mais sa belle-mère avait eu raison de sa patience. Elle la soignait parce que c'était son devoir, et la respectait, sans pour autant lui manifester de réelle compassion. Haussant les épaules, elle posa les mains sur son ventre gonflé. L'enfant à naître symbolisait leur revanche sur le destin et la preuve que leur amour avait survécu.

– Deux sous pour tes rêves, ma belle.

La voix de Pierre, douce à son oreille. Son bras autour de sa hanche, possessif et tendre. Elle se retourna vers lui.

– Bientôt, tu ne pourras plus enserrer ma taille, lui dit-elle en riant.

1. « Au chaudron des sept douleurs, nous avons tous notre écuelle. »

– Je suis encore capable de te porter jusqu'à notre lit, répondit-il sur le même ton.

Ce qu'il fit avec aisance, après avoir refermé la porte d'un coup de pied. Il la déposa sur la courtepointe, un boutis confectionné par grand-mère Léone, et l'y rejoignit après s'être dévêtu. Les yeux d'Antonia luisaient dans la pénombre.

– Viens…, souffla-t-elle.

Elle était belle, épanouie et follement séduisante avec ses seins et son ventre gonflés. Il s'inquiéta tout de même :

– Tu es bien sûre ?

En guise de réponse, elle l'attira contre elle.

Les cloches sonnaient le glas pour Aglaé Ferri et, comme il s'agissait d'une femme, seule la plus petite tintait. Antonia frissonna. C'était elle qui avait découvert la vieille femme morte dans son lit le matin même. Sa belle-mère avait les traits figés, la bouche grande ouverte sur un cri qu'elle n'avait pu pousser. Consternée, la jeune femme était allée chercher Pierre qui passait ses vêtements. « Elle ne souffrira plus », avait-il commenté en se signant.

Était-ce là tout ce qu'il y avait à dire ? se demandait Antonia en préparant le repas d'enterrement.

Ce soir, tout le pays viendrait à la Grange pour veiller Aglaé. On se réunirait dans la salle, on boirait beaucoup de café très fort et on mangerait, tout en évoquant les qualités de la défunte. Hormis son époux et son fils, Aglaé avait une sœur cadette, Lucie, et des neveux qui habitaient du côté de Rosans. Ils ne se parlaient plus depuis longtemps mais Pierre avait tenu à leur envoyer un télégramme. Après tout, ceux-ci faisaient partie de la famille. Son père avait approuvé. « Fais les choses dans les règles », lui avait-il recommandé.

Qui pouvait dire ce que ressentait Louis Ferri ? Recroquevillé sur son siège à haut dossier, il tirait sur sa pipe d'un air songeur, tout en frottant ses mains l'une contre l'autre.

Suivant la coutume, malgré la chaleur de juin, Antonia avait allumé un feu dans la cheminée. Dûment prévenue par les soins d'Émile, le valet, la vieille Philippa, préposée à cette tâche, était venue à la Grange effectuer la toilette de la morte. Antonia avait déjà fermé les volets, voilé l'unique miroir, arrêté la pendule et préparé sur un guéridon un verre d'eau bénite avec une branche d'olivier bénie aux Rameaux. Philippa et elle avaient cherché dans l'armoire et la commode d'Aglaé des vêtements pouvant lui convenir. La vieille femme avait tant maigri que ses habits étaient bien trop grands pour elle. Elles avaient fini par dénicher sa robe de mariée, enveloppée dans du papier de soie et garnie de minuscules bouquets de lavande séchée destinés à éloigner les mites. Antonia avait voulu aider Philippa, qui le lui avait interdit. « Pense à ton *petitoun*, ma belle ! Il a bien le temps de côtoyer la mort. Moi, à mon âge, je ne crains plus rien. »

Sous son bonnet aux brides sagement nouées, le regard de Philippa était encore vif. On était bien en peine de lui donner un âge. Elle habitait un grangeon sur la route d'Eygalayes et vivait de la charité d'autrui. Aglaé prétendait qu'elle avait eu des malheurs et connu une existence quelque peu mouvementée. Antonia refusait d'y accorder foi. De toute manière, Philippa vivait à sa guise ! La vieille femme avait détourné la tête quand sa voisine la plus proche, Célestine, était venue « plaindre le deuil [1]» la première en disant : « Quelle brave femme vient de mourir, que le bon Dieu l'accompagne au saint Paradis et que Notre Dame vous conserve... »

Assurément, Philippa n'était pas convaincue qu'Aglaé ait été une « brave femme ». Et Antonia partageait son opinion !

Pierre et elle avaient soutenu Louis jusqu'au cimetière. Le vieil homme paraissait plus étonné que triste. « Comme elle était plus jeune que moi, j'étais certain que je partirais le premier », répétait-il à l'envi.

Les cousins de Rosans s'étaient déplacés. Antonia leur avait servi du pâté de tête, du râble de lapin, du tian de courge et du gâteau aux amandes. Veuve de son état, Lucie, la soixantaine replète, était venue à la Grange en compagnie de son fils aîné, Robert. Le cadet gardait l'auberge qu'elle tenait sur la route d'Orpierre. Lucie, droite et digne dans ses vêtements sombres, avait déclaré qu'elle était venue saluer la femme l'ayant en partie élevée. Tous savaient que les deux sœurs étaient fâchées depuis longtemps. Pourtant, face au deuil, il

1. Présenter ses condoléances.

convenait de présenter un front uni. Les sacro-saintes apparences qui avaient régi l'existence d'Aglaé…

« Ma chère petite, je suis bien aise d'avoir fait ta connaissance, avait dit Lucie à Antonia, après l'avoir serrée contre son giron. » Paroles qui avaient renvoyé la jeune femme à ce mariage à la sauvette imposé par Aglaé, sous prétexte d'épargner aux Corré des dépenses qu'ils n'auraient pu assumer. Seuls les plus proches avaient été conviés à leurs noces. Ç'avait été le début d'une succession d'humiliations. Antonia avait pris une longue inspiration. « Le plaisir est partagé, ma tante », avait-elle répondu poliment. Louis ne soufflait mot. Il s'était isolé dans la salle et semblait loin, très loin, de tout ce bruit.

– Que pouvons-nous faire pour lui ? demanda Antonia à Pierre.

– Peu de chose, j'en ai peur. Ma mère et lui composaient un attelage disparate mais solide. Pense donc, il a continué à dormir avec elle alors qu'elle était à demi paralysée. La force de l'habitude ? L'amour ?

Lucie et son fils étaient restés à la Grange jusqu'à la lecture du testament, dans l'étude de maître Laborde, à Lachau. Simple formalité pour la sœur et le neveu puisque Aglaé leur léguait seulement quelques meubles et souvenirs. Peu familiarisée avec le vocabulaire juridique, Antonia s'était étonnée en apprenant qu'Aglaé avait conservé par-devers elle une partie conséquente de sa dot. Elle laissait à son époux un droit d'usufruit sur la Grange. Pierre hériterait de tout à la mort de son père. Antonia, elle, recevait le trousseau de sa belle-mère. Une ultime vexation pour celle qui était entrée à la ferme avec seulement les vêtements qu'elle portait sur le dos. Antonia n'en avait rien laissé voir. Pour elle, Aglaé appartenait désormais au passé…

9

D'après ses calculs, corroborés par ceux de Blanche, le bébé ne naîtrait pas avant une quinzaine de jours. Pas question pour Antonia, dans ces conditions, de ne pas participer à la cueillette, en altitude, de la lavande sauvage. C'était elle qui avait développé la bleue, et la récolte constituait le point d'orgue de l'année. Pierre et elle s'étaient querellés à ce sujet. Son mari, en effet, prétendait que sa grossesse était beaucoup trop avancée ; Antonia lui avait ri au nez. Leur fils était en sûreté, bien au chaud dans son ventre. D'ailleurs, elle n'avait pas l'intention de s'épuiser. Elle avait besoin de se laisser griser par le parfum de la lavande, d'en froisser quelques brins entre ses doigts.

Sylvette les accompagna le premier jour, un jeudi. Des cueilleurs italiens étaient descendus dans la vallée, comme chaque année. Ils logeaient dans les communs, travaillaient dur, de l'aube au coucher du soleil. Ils revenaient d'un été à l'autre, une chanson entraînante aux lèvres. Tout le monde grimpait dans la montagne. Des mulets tiraient les charrettes. Antonia et Sylvette, la veille, avaient sorti des coffres les *bourras* en toile de jute destinés à recueillir la lavande et en avaient chargé les charrettes. Antonia se laissait gagner par l'excitation. La bleue était son domaine, plus encore que les chèvres. Elle s'était battue contre Aglaé pour imposer son choix.

Sa belle-mère haussait les épaules, prétendant que ces herbes sauvages n'avaient jamais enrichi quiconque. « Nous verrons bien », répétait la jeune femme d'une voix apaisante.

Désormais, elle se sentait libre et en éprouvait une satisfaction intense.

– Ça va, ma belle ? s'inquiéta Sylvette, se retournant vers son amie qui peinait.

Antonia lui dédia un sourire éblouissant.

– Bien sûr ! Ce parfum… mon Dieu ! Je pense que je n'en serai jamais rassasiée.

– Tu en parles comme d'une gourmandise. Tiens, il faudra que je te prête des livres de Colette, je suis sûre qu'ils te plairont.

Colette, l'écrivain qui avait fait scandale en donnant un spectacle de pantomime nue sous une peau de panthère sur les scènes du Moulin Rouge et du Bataclan. Antonia avait entendu parler d'elle plusieurs années auparavant. Les ouvrages lus le soir, alors que Pierre la serrait fort contre lui en marmonnant que la lumière de la lampe le gênait, étaient pour elle une pause dans les travaux sans cesse renouvelés de la ferme. Un moment privilégié d'évasion.

– C'est une femme libre, reprit Sylvette.

Les deux amies échangèrent un regard un peu perdu. Elles avaient partagé les mêmes rêves, pendant les quatre années de guerre, pour s'apercevoir en fin de compte que rien n'avait vraiment changé. Les femmes avaient repris leur place, aux fourneaux et à l'étable. Sylvette, même si elle était la plus émancipée des deux, avait eu besoin de l'autorisation de son époux pour ouvrir un livret à la Poste.

« Les Anglaises nous ont montré le chemin, répétait-elle. À nous de persévérer ! – Nos filles, peut-être… », répondait alors Antonia.

Elle se pencha pour cueillir quelques brins de lavande, les huma en fermant les yeux. Une douleur soudaine, aussi brutale qu'un coup de poignard, lui arracha un gémissement.

– Ça va ? s'inquiéta Sylvette.

Les yeux pleins de larmes, Antonia fit « oui » de la tête. Elle avait déjà compris.

C'était une plainte sourde, brisée de temps à autre par un hurlement strident, qui mettait les nerfs de Pierre à vif.

Il abattit son poing sur la table, faisant sursauter son père.

– Bon sang ! Je vais chercher le docteur !

Depuis huit heures, la situation n'avait pas changé. Antonia souffrait mille morts, en vain. Blanche venait de temps à autre le tenir informé. Elle avait, selon la coutume ancienne, enveloppé le ventre d'Antonia de levain afin de précipiter la délivrance, le levain étant censé détendre les muscles de l'abdomen, et lui avait fait boire de l'aigo ardent, de l'eau-de-vie particulièrement corsée. Louis posa une main apaisante sur le poignet de son fils.

– Calme-toi, Pierre. L'enfantement est une affaire de femmes. Antonia est robuste…

Elle avait fait une fausse couche l'an passé. Cette idée obsédait Pierre. Et si sa femme mourait en donnant naissance à leur enfant ? Et s'ils perdaient ce second *petitoun* ? La pression de la main de Louis s'accentua.

– Tu sais, c'est grâce à Antonia que nous avons pu garder la Grange. Elle a trimé sans relâche, sans se plaindre et, pourtant, ta mère n'a pas été tendre avec elle. C'est une brave petite.

La gorge serrée, Pierre hocha la tête.

– Sans elle, je n'aurais pas eu le courage de rentrer, de soutenir le regard des autres…

Il passa une main hésitante sur son collier de barbe. C'était étrange, se dit-il, qu'ils aient cette conversation à cœur ouvert alors qu'Antonia, dans leur chambre, luttait pour donner la vie. Un hurlement plus fort que les autres le fit tressaillir. Il se leva.

– J'y vais, jeta-t-il par-dessus son épaule.

Dans la chambre, Blanche exhortait la parturiente.

– Ma belle, il faut pousser, encore et encore. Tu es courageuse, tu en es capable, je le sais. Attends… Redresse-toi un peu, que je te masse le dos. Là… Souffle et pousse, pousse, pousse…

Elle avait remarqué la pâleur d'Antonia, son épuisement. Elle se tourna vers Sylvette, qui l'assistait en se mordant les lèvres. Blanche n'appréciait guère l'institutrice mais, appelée en catastrophe à la Grange, elle n'avait pas eu le temps de s'organiser. Sylvette ne paraissait pas être très à son aise. « Pas étonnant ! » se dit Blanche. À trente ans passés, la maîtresse d'école n'avait pas encore enfanté, ce qui faisait jaser. Comme, de plus, elle ne se rendait pas à l'église, on ne se gênait pas pour la traiter de mécréante. Blanche savait d'autres choses sur la jeune femme, qu'elle gardait par-devers elle. La sage-femme n'était-elle pas tenue au secret professionnel ?

– Aidez-moi, pria-t-elle tout haut.

L'enfant se présentait mal et elle commençait à prendre peur. Elle préférait ne pas faire appel au mari, déjà suffisamment angoissé. C'était son premier. Elle connaissait des époux qui ne se souciaient même plus des douleurs de leur femme, partaient au café et revenaient le lendemain matin pour fêter comme il se devait la naissance du bébé. Heureusement qu'il ne lui prenait pas la fantaisie de raconter ce qu'elle savait sur nombre d'habitants de la région !

Le docteur Bonfils, interrompu dans son souper par un Pierre affolé, surgit alors dans la chambre. Il réclama une cuvette d'eau, du savon et des linges. Blanche le regarda se savonner longuement les mains. En d'autres circonstances, Pierre se serait amusé du coup d'œil suspicieux jeté au médecin par la sage-femme.

– Voyons voir, fit le praticien.

Il ausculta Antonia qui, les yeux exorbités, roulait la tête de droite à gauche, et fit signe à Sylvette, de plus en plus livide, de sortir.

– Je ne tiens pas à avoir deux malades sur les bras, dit-il.

Blanche se tourna vers lui, l'air soucieux.

– Elle n'a plus la force de pousser. Pourtant, elle a perdu les eaux brutalement…

Le docteur Bonfils se pencha, pour se relever quelques minutes plus tard.

– L'enfant est mal positionné, déclara-t-il. À nous deux, nous devrions arriver à le retourner.

– Si je peux vous aider, docteur…, suggéra Pierre.

Il paraissait sur le point de s'évanouir mais il tiendrait bon, Bonfils en était persuadé. Il avait eu peur pour lui à son retour. Finalement, celui qu'il avait connu gamin avait surmonté son handicap.

– Pierre…, gémit Antonia.

Il se précipita à son chevet, lui tint la main. Elle se détendit alors de façon perceptible.

– Restez là ! ordonna le médecin. Quant à nous, madame Blanche, voici ce que nous allons faire…

Pierre ne quitta pas sa femme des yeux durant l'opération. Il lui caressait le front, lui chuchotait des mots tendres, sans jamais regarder du côté du docteur et de la sage-femme. C'était au-dessus de ses forces. Antonia, malgré sa bravoure, poussa un hurlement inhumain quand Bonfils parvint à retourner le bébé. Grâce aux pressions exercées par Blanche sur l'abdomen de la parturiente, le médecin procéda à la délivrance.

– Nous y sommes, souffla-t-il, et Blanche soupira en écho.

Pierre tourna alors la tête. Il aperçut une chose visqueuse, couverte de sang et de mucus, et son cœur manqua un battement.

S'agissait-il vraiment de leur enfant ? Le bébé demeurait silencieux. Blanche lui administra une tape sur les fesses après lui avoir soufflé dans la bouche. Il se mit alors à pleurer crescendo.

– Une belle petite fille, commenta Bonfils. Pierre, mon vieux, il te faudra patienter si tu avais prévu de l'emmener à la chasse !

– Ça m'est bien égal ! claironna Pierre.

Il baisa les mains d'Antonia tandis que le médecin aidait la jeune femme à expulser le placenta. Pendant ce temps, Blanche nettoyait le bébé avec des gestes précautionneux et doux.

– Où est le berceau ? s'enquit-elle.

Pierre rougit.

– Il est prêt mais… enfin, c'est la mère d'Antonia qui doit l'apporter. Vous comprenez… elle disait qu'il ne fallait pas le laisser dans la chambre, que ça pouvait porter malheur.

Le docteur s'esclaffa.

– Et tu t'es incliné, bien sûr ! Je ne te croyais pas superstitieux, pourtant. Bah ! tu as bien une corbeille à linge ?

Pierre s'empressa. Il avait envie de rire, de chanter. Une fille ! Quel bonheur !

Son père ne partagea pas son enthousiasme. Debout sur le seuil de la chambre, il maugréa :

– Une fille… malheur ! Dépêche-toi de faire un fils à ta femme, mon garçon, sinon nous pourrons dire adieu à la Grange !

10

De mémoire de villageois, on n'avait jamais vu l'église ainsi décorée. Des brins de lavande, tressés en fuseaux, en guirlandes, ornaient le maître-autel ainsi que celui dédié à sainte Anne. Dans des vases, des roses, blanches et roses, mêlaient leurs parfums.

– Un vrai baptême de princesse, marmonna Mlle Césarine, la sœur du nouveau curé, réputée pour sa langue acérée.

Elle tenait le presbytère d'une main de fer et pratiquait une charité variable, suivant les opinions religieuses. Rares étaient les libres-penseurs mais ceux-ci n'avaient droit à rien, pas même à son salut.

– La vieille Césarine nous ignore, ricanait l'Alphonse, instituteur en retraite, farouchement opposé aux « bondieuseries ».

Il retrouvait souvent au café de Célina son ami Verjus, un adjudant revenu du Tonkin avec une forte propension à user et abuser de l'absinthe. Depuis que celle-ci avait été interdite, en 1915, il s'était rabattu sur la gnôle, qu'il consommait à un rythme hallucinant. Frappés d'ostracisme, les deux compères s'en amusaient, entonnant des chansons paillardes au passage de la Césarine qui accélérait alors le pas.

Ce matin-là, ils sacrifiaient à leur rituel chez Célina,

tout en observant le cortège, marraine en tête, qui portait le nouveau-né.

– Bien des simagrées pour une pisseuse, commenta Verjus, qui se piquait de misogynie.

– La Grange représente un joli capital, corrigea Alphonse. Antonia a maintenu la ferme à flot pendant la guerre. Maintenant, elle cultive la lavande. C'est une fille qui sait ce qu'elle veut.

Verjus cracha par terre.

– Sait-on seulement ce que vaut encore la terre ? Les plus jeunes partent s'installer en ville. Nous sommes loin de tout, par ici.

– Nous sommes chez nous, reprit Alphonse, en tapant du poing sur la table.

Son camarade l'imita, ce qui fit se retourner plusieurs personnes du cortège.

– Bien dit, collègue ! Tiens, regarde celle-ci, avec ses cheveux coupés et sa jupe courte… On dirait une danseuse de corde !

Alphonse fit claquer sa langue.

– Une fille de la ville. Une engeance qui ne veut plus travailler à la ferme parce que c'est trop salissant. Tu as vu la tête que fait Louis ? Il rêvait d'un petit-fils.

– Bien obligé de prendre ce qui arrive ! Antonia est pâlotte.

La jeune femme avait perdu beaucoup de sang durant l'accouchement. Pierre aurait préféré qu'elle reste à la ferme mais elle n'avait rien voulu savoir. Elle assisterait au baptême de leur fille, et tant pis si cela ne se faisait pas ! Elle avait bien voulu céder aux prières de son beau-père, qui avait insisté pour que le baptême de la petite ait lieu le plus vite possible, sans pour autant partager ses craintes. Car c'était bel et bien la peur qui poussait les parents à faire baptiser très rapidement les nouveau-nés. On estimait, en effet, et ce depuis longtemps, qu'un enfant non baptisé courait de grands dangers. Pour le protéger, on le signait chaque fois qu'on changeait ses langes en murmurant : « *Bouan Jésus, fés mi bèn grand e bèn sage*[1]. » On ne devait pas prononcer son prénom, ne pas étendre ses langes dehors, ne pas le sortir, ne pas le laisser tête nue… Une liste d'interdits qui vous empoisonnait la vie. Antonia dissimulait mal son scepticisme, au risque de se faire traiter de païenne par Mlle Césarine.

Elle s'appuya un peu plus lourdement sur le bras de son époux. Elle se sentait encore très fatiguée. Le bébé dormait mal, et eux aussi. Elle n'avait pas beaucoup de lait, se le reprochait comme si elle en avait été responsable. Elle vérifia d'un coup d'œil que tante Lucie, qu'ils avaient choisie comme marraine, portait bien leur petite fille en soutenant sa tête fragile. Elle l'avait vêtue de la robe de baptême de son père, qui avait été aussi celle de Louis. Ce dernier avait indiqué à Antonia l'endroit exact où elle la trouverait, enveloppée dans du papier de soie. « Aglaé l'a gardée pour notre premier petit-enfant et j'espère que tu feras de même, lui avait-il dit d'une voix empreinte de gravité. Cette robe de baptême

1. « Bon Jésus, faites-moi bien grand et bien sage. »

remonte aux premières années du XIXe siècle et chaque génération de Ferri en a pris le plus grand soin. »

Antonia avait caressé de la paume le tissu amidonné, orné au col et aux poignets de dentelles. Un bonnet couleur ivoire complétait la toilette. Dessous, le bébé portait une brassière de coton, un mouchoir de cou, des langes et des couches en fil.

Antonia chercha Sylvette des yeux. Son amie avait refusé d'être la marraine, ce qui les avait mis dans l'embarras. Dieu merci, tante Lucie ne s'était pas formalisée d'avoir été sollicitée aussi tardivement. Le parrain était Raphaël, l'aîné des frères d'Antonia, ce qui était prévu depuis longtemps. Il était bel homme et, dans son costume sombre, il attirait les regards des filles. Leurs parents désespéraient de le marier. Excellent joueur d'accordéon, Raphaël animait la plupart des bals et des fêtes votives à une vingtaine de kilomètres à la ronde et multipliait les conquêtes. « Un jour, un père ou des frères furieux te forceront à te marier », prophétisait sa mère. Lui riait avec une belle insouciance. « Ne t'inquiète pas, mère. La fille qui m'épousera n'est pas encore née ! »

Antonia devinait que leurs parents s'alarmaient à cause de la ferme. Raphaël fuyait les responsabilités. Gustave, le cadet, excellent élève, préparait l'école normale à Digne. « Malheur ! se lamentait le père. Avoir tant trimé pour rien… »

Antonia se désolait de le voir vieilli, amaigri. Malgré des douleurs lombaires persistantes, il travaillait toujours autant, serrant un peu plus chaque jour sa ceinture de flanelle. Il refusait de consulter le docteur Bonfils, se contentant des conseils de la guérisseuse lorsque ses souffrances devenaient insupportables.

Aujourd'hui, cependant, était jour de fête, et il portait beau, Jeanne à son bras. Les cousins Corré avaient été invités ainsi que Barnabé, le frère cadet de Jeanne, *patiaire*[1] de son état. Il portait ses habits du dimanche lui aussi, mais l'eau de Cologne dont il avait abusé ne parvenait pas à masquer l'odeur de peaux tannées qui imprégnait ses vêtements propres.

Antonia fronça le nez. Barnabé était si bon qu'elle n'avait pas eu le cœur de le laisser de côté. Il venait de connaître un nouveau malheur, à croire qu'il y était abonné ! Après avoir perdu son épouse, morte dans un accident de chemin de fer cinq ans auparavant, il avait tenté en vain de se remarier. Sa dernière fiancée, une jeune veuve qui travaillait à Séderon, venait de l'éconduire. Malgré ses efforts, elle n'était pas parvenue à s'habituer à l'odeur des peaux de lapin, de lièvre et de belette. Désespéré, Barnabé envisageait sérieusement de changer de métier.

Des amis, des relations étaient venus d'Eygalayes, de Lachau, Séderon et même de Laragne. Antonia aperçut Mme Laborde, l'épouse du notaire, et Mme Bonfils. Quand on connaissait le médecin, fort en gueule et peu diplomate, on s'étonnait de découvrir sa jeune femme fragile et timide.

---

1. Chiffonnier.

Le bébé se tint fort bien durant la cérémonie, criant seulement lorsque le prêtre lui versa de l'eau, par trois fois, sur le front.

C'était bon signe. Si, en effet, il était resté silencieux, on aurait pu craindre qu'il manquât de courage ou de caractère.

Chacun attendait de connaître les prénoms de la petite. Quand le père Bénévent, le successeur du père Forget, déclara : « Je te baptise Valentine, Marie, Jeanne », un murmure courut le long des travées. Valentine… Quelle drôle d'idée ! Était-ce seulement un prénom chrétien ? Il fallait toujours qu'Antonia se distingue ! La jeune femme échangea un regard empreint d'amour avec son époux. Assis à côté de Pierre, papé Louis souriait dans le vague. Pierre pressa la main d'Antonia.

– Tu verras, il aimera notre petite, lui affirma-t-il.

Ne l'avait-il pas surpris la veille penché au-dessus du berceau et fredonnant une berceuse ?

Les cloches carillonnèrent pour la sortie. Les gamins s'étaient postés au bas des marches menant à l'église et criaient : « *Jito, peirin*[1] *!* » Raphaël s'exécuta de bonne grâce, lançant à la volée dragées et pièces de monnaie. Les enfants se ruèrent dessus à *tiro-péu*[2] jusqu'à ce que Mlle Césarine, rouge de courroux, les fasse décamper. Le cortège s'étira alors vers la Grange. Casimir était venu avec la jardinière, afin de ramener papé Louis,

1. « Jette, parrain ! »
2. « À tire-poil », en s'arrachant les cheveux.

Antonia et le bébé. La table était dressée à l'ombre des chênes verts. Depuis la veille, Jeanne et Marinette, qui se louaient comme cuisinières, s'activaient sans relâche. Le menu prévoyait des salades d'artichauts sauvages et de cocos de Mollans, des caillettes aux herbes du Ventoux, du ragoût d'agneau, des gras-doubles aux pommes de terre, des tians de courge, un assortiment de fromages de chèvre et des tartes aux framboises.

Il faisait délicieusement bon, et l'assemblée était gaie et heureuse. « C'était un beau dimanche », se dit Antonia le lendemain, en rangeant les reliefs de la fête. Ils avaient dansé au son de l'accordéon de Raphaël, et les plus âgés avaient entonné des chansons de leur jeunesse. Elle rentra dans la ferme, alla vérifier que Valentine dormait toujours.

Elle éprouvait une sensation de plénitude qui lui fit presque peur. Comme si son bonheur était condamné à ne pas durer…

11

1934

La main placée en visière devant les yeux, la fillette cherchait à repérer le troupeau de Félix. « Leur troupeau », rectifia-t-elle dans sa tête.

– Eh bien, tu les vois, petite ? s'enquit son père.

– Pas encore, papa !

Ils étaient tout près, elle le savait. Depuis le temps qu'elle rêvait d'accompagner le troupeau en transhumance… Chaque année, fin mai, avec l'accord tacite de Mlle Emma, leur institutrice, les élèves de l'école filaient dehors dès qu'ils entendaient tinter les sonnailles. Le redon, au son grave, était réservé aux cadets[1]. Les brebis portaient la pique, au timbre cristallin, et les ânes la platelle, à la sonorité à la fois grave et cristalline. Les enfants étaient sensibles à la musique des troupeaux. C'était comme une mer de moutons qui traversait la grand-rue, le berger en tête, suivi d'un ou deux ânes puis des brebis. Les chiens les encadraient, veillant à ce qu'aucune bête ne s'écarte du chemin.

Si Valentine aimait leurs brebis, elle préférait encore ses chèvres. Malignes, celles-ci rentraient seules le soir

1. Moutons castrés.

à la ferme tandis qu'il fallait retourner chercher les moutons.

Pour le moment, elle avait hâte de rejoindre Félix, le berger. Son père lui avait promis qu'ils iraient lui porter à manger le prochain dimanche et il avait tenu parole. Valentine adorait son père. Ses relations étaient plus tendues avec sa mère. On lui avait si souvent répété : « Fais attention à ta maman » qu'elle lui en avait voulu. Une mère, pour elle, se devait d'être forte et indestructible. Comme Mélanie, la mère de son amie Lisa, qui donnait l'impression de s'occuper de tout en même temps. Valentine avait toujours connu Antonia souffrante. Le docteur Bonfils leur avait expliqué que la pneumonie dont elle avait souffert durant la guerre avait laissé des traces. Un voile au poumon. Après la naissance de sa fille, Antonia, anémiée, avait contracté une nouvelle infection. Il avait fallu l'hospitaliser. Valentine se rappelait les chuchotements de son père et du médecin, les visages défaits, les murmures sur son passage, sur le chemin de l'école, et ce mot terrible – tuberculose – qui faisait si peur.

Dieu merci, Antonia n'était pas tuberculeuse. Atteinte d'une nouvelle pneumonie, elle avait dû passer près d'un an dans un préventorium sur le plateau d'Assy. À son retour, Valentine avait eu l'impression de se retrouver face à une étrangère. Antonia avait beaucoup maigri, et son regard restait empreint de mélancolie. Elle, si active, devait se ménager, ce qu'elle supportait mal. Elle ne pouvait plus s'occuper des animaux, l'atmosphère de la bergerie provoquant chez elle d'irrépressibles quintes de toux. Elle se consacrait aux tâches de la maison et tricotait beaucoup. Elle avait pris ce pli au préventorium, où les malades passaient leurs après-midi sur des chaises longues. On lui apportait du village, de Lachau et de Séderon, des pelotes de laine ou des écheveaux et Antonia créait des modèles originaux, harmonisait les couleurs, multipliait les points compliqués. Valentine avait des chandails, des robes et même un manteau tricotés qui suscitaient l'admiration de ses camarades de classe. Mais elle aurait préféré pouvoir courir la montagne en compagnie de sa mère. La maladie d'Antonia avait jeté une ombre sur leur famille.

« Peut-être bien que nous n'avons pas de chance », avait marmonné son père, un soir, en passant la main sur sa mâchoire. Il s'était aussitôt repris : « Ne nous plaignons pas. Nous avons la Grange et du travail plus qu'il n'en faut. »

Elle aimait leur ferme d'un amour viscéral, inconditionnel. Quand elle revenait de l'école et qu'elle apercevait le toit de tuiles patinées, son cœur battait toujours un peu plus vite. L'hiver, elle se dépêchait de poser son cartable dans la salle, avalait un bol de lait après avoir embrassé sa mère et son grand-père et filait à la bergerie. C'était le domaine du chien César, troisième du nom, qui lui faisait fête. Valentine changeait la paille, remplissait de foin les mangeoires, sous le grand râtelier, d'eau claire l'abreuvoir et rentrait ensuite faire ses devoirs tandis que sa mère repassait. Elle l'observait discrètement, admirant son savoir-faire et le plaisir qu'elle semblait éprouver à passer le fer chaud sur les torchons, les serviettes et les draps. Ses gestes se faisaient plus mesurés pour les chemises de son époux. Antonia déplissait le coton d'un mouvement empreint de tendresse, redressait le col et les poignets, et Valentine se disait que son père aurait toujours la première place dans le cœur de sa mère. Elle n'était pas jalouse, ni peinée. Elle, elle avait la Grange.

– Alors, tu vois Félix ? s'enquit son père dans son dos.

Valentine secoua la tête.

– Ni lui ni le troupeau. Il nous faut encore grimper !

Ce n'était pas pour la gêner ! Papé Louis l'avait surnommée quelques années auparavant la Chevrette. Tous deux s'entendaient bien. Il lui racontait comment on vivait, jadis, à la ferme et elle aimait à l'écouter dévider le fil de ses souvenirs.

Elle aperçut les moutons alors qu'elle venait de déboucher sur une plate-forme rocheuse. Ils broutaient paisiblement, ratissant la montagne. Les deux chiens de Félix, Vaillant et Prince, gardaient le troupeau. Gare à la brebis qui aurait osé s'aventurer hors du cercle qu'ils délimitaient !

– Ohé ! Félix ! s'époumona la fillette.

Les chiens dressèrent les oreilles sans pour autant s'éloigner d'un pas. Félix se tourna vers elle, brandit sa canne. Cette canne – en fait un grand bâton de sorbier rouge – avait toujours fasciné Valentine. Elle avait l'impression, en effet, qu'elle conférait d'étranges pouvoirs au berger. Les pâtres n'étaient-ils pas un brin sourciers et sorciers ? Félix, pour sa part, savait tout. La course des nuages dans le ciel, la pluie ou la neige, l'orage et le vent, le nom des étoiles… Avec sa grande cape de laine, une limousine, qui le protégeait des intempéries, son chapeau cabossé et le sac de cuir qui pendait à son épaule, il était l'un des derniers survivants du siècle passé, un sage. Il toucha de deux doigts le bord de son feutre pour saluer les arrivants. Pierre était plus essoufflé que sa fille.

– Vous y avez mis le temps, commenta Félix.

Pierre lui tendit sa *biasse*[1]. Elle renfermait du pain, des caillettes, des fromages de chèvre, de l'omelette aux herbes, du gâteau aux amandes. L'âne qu'ils avaient emmené avec eux portait sur son dos un bât contenant les provisions nécessaires au berger. Des œufs, du lard, des pommes et du sel, si précieux pour le troupeau. Non seulement on lui conférait depuis des siècles des vertus de protection mais surtout il permettait aux moutons de retenir l'eau contenue dans l'herbe.

Pierre et Valentine s'installèrent pour déjeuner sur une grosse pierre, non loin de Félix qui contemplait sa montagne. La vue était sublime, offrant un panorama à cent quatre-vingts degrés sur les Alpes aux sommets encore enneigés. En contrebas, dans la vallée, hameaux et villages se distinguaient à peine dans la brume de chaleur de l'été.

– C'est beau, murmura Valentine en humant l'air délicieusement piquant.

---

1. Musette contenant le casse-croûte.

Elle était de ce pays, qu'elle aimait par-dessus tout. Elle se pelotonna contre son père.

– Promets-moi que nous ne quitterons jamais la Grange. C'est chez moi.

– Pourquoi voudrais-tu que nous partions, ma puce ? C'est notre maison, notre terre. Nous resterons toujours là.

Le visage de Valentine parut rasséréné. Elle reprit un peu de caillette, qu'elle accompagna de pain. Elle aurait aimé avoir un couteau, comme son père, mais elle savait que, si elle lui en faisait la demande, Pierre répondrait qu'elle était encore trop jeune. À moins qu'il ne pense, comme papé Louis, qu'elle n'en avait pas besoin, « n'étant qu'une fille ». Cette remarque avait le don de la mettre en colère. Comme sa mère avant elle, Valentine était une dévoreuse de livres. Elle en empruntait régulièrement à la bibliothèque du village quand elle ne piochait pas dans l'armoire familiale. Celle-ci, occupant tout un mur de la salle, rassemblait sur deux étagères les ouvrages que les Ferri possédaient. S'y côtoyaient aussi bien le dictionnaire Larousse que des traités retraçant l'histoire de la région ou des romans d'Henry Bordeaux et de Balzac, dans la collection « Nelson[1] » qu'elle affectionnait tout particulièrement. Elle avait la chance que ses parents lui fassent confiance et ne contrôlent pas ses lectures. « Tu aimes lire, c'est le principal », lui disait Antonia qui n'avait pas oublié

1. Coïncidence amusante : il exista une collaboration éditoriale en 1900 et 1912 entre les Éditions Nelson et Calmann-Lévy.

avoir souffert durant son enfance de ne pas avoir de livres chez elle.

Elle s'amusa à suivre du regard le manège de Vaillant, qui veillait à ce qu'aucune des brebis ne s'écarte du gros du troupeau. Les deux chiens travaillaient en parfaite harmonie, Prince étant le meneur et Vaillant le gardien. Son père le surnommait « le pion » en riant.

Félix referma son couteau et les rejoignit.

– L'été va se prolonger encore plusieurs jours, déclara-t-il, en désignant de son bâton le ciel d'un bleu très pur.

Il regarda tour à tour le père et la fille et reprit, en pesant ses mots :

– Nous allons vers des temps difficiles. L'intolérance gagne du terrain.

– Que veux-tu dire ?

Le berger esquissa un sourire désabusé.

– Il n'y a qu'à voir le nombre de Babis qui passent la frontière. Désormais, ils arrivent avec femmes et enfants. Oh ! pour ça, travailleurs, y a rien à dire… Mais si Hitler continue de fanfaronner et de lancer ses appels à la haine, les Allemands ne tarderont guère à les suivre.

– Des Babis ? répéta Valentine, perplexe.

Le sourire du berger s'accentua.

– Eh, petite, tu ne connais pas ce terme qui désigne les Italiens ? En provençal, il signifie « crapaud ». Te dire pour quelle raison on les nomme ainsi, je ne le saurais pas. Ce que je sais, par contre, c'est qu'ils n'ont pas fini de venir en France.

– Babi..., reprit Valentine. C'est plutôt joli.

– Des temps difficiles, répéta son père, l'air songeur. Tu n'es pas optimiste, berger !

Félix haussa les épaules avant de le regarder bien en face.

– La vie t'a-t-elle donné des raisons de l'être ? Notre génération a connu la guerre, cette horrible saignée à blanc, puis la crise. Il ne nous manque plus qu'une autre guerre.

– Ça, jamais ! explosa Pierre. Si nous avons supporté tant de souffrances, c'est bien parce qu'on nous avait promis que ce serait la der des ders.

– Parce que tu crois encore aux promesses des hommes politiques ? Lis Thomas Mann, Erich Maria Remarque... Eux ne se font guère d'illusions.

– Tu me prêteras tes livres ? osa demander Valentine.

Décidément, Félix était un sage ! Elle ne l'en admirait que plus. Il se pencha vers elle.

– Un à la fois. Parce que, tu sais, un livre, ça se savoure, ça se lit et se relit et, à chaque lecture, tu ressens les choses différemment.

– Des histoires, tout ça ! grommela Pierre, vexé de ne pas connaître les auteurs que son berger avait cités.

Il lui sembla que l'ombre gagnait le versant d'en face plus vite que prévu. Il posa sa main sur l'épaule de sa fille.

– Rentrons, Valentine. Ta maman va s'inquiéter.

12

1937

Au fur et à mesure que l'autocar s'éloignait de Sisteron, Valentine éprouvait une excitation diffuse, impatience et joie mêlées. Elle rentrait à la Grange ! Le nez à la vitre, elle contemplait le paysage familier, sous la lumière hivernale qui dorait les champs, évaluant la distance qui la séparait encore de la ferme. Certes, elle avait désiré étudier à Sisteron après le certificat. Une affaire d'État, cet examen ! Ses camarades et elles étaient allés le passer au chef-lieu, la peur au ventre, conscients de l'enjeu. Lorsque Valentine avait appris qu'elle était reçue, sa première pensée avait été pour papé Louis. « Il ne le saura jamais », avait-elle dit. Son grand-père était décédé au début de l'année 1937, des complications d'une méchante grippe. Une mort paisible, dans son sommeil. Valentine et lui avaient été si complices, si proches, qu'elle avait mis plusieurs mois à se remettre de sa disparition. Elle s'était emportée contre ses parents quand, pour la consoler, ils lui avaient assuré qu'il avait eu « une belle mort ». Qu'en savaient-ils ? Papé Louis avait partagé avec elle tant d'anecdotes, tant de souvenirs… Grâce à lui, elle connaissait l'histoire de la Grange et de leur famille.

Elle sourit. Son grand-père lui avait fait un merveilleux cadeau le jour où il lui avait dit : « Tu vois, petite, je voulais un petit-fils. Je le voulais si fort que j'ai boudé ta pauvre mère jusqu'au jour de ton baptême. Et puis maintenant… Le bon Dieu me pardonne ! Tu vaux bien plus que tous les petits-fils de la terre ! »

Elle savait qu'il pensait ce qu'il disait. Et cette confidence n'en avait que plus de prix.

L'enterrement de Louis Ferri avait rassemblé une foule importante. L'église du village n'avait pu contenir autant de monde. Il gelait ce jour-là et les fossoyeurs avaient eu toutes les peines du monde à creuser la terre. Cette image avait permis à l'adolescente de ne pas sombrer. Elle avait imaginé les commentaires de son grand-père face à une telle situation. Avec elle, il recourait souvent à l'humour. À elle, il avait raconté sa jeunesse, ses rêves, et tous deux s'étaient découverts étonnamment proches, malgré les années qui les séparaient.

Elle soupira, pianota sur le siège en moleskine. Deux semaines de vacances, la vraie vie, enfin ! Elle trouvait le temps long au pensionnat. Elle aimait, pourtant, étudier l'anglais, le latin, l'histoire, la mythologie, le français, mais elle n'était pas faite pour la vie en ville. Tout lui paraissait étriqué, limité. L'horizon lui manquait, ainsi que le ciel, son ciel, et ses montagnes, et ce parfum de lavande qui vous imprégnait. Il lui semblait respirer mieux durant la promenade du jeudi après-midi quand, au débouché de la rue Droite, elle se grisait du panorama sur les Alpes. Elle aurait voulu l'expliquer à ses parents, sans toutefois y parvenir. Ils rêvaient de la voir devenir institutrice, peut-être même professeur. Son oncle Gustave était persuadé qu'elle en était capable. Lui-même dirigeait une école à Sault.

Valentine haussa légèrement les épaules. Après tout, rien ne pressait, elle n'avait que treize ans. Pour l'instant, elle savourait le bonheur de rentrer à la maison.

Elle se tourna vers Lisa, sa meilleure amie, qui étudiait avec elle à Sisteron. Ses parents tenaient l'un des cafés de Lachau et, lorsqu'il faisait trop mauvais pour grimper jusqu'à la Grange, les deux adolescentes partageaient la chambre de Lisa. Elles aimaient Henry Garat et Lilian Harvey et connaissaient par cœur les chansons d'un certain Charles Trenet qui paraissait monté sur ressorts. Pierre se moquait souvent d'elles à propos de Jean Sablon, qui les faisait se pâmer. « Il n'a pas de voix ! ironisait-il. Il a besoin d'un microphone. »

La TSF avait changé leur existence. Elle trônait dans la salle de la Grange, mais aussi dans l'arrière-salle du Café Napoléon. Grâce à cet appareil quasi magique, on pouvait suivre l'actualité et se tenir informé de ce qui se passait aussi bien en France que dans le monde. « Une révolution », avait commenté papé Louis, peu de temps avant de mourir. Le phénomène, qu'il ne s'expliquait pas, l'émerveillait. « J'ai l'impression de ne plus être seul », avait-il confié à Valentine.

La neige se mit à tomber au croisement de la route des gorges. De gros flocons, insolites parce qu'aucun signe avant-coureur ne les avait précédés, s'abattirent sur l'autocar. Lisa donna un coup de coude à son amie.

– Qu'est-ce que c'est bath ! Juste pour les vacances !

Elles avaient prévu d'aller « veiller » chez des collègues de leur âge, qui habitaient sur la route de Séderon. Les élèves de la classe de M. Fournier avaient été séparés après le certificat. Ils avaient bien l'intention de renouer leurs liens. Cyprien, le chauffeur, avait ralenti. Les vitres du car se couvraient d'une buée que les jeunes passagers estompaient avec les doigts.

– On arrive bientôt ! lança-t-il à la cantonade.

– Je vais cuisiner avec ma mère, récapitula Valentine. Et puis lire. Je m'abîmerai moins les yeux qu'à la pension. Et m'occuper des bêtes. Et…

– Moi, je vais dormir ! la coupa Lisa. Et guetter Maurice.

Elle avait le béguin pour le jeune facteur qui avait remplacé Éloi désormais à la retraite. De taille moyenne, trapu, il avait un visage ouvert, un regard malicieux. S'il circulait la semaine à vélo, le dimanche, il sillonnait la région sur sa motocyclette. Valentine se demandait si Lisa n'était pas surtout sensible au prestige de son véhicule. Toutes les filles de leur âge ne rêvaient-elles pas de s'accrocher à la taille de Maurice et d'aller se promener jusqu'à Montbrun ou même à Sault ? Valentine sourit.

– Il a au moins vingt-deux ans !

– Et alors ? crâna Lisa. J'en aurai quatorze dans une semaine.

– Hum, fit Valentine, sans se prononcer.

Elle avait l'impression d'étouffer à l'intérieur de l'autocar et hâte d'arriver à la Grange. Un mal du pays aussi subit qu'incompréhensible, puisqu'elle rentrait chez elle, la submergea.

– C'est drôle, remarqua-t-elle à haute voix, j'ai l'impression que ce n'est pas toujours très amusant de grandir…

Félix le lui avait dit, fin septembre, alors qu'elle était montée à l'estive lui faire ses adieux, juste avant la rentrée au pensionnat. « Ne brûle pas les étapes, petite, lui avait-il conseillé. Il y a un temps pour tout, n'oublie pas. Et le jour où ça n'ira vraiment pas, tourne-toi vers l'est, là où le soleil se lève. Tu verras, ça te fera du bien. » Elle avait acquiescé, plus pour ne pas le décevoir que par réelle conviction. Elle y songeait, à présent. Félix devait avoir gagné ses quartiers d'hiver, à Aurel. Il y passait la mauvaise saison, auprès de son frère handicapé et de leur mère.

Lisa ne chercha pas à dissimuler son indignation.

– Est-ce que tu parles sérieusement, Valentine ? Moi, j'ai hâte, si tu savais, d'avoir dix-huit ans, de pouvoir aller au bal, d'être plus libre, enfin !

– Je ne sais pas, répéta Valentine.

Elle avait l'obscure prescience qu'il fallait savourer les moments de bonheur, que le temps finissait toujours par s'écouler trop vite.

– On arrive ! cria Cyprien.

Elles distinguèrent les maisons serrées les unes contre les autres, l'église et son clocher à quatre pentes, la fontaine à bulbe.

L'autocar ralentit, s'immobilisa dans un gémissement fatigué. Les passagers descendirent les uns après les autres en saluant gaiement le chauffeur. Les deux amies quittèrent le véhicule les dernières et s'élancèrent en direction du café. Lisa glissa, se rattrapa au bras de Valentine.

– Je suis sûre que ma mère aura préparé des oreillettes ! lança-t-elle.

Il leur semblait qu'elles avaient une éternité devant elles. Deux semaines, avant de changer d'année et de basculer en 1938.

Une chaleur réconfortante régnait à l'intérieur du Café Napoléon. Ils étaient tous là, Jean, le menuisier, Émile, le charron, Philémon, le maréchal-ferrant, et Pascal, le boucher, attablés pour leur belote hebdomadaire. Ils buvaient, au choix, un bock ou une demi-fine, ce qui facilitait les choses pour que chacun règle sa tournée, ces consommations coûtant le même prix.

Les habitués saluèrent comme il se devait l'arrivée des adolescentes. Celles-ci essuyèrent leurs pieds sur le paillasson.

– Bienvenue, les filles ! s'écria Mélanie, la mère de Lisa.

Elle leur servit d'autorité les chocolats chauds qu'elle avait préparés en apercevant l'autocar. C'était une femme bien en chair, qui se déplaçait avec une rapidité surprenante. Sa cuisine – une cuisine simple, de « bonne femme », disait-elle – attirait nombre d'ouvriers et de voyageurs de commerce. On appréciait aussi bien ses civets de lièvre que sa morue aux poireaux ou ses ragoûts de pommes de terre.

– Ton père m'a fait dire qu'il allait venir te chercher, déclara Mélanie à Valentine. Tu dois l'attendre chez nous.

Ce n'était pas pour déplaire aux deux amies. Lisa s'enquit, après avoir jeté un coup d'œil circulaire à la salle :

– Maurice n'est pas là ?

Un silence pesant accueillit sa question. Philémon se racla la gorge.

– Maurice, on ne risque pas de le revoir par ici avant longtemps ! lança-t-il. Il est parti il y a bien dix jours maintenant. Il doit être rendu là où il allait.

– Ah oui ? fit Lisa, dont les joues s'empourpraient. Et… il allait où, comme ça ?

Elle ignora le froncement de sourcils de Valentine. Les joueurs de belote s'entre-regardèrent. Ils avaient déjà bien bu et pensaient s'apprêter à faire une bonne farce.

– Pardi ! Où veux-tu qu'il soit parti, rouge comme il est ? ironisa Pascal. Soutenir ses copains républicains, en Espagne.

– Il est allé… se battre ? s'affola Lisa.

Émile ricana.

– Drôle de guerre ! Les Espagnols arrivent par familles entières du côté de Toulouse. En tout cas, Maurice est parti au début du mois pour Perpignan. C'est un brave gars, même s'il cherche les ennuis. Faut juste espérer qu'il reviendra…

Lisa ne répondit pas. Atterrée, elle contempla la place où se tenait d'habitude le facteur, à côté de la porte. Valentine l'entraîna par le bras.

– Ton chocolat va refroidir.

Elle-même, si elle n'était pas aussi bouleversée que son amie, avait accusé le choc. Maurice le gouailleur parti pour l'Espagne… C'était comme si la guerre entre nationalistes et républicains avait fait irruption dans leur monde protégé. Elle se promit d'en apprendre un peu plus sur ce conflit.

Quand son père vint la chercher avec la jardinière, elle lui annonça la nouvelle avant même de le saluer. Il esquissa un sourire désabusé.

– Pauvre garçon… Il ne sait pas ce qu'est la guerre, laissa-t-il tomber.

Elle se sentit ignorante. Pis, inutile.

13

1939

La lavande était partout. Bleu, le ciel. Bleues, les montagnes. Bleues, les coulées de fleurs odorantes dégringolant vers la vallée.

Tout comme sa mère, Valentine aimait par-dessus tout la période de la cueillette, même si celle-ci était parfois pénible. À quinze ans, elle faisait partie d'une équipe de coupeuses et en était très fière.

Le soir, le dos courbatu, les jambes et les épaules douloureuses, elle tombait sur son lit après s'être lavée à l'eau fraîche. Ses draps sentaient eux aussi la lavande. Elle n'avait pas le droit de participer aux fêtes organisées par Rita, l'une des ouvrières venues d'Italie, mais ce soir-là, elle était bien décidée à s'éclipser discrètement et à aller rejoindre la joyeuse bande dans la grange à foin transformée en dortoir pour les hommes. Les femmes, elles, dormaient dans la bergerie chaulée de frais sur des lits de camp tandis que les coupeurs se contentaient de leur « sac à viande ». L'atmosphère était bon enfant malgré les rumeurs de guerre qui s'amplifiaient. « Des histoires de grandes personnes », affirmait Pierre, sans mesurer à quel point Valentine avait grandi.

Lui-même redoutait une nouvelle guerre. « Notre génération n'a pas été sacrifiée pour obtenir ce résultat », grommelait-il en tapant du poing sur la table, et Antonia posait alors une main apaisante sur son bras.

À tout juste quinze ans, Valentine avait appris à raisonner par elle-même, à se démarquer de ses parents. Félix le berger et Maurice l'avaient aidée à définir ses priorités. Maurice était revenu d'Espagne en 1938, alors que les brigadistes venaient d'être libérés. Il ramenait avec lui Rosita, une jeune femme d'une vingtaine d'années qui avait participé elle aussi à la bataille de Teruel. On chuchotait qu'elle avait tué plusieurs franquistes. C'était à n'y pas croire, tant elle paraissait frêle et fragile. Maurice n'avait pas repris son poste de facteur. Rosita et lui allaient partir pour l'Union soviétique, qu'ils considéraient comme une sorte de paradis, au grand désespoir de Lisa. Elle désespérait toujours de voir Maurice s'intéresser un jour à elle. Devait-elle se jeter à son cou ? À moins de l'ignorer et de jouer la belle indifférente ? Valentine avait tenté de lui faire comprendre que Rosita et lui donnaient l'impression de former un couple particulièrement uni mais son amie s'obstinait. Un jour ou l'autre, l'ex-facteur finirait bien par tomber sous son charme ! Dans ces conditions, il était difficile, voire impossible, de lui faire entendre raison. Heureusement, le départ du jeune couple était prévu pour la rentrée de septembre. Là-bas, dans leur eldorado, ils finiraient bien par mener une vie meilleure.

– Psst !

Rita se tenait sous sa fenêtre et tenait une pile électrique à la main.

Valentine se pencha.

– J'arrive !

Elle enjamba le rebord de la fenêtre, se laissa glisser dans le cerisier tout proche et rejoignit sa camarade.

– Viens ! fit Rita.

Elles coururent jusqu'à la grange à foin où elles retrouvèrent toute l'équipe des coupeurs. Il y avait là Giovanna, Teresa, Enzo, Silvia, tous venus du Piémont, et aussi Ludovic, Jean-Louis, Henri, qui étaient du pays. Ils se connaissaient depuis longtemps et s'entendaient bien. Fière d'avoir été invitée à leur fête, Valentine avait choisi ses vêtements avec soin. Elle portait une jupe large à imprimé fleuri et un chemisier blanc. Après s'être livrée à plusieurs essais, elle avait discipliné ses cheveux ondulés et les avait retenus avec deux petits peignes en écaille. Était-elle jolie ? Personne ne le lui avait dit, hormis son père, mais Pierre lui avait toujours voué un amour inconditionnel.

Jean-Louis avait apporté son harmonica. En un tournemain, les jeunes gens ménagèrent un espace au centre de la grange et Henri entraîna Rita sur la piste de danse improvisée. Les portes de la grange à foin étaient grandes ouvertes sur la nuit qui enveloppait la ferme. L'air était saturé de lavande, et Valentine aimait ça. Assise sur une botte de foin, son pied droit battant la mesure, elle se sentait bien. Admise parmi les adultes.

Une main se posa sur son épaule. Celle de Ludovic, le fils d'un éleveur de Séderon.

– On danse ?

Ils avaient participé à plusieurs veillées au cours de l'hiver. Ludovic avait dix-neuf ans. C'était un « gars sérieux », comme disait Antonia, « quelqu'un de bien ». Elle s'était aperçue la première qu'il recherchait la présence de Valentine, l'avait fait remarquer à sa fille. Celle-ci avait ri. « Maman, voyons, c'est juste un bon copain ! D'ailleurs, je suis beaucoup trop jeune pour fréquenter quelqu'un ! » Ce jour-là, son père avait fait chorus. Avait-on idée de mettre ce genre de pensées dans la tête de Valentine ? Elle avait bien le temps ! Sa mère avait décoché un regard acéré à son époux. « Oh, bien sûr, s'il ne tenait qu'à toi... », avait-elle marmonné.

Valentine avait l'impression qu'un fossé se creusait entre sa mère et elle. Antonia était-elle jalouse de la belle entente qui liait l'adolescente à son père ? Ou bien souffrait-elle de devoir se tenir en retrait, ne pouvant les accompagner dans leurs courses en montagne ? Valentine avait renoncé à la comprendre.

Elle sourit gentiment à Ludovic.

– Tu sais, je ne sais pas vraiment danser.

– Je t'apprendrai.

Il était un peu plus grand qu'elle et devait mesurer un mètre soixante-quinze. Bien bâti, il avait un visage ouvert, des yeux clairs, des cheveux châtains. « Un gars sympa », disait Lisa. Il entraîna l'adolescente dans le cercle. Jean-Louis jouait *Mon amant de Saint-Jean*. Valentine osa se lancer après avoir trébuché à deux reprises. Ludovic la guidait tout en la maintenant fermement. Elle huma le parfum d'eau de Cologne qui l'enveloppait... à croire qu'il avait vidé le flacon. Cette idée la fit sourire. Elle-même avait l'impression que tout son corps, ses cheveux fleuraient la lavande.

– Tu poursuis tes études à Sisteron, à la rentrée ? lui demanda-t-il.

Elle hocha la tête.

– Ça me plaît, même si la Grange me manque. Et toi ?

Il fit la grimace.

– Le service, en mars prochain. Deux ans de perdus… Après, je reprends la ferme de mon père. C'est ce dont j'ai toujours rêvé.

– Moi aussi, confia-t-elle, manquant rater un pas. La Grange, c'est toute ma vie.

– Tu dis ça maintenant… Mais tu te marieras et tu partiras.

Elle secoua la tête avec force.

– Que tu crois ! Je ne suis certes pas un garçon, mais je reste l'héritière de la Grange, et je ne manque pas d'idées pour la faire prospérer. À commencer par le développement de la filière lavande. Tu sais que c'est elle qui rapporte le plus.

– Peut-être bien, mais moi, je préfère l'élevage.

Ils échangèrent un sourire contraint.

– Ce n'est pas toujours facile avec mon père, reprit Ludovic. Comme je rêve de moderniser l'exploitation, il m'accuse de ne pas respecter son travail, ni celui de ses ancêtres.

– Pourtant, les temps changent ! se récria Valentine. Mon père m'a emmenée à la foire de Saint-André. Le matériel agricole évolue. Bientôt, on travaillera différemment.

– Ton père est plus moderne que le mien. Il a déjà une voiture...

L'achat de la Mathis avait fait du bruit dans le village. Pierre Ferri aurait-il eu la folie des grandeurs ? Les tenants de la tradition marmonnaient qu'on avait toujours circulé en jardinière ou en charrette et qu'on ne s'en portait pas plus mal, tandis que les progressistes, l'instituteur en tête, rétorquaient qu'il convenait de vivre avec son temps. Pierre avait appris à Valentine à manœuvrer la Mathis et elle se débrouillait fort bien. « Si la guerre nous prend par surprise, tu pourras toujours te débrouiller », lui avait-il déclaré un soir et, levant la tête, elle avait remarqué son regard fixé sur elle et ses mains tremblantes.

Que lui cachait-il donc ? Pensait-il vraiment que la guerre, cette guerre qui alimentait toutes les conversations depuis deux bonnes années, allait les rattraper ?

Brusquement, elle eut peur. Une angoisse irrépressible, qui lui tordit le ventre et lui laissa un goût amer dans la bouche.

– Ça tourne, se justifia-t-elle en repoussant le jeune homme.

Elle s'enfuit dans la nuit sous son regard navré.

14

Août 1939

Le parfum entêtant de la lavande se diffusait dans tout le pays, faisant naître chez Valentine un sentiment d'euphorie.

– C'est ma vie, ici ! confia-t-elle à son père, alors que tous deux alimentaient la chaudière avec de la paille de lavande.

Pierre esquissa un sourire.

– La Grange te revient, petite. C'est juste que ta maman rêve de faire de toi une maîtresse d'école.

L'adolescente secoua la tête.

– Je devrais aller à l'école normale de Digne ? Il n'en est pas question ! Je ne quitterai pas notre vallée ! C'est déjà assez dur pour moi de vivre à Sisteron !

Pierre interrompit son geste.

– Tu n'es pas heureuse dans ton lycée ?

Sa fille haussa les épaules.

– Heureuse… Qu'est-ce que cela veut dire, quand on se sent en exil ? Je ne suis pas à ma place, voilà tout ! et ce même si j'aime étudier. Moi, ce dont j'ai envie, c'est de m'occuper de la lavande et de l'élevage.

Son père dit alors quelque chose qu'elle ne comprit pas. Il répéta un peu plus fort :

– C'est de famille !

Le visage de Valentine s'éclaira.

– Tu sais, reprit-elle, j'en avais parlé avec papé Louis. Il avait compris que je désirais plus que tout reprendre la ferme. « *Bon sang noun pòu menti*[1] », me disait-il.

Ému, son père lui tapota l'épaule.

Pierre n'avait jamais été très démonstratif. Chez les Ferri, à la différence des Corré, plus expansifs, on observait une grande pudeur.

Valentine en profita pour tenter de pousser son avantage.

– Si jamais il y avait la guerre, Émile partirait, n'est-ce pas ? Tu serais bien content que je t'aide ?

Pierre Ferri se signa.

– Ne parle pas aussi légèrement de la guerre, petite ! Tu ne sais pas ce que c'est.

Elle se redressa.

– Je sais qu'il y a eu un avant et un après, c'est bien assez, non ?

Elle savait beaucoup plus de choses. La mère de Lisa lui avait raconté un jour que les hommes étaient revenus différents. Certaines familles avaient éclaté. Des jeunes filles ayant perdu leur fiancé, les « veuves blanches », ne s'étaient jamais mariées. Le mari de l'institutrice, qui avait été un bon vivant avant la guerre, avait fini par se suicider, en se jetant dans les gorges de la Méouge. Accablée de chagrin, Sylvette avait demandé sa mutation pour l'Auvergne, où elle avait des attaches familiales. La tragédie avait profondément marqué le village.

1. « Bon sang ne peut mentir. »

Le regard de Pierre se fit incisif.

« Plus rien n'a jamais été pareil entre ma femme et moi, pensait-il. La guerre nous a séparés trop longtemps, nous avons accumulé des rancœurs. Entre nous deux, il y avait les méchancetés de ma mère, et cet Espagnol, dont j'ai oublié le nom, qui a pris ma place à la Grange. » Il exhala un soupir, conscient d'avoir occulté ce qui était peut-être le pire, sa gueule cassée à laquelle il avait bien dû s'habituer, vaille que vaille, puisqu'il n'avait pas le choix. Sa blessure était demeurée un sujet tabou.

Il haussa légèrement les épaules, se rendant compte qu'il ne pouvait faire porter à sa fille le poids de sa douleur et de son désenchantement.

Elle lui sourit.

– La récolte sera belle, n'est-ce pas, papa ?

– Je crois, oui, répondit-il distraitement.

Il songeait à cet ancien employé de banque devenu écrivain, un certain Jean Giono, qui organisait, depuis 1935, des rencontres au Contadour, un hameau bâti sur la montagne de Lure d'où l'on avait une vue sublime sur tout le pays.

Il aurait aimé s'y rendre, tout en redoutant de ne pas être à la hauteur. Il avait quitté l'école après avoir obtenu son certificat d'études, afin d'aider son père à la Grange. Pierre était un homme de la terre, il ne savait pas manier les mots. Cependant, l'idéal pacifiste des « Contadouriens » le séduisait. Giono ne se voulait-il pas « professeur d'espérance » ? Chaque fois que Pierre écoutait la TSF, l'angoisse lui nouait le ventre. Que savaient-ils des combats au corps à corps, tous ces va-t-en-guerre ? Rien du tout !

Lui, Pierre, connaissait le prix de la vie. Mais, à plus de cinquante ans, il était désormais un vieil homme qui appartenait au passé.

Il tassa un peu plus les gerbes de lavande que sa fille et lui venaient de charger dans l'alambic. Celui-ci, plongé dans une sorte de bain-marie, diffusait de la vapeur d'eau qui entraînait avec elle l'huile essentielle contenue dans les fleurs de lavande. Le mélange passait alors dans un serpentin placé dans un bac réfrigérant. La condensation provoquait la séparation, par différence de densité, de l'eau et de l'huile essentielle dans un essencier.

– Pressons-nous, petite, l'orage menace, recommanda-t-il à Valentine.

Sa voix était empreinte de lassitude.

Le plateau où se tenaient Félix et son troupeau était communément appelé « le bout du monde ». Les chiens aperçurent Valentine en même temps que leur maître. Ils s'avancèrent à la rencontre de l'adolescente. Le berger, appuyé sur son bâton, ne bougea pas d'un pouce. La chaleur était déjà lourde. Il ne portait pas sa limousine, certainement demeurée dans son abri au toit pointu, mais une simple chemise aux manches retroussées et un pantalon en toile délavée maintenu par une large ceinture rouge. En revanche, il gardait à proximité son grand parapluie à baleines en bois, pour ne pas attirer la foudre.

– Quel bon vent t'amène, petite ?

Valentine le rejoignit, posa deux baisers sur ses joues mangées par la barbe.

– Bonjour, Félix. Je t'ai apporté du saucisson, les premières pommes d'août et une bouteille de vin.

Devançant la question qui allait suivre, elle précisa :

– Ne t'inquiète pas, mon père est au courant. Il te prie bien le bonjour.

– Tu ne manqueras pas de le lui remettre. Quelles nouvelles d'en bas ?

– Je t'ai ramené *Le Petit Provençal.*

Le berger fit la moue.

– C'est gentil. Moi, tu sais, je suis abonné à *La Revue des Deux Mondes*. Je me mets à jour l'hiver.

Ce nom – *La Revue des Deux Mondes* – impressionna Valentine, renforçant son admiration pour le berger. Il lui expliqua :

– On raconte que c'est la plus ancienne revue d'Europe. Tu imagines ? Mon père y était abonné, lui aussi.

Il lut la surprise dans le regard de l'adolescente.

– Mon père était médecin. Moi, j'ai toujours voulu rester libre. Les études, très peu pour moi ! J'ai besoin de solitude, de paysages infinis, pour rêver et méditer à ma guise. De toute manière, en novembre 1918, quand j'ai regagné Aurel, il n'était plus question pour moi de rester enfermé. Il me fallait le ciel et les étoiles, le soleil, la pluie et le vent.

Valentine réfléchit un peu avant de déclarer :

– Finalement, tu as réussi ta vie.

Il sourit.

– La réussit-on jamais ? Je dirais plutôt que je mène une vie en accord avec mes rêves.

C'était une belle leçon pour Valentine. Comme un exemple à suivre.

De nouveau, elle garda le silence avant de reprendre :

– Quand redescends-tu, Félix ?

– Courant octobre, ma jolie, comme d'habitude. Peut-être un peu plus tard, si le temps reste doux. À moins que…

– À moins ? répéta-t-elle.

– Ne fais pas attention, j'ai toujours tendance à envisager le pire. Ce sont ces bruits de bottes…

Elle opina du chef. Ils en avaient parlé à la ferme et aussi entre coupeurs. La volonté d'expansion de l'Allemagne nazie, l'annexion de l'Autriche en mars 1938, le rattachement des Sudètes à l'automne 1938 après les accords de Munich, la Nuit de Cristal révélaient la gravité de la situation. Elle soutint le regard du berger.

– Mon père ne veut pas entendre parler d'une guerre. Je crois qu'il a son idée sur la question, mais cela lui fait trop peur. Il est brave, pourtant…

– Ce n'est pas une question de bravoure ou de lâcheté, coupa Félix. Dis-toi bien qu'il a connu l'enfer. Il sait ce qu'est la guerre. On ne peut pas le tromper.

Saisie de vertiges, Valentine eut l'impression que le plateau vacillait.

– Qu'est-ce qu'on peut faire ? balbutia-t-elle.

Le berger éclata alors d'un rire grinçant.

– Rien du tout, petite. Et c'est bien ça le plus désespérant.

15

Décembre 1939

La drôle de guerre… Cette expression ne signifiait pas grand-chose pour Valentine. Elle se souvenait d'une fort belle journée d'été, le 3 septembre. Elle se trouvait dans les vignes en compagnie de son père quand ils avaient entendu les premiers coups du tocsin. Pierre s'était signé, lentement, avant de laisser tomber : « *Y sian maï*[1]. »

Valentine se rappelait la chaleur du soleil sur ses bras nus, le parfum prenant des grappes de raisin, le bourdonnement des abeilles… Elle s'était tournée vers son père, avait balbutié : « Papa… tu ne vas pas partir ? » Il avait secoué la tête. « Je ne pense pas, j'ai cinquante et un ans. » De nouveau, elle avait remarqué ses mains tremblantes. Elle, qui avait toujours tant admiré son père, s'était sentie perdue. Que redoutait-il donc ?

Elle avait eu l'explication dans la soirée. Descendant de sa chambre, elle avait surpris Antonia et Pierre enlacés. Leurs visages étaient blêmes. « Un éternel recommencement…, rageait son père. Tant de souffrances, de morts, de blessures pour recommencer vingt ans après ! Tu verras… Ils n'ont rien compris, en haut lieu ! Ils se

1. « Nous y sommes encore. »

gargarisent de la victoire d'il y a vingt et un ans, sans même se rendre compte qu'ils ont sacrifié des centaines de milliers de Poilus. Voir partir une nouvelle génération d'appelés est au-dessus de mes forces. Les jeunes ne peuvent pas imaginer ce que c'est que la guerre…
– Chut… », répétait Antonia d'une voix tendre.

Bouleversée, Valentine avait reculé, lentement, sans faire de bruit. Elle avait encore entendu son père fustiger les bouchers de Verdun et du Chemin des Dames, et parler à sa mère d'un certain lieutenant-colonel de Gaulle, qui avait proposé de créer six divisions autonomes de chars de combat. « Sans les chars Renault, nous n'aurions jamais gagné en 1918, » grondait-il.

Ce soir-là, Valentine avait réalisé que la situation était grave. Plus grave encore qu'elle ne l'avait pensé. Les hommes du pays mobilisables étaient partis. Valentine avait eu l'impression que, tout à coup, les villages environnants s'étaient vidés. « Ça me rappelle de bien mauvais souvenirs », avait commenté Antonia.

Sa beauté s'était fanée. Elle paraissait fragile comme une feuille d'automne. Sa peau sèche se marquait de rides, ses cheveux grisonnaient. « Ce qu'on devient, tout de même… », avait-elle marmonné un jour devant le miroir de sa chambre.

Pierre avait aménagé la ferme pour leurs vingt-cinq ans de mariage. Il avait travaillé avec Vittore, un Piémontais qui se louait comme maçon et carreleur. Tous deux avaient abattu des murs, posé des carrelages sur le pavé, acheminé l'eau… Antonia était particulièrement fière d'avoir une salle de bains, une rareté dans le monde rural, et une chambre « moderne », composée de meubles achetés à Sisteron, en bois clair. Valentine les trouvait horribles et avait récupéré le lit en noyer des grands-parents Ferri.

« Tu seras bien contente de les bazarder un jour ou l'autre », avait commenté Antonia. Sa fille avait secoué la tête. « Je ne crois pas, non. Je suis trop attachée aux meubles de famille. » Antonia avait haussé les épaules. « Des vieilleries ! Je ne pouvais plus les supporter, elles me rappelaient trop le passé… »

Elle s'enfermait souvent dans un silence rêveur d'où elle sortait en sursautant. Valentine avait parfois l'impression que sa mère fuyait la réalité et cette impression s'était accentuée depuis la déclaration de la guerre. La mort simultanée de ses parents, disparus dans l'incendie de leur ferme, l'avait profondément marquée. Ils n'avaient rien pu sauver. Les souvenirs familiaux, les objets, les meubles, tout avait brûlé.

Antonia s'était renfermée sur elle-même. Même si ses parents n'étaient pas propriétaires de la ferme d'Eygalayes, il lui semblait que ses racines avaient disparu avec elle. Malgré tous ses efforts, Antonia ne s'était jamais sentie chez elle à la Grange, où elle était demeurée une « pièce rapportée ». Elle avait évoqué cette question, un jour, à mots couverts avec sa fille. « Si tu le peux, reste chez toi », lui avait-elle conseillé. Même si Pierre l'avait soutenue, elle se rappelait encore cette lettre qu'il lui avait écrite, durant la guerre, pour l'exhorter à la patience avec Aglaé et Louis Ferri : « Après tout, ils sont chez eux. » Elle n'avait jamais oublié le sentiment d'injustice éprouvé. Valentine avait secoué la tête. « De toute manière, il n'est pas question pour moi de quitter un jour la Grange ! »

Elle n'était pas retournée à Sisteron. Émile, le valet, était parti en septembre. « Je le remplacerai », avait décidé la jeune fille, refusant d'écouter les protestations de ses parents. Tous trois savaient que Pierre ne pourrait s'en sortir seul. Valentine était capable et aimait les travaux de la ferme. Le père et la fille se répartirent les tâches selon leurs préférences.

Antonia se chargea de confectionner des rideaux occultants pour les portes et les fenêtres de la maison, aucune lumière ne devant filtrer à l'extérieur. Les phares des voitures avaient été peints en bleu mais, de toute manière, il n'y avait plus d'essence, si bien que la Mathis restait immobilisée dans la cour. Pierre et Valentine circulaient à bicyclette et avaient entrepris d'apprendre à Antonia à faire du vélo. Après plusieurs tentatives infructueuses se soldant par des chutes, elle avait réussi à se lancer depuis le sommet d'une côte mais, incapable de freiner, elle avait dévalé la pente à vive allure, sa jupe passant par-dessus sa tête. Antonia criait et riait en même temps. Malgré la guerre, c'était un bon souvenir pour Valentine. D'ailleurs, son père affirmait qu'il ne s'agissait pas d'une « vraie guerre ». « On nous amuse, on nous fait tourner en rond, disait-il. Quand les choses se précipiteront, nous aurons tout intérêt à nous méfier ! »

Le berger partageait son avis. Il avait passé deux jours à la Grange, après avoir ramené le troupeau, fin octobre, et avait déclaré à son ami Pierre qu'il pourrait toujours faire appel à lui en cas de besoin. « Nous devons nous serrer les coudes, nous, les anciens de 14 ! » avait-il ajouté.

En l'entendant, Valentine avait à nouveau songé qu'elle devait s'intéresser aux informations. Il lui semblait parfois être ignare.

En dépit de la drôle de guerre, des menaces pesant sur une ligne Maginot réputée infranchissable, il fallait bien préparer Noël. Renouant avec les principes d'économie prônés par sa belle-mère, Antonia avait décrété qu'on ne ferait pas de lourdes dépenses.

De toute manière, on avait toujours respecté la tradition du « gros souper » à la Grange. Elle avait donc cuisiné avec sa fille la morue aux poireaux, les panais, les cardes et les cardons et les rissoles. Tous des plats « blancs », suivis de fromages de chèvre, d'œufs à la neige et de nougat. Ce soir-là, le Café Napoléon ferma ses portes. Lisa et ses parents étaient venus partager le repas de fête des Ferri. Parce que les adolescentes en étaient friandes, Antonia avait aussi confectionné des oreillettes. Elle n'avait pas son pareil pour obtenir une pâte très souple et élastique, qui donnait des gâteaux à la fois légers et succulents. « Profitons-en bien, nous ne savons pas où nous serons l'an prochain ! » avait commenté Sauveur, le père de Lisa. Son épouse s'était signée. « Tais-toi donc ! »

Gustave et son épouse, Colette, étaient arrivés en retard. La neige, tombée en abondance depuis la veille, avait ralenti leur progression en autocar et ils avaient fini le trajet à pied. Sa mauvaise vue avait exempté Gustave, et il le vivait mal. La semaine précédente, la mère d'un élève l'avait traité de « planqué ».

Ludovic avait été mobilisé, ainsi que plusieurs de ses collègues plus âgés. Ils étaient partis en novembre.

« Tu m'attendras ? » avait demandé le jeune homme à Valentine. « Reviens vite », avait-elle répondu sans se compromettre. Elle savait qu'il attendait d'elle un engagement, une promesse. Or elle s'en sentait incapable. Elle était trop jeune et elle espérait trouver le grand amour.

Ils s'étaient chaudement emmitouflés pour se rendre à la messe de minuit. Lisa et Valentine marchaient en tête. Leurs parents gardaient un visage soucieux. Cette nuit-là, les villageois étaient venus nombreux, et la ferveur était grande. Le père Raoul, installé depuis peu dans les Baronnies, avait parlé du message de paix de la nuit de Noël. Valentine y avait accordé foi. Après tout, les Allemands renonceraient peut-être à leur volonté d'hégémonie ?

Elle avait encore beaucoup d'illusions.

16

Juillet 1940

– *Y sian maï*, répéta Pierre en jetant une fourchée de foin sur la charrette.

L'été était particulièrement chaud, et il redoutait la violence des orages. Une odeur prenante de marjolaine émanait des charrettes à demi pleines.

Dans la vallée, personne n'avait fui en catastrophe à l'annonce de l'avancée allemande. Pour aller où de toute façon ?

En revanche, dès la fin du mois de juin, plusieurs réfugiés étaient arrivés. Ils étaient épuisés et décrivaient des scènes d'épouvante. Les Ferri avaient recueilli une famille à la Grange. Il y avait la mère, la grand-mère et deux enfants. Cécile, la jeune femme, avait conduit leur Renault jusqu'à Séderon, où elle pensait retrouver une lointaine cousine. Las, cette personne était morte au printemps et la voiture était tombée en panne d'essence. Le garagiste avait emmené la petite famille à Lachau, où il pensait que ses amis du Café Napoléon pourraient les héberger. Les parents de Lisa n'ayant plus de chambres libres, ils avaient fait appel à Pierre. Celui-ci n'avait pas oublié l'accueil reçu en Picardie, en 1918, et avait ouvert sa maison aux réfugiés. Cécile et sa mère se rendaient utiles même si elles ignoraient tout des travaux de la ferme. La jeune femme écrivait beaucoup et passait des appels téléphoniques depuis la cabine située sur la route de Laragne. Discrète, elle se racontait à mots prudents et donnait l'impression de vivre dans l'angoisse. Son époux était resté à Paris, avait-elle fini par confier à Antonia. Celle-ci était persuadée qu'il y avait autre chose, même si Pierre lui reprochait d'être trop romanesque. Que voulait-il dire par là ? Qu'elle cherchait à fuir la réalité dans des romans ? Elle en était plutôt fière.

En revanche, elle acceptait toujours aussi mal l'interruption des études de leur fille. Elle avait tant rêvé de la voir devenir professeur ! Antonia ne se faisait plus d'illusions, Valentine ne retournerait pas à Sisteron. Elle resterait à la Grange… N'était-ce pas ce qu'elle-même, son père et son grand-père avaient toujours souhaité ? Au grand dam de ses ambitions maternelles.

Depuis la signature de l'armistice de juin 1940 à Rethondes, les habitants de la ferme ne décoléraient pas. « Rethondes, comme en 1918… Hitler souhaite prendre une revanche éclatante sur notre victoire », analysait Pierre. Et de répéter : « Toutes nos souffrances pour en venir à cette humiliation… Seigneur ! quel gâchis ! »

Deux points attisaient plus particulièrement la rancœur de la famille Ferri vis-à-vis de Pétain : l'article 3 impliquant une « collaboration correcte de l'administration française avec la puissance occupante », et l'article 19 ordonnant à la France de « livrer les réfugiés politiques allemands ou autrichiens présents sur son sol ».

« Ils font bon marché de notre honneur ! » protestait Valentine avec fougue.

De son côté, Antonia gardait un silence accablé. Elle avait remarqué la lueur d'espoir dans les yeux du père et de la fille quand ils avaient lu dans *Le Petit Marseillais* du 19 juin l'information relatant l'appel lancé des studios de la BBC, la veille, par le général de Gaulle. « Je le savais, que c'était quelqu'un de bien ! » avait triomphé Pierre.

Les personnes ayant entendu cet appel du 18 juin étaient rares mais le bouche-à-oreille avait fait son effet et, quelques jours plus tard, tout le monde en parlait sur les marchés. Pour faire bonne mesure, cet appel à la « résistance dont la flamme ne doit pas s'éteindre et ne s'éteindra pas » avait été repris le 2 août à la une de *Paris-Soir* et du *Figaro*.

« Où tout cela peut-il nous mener ? » se désolait Antonia. Elle avait retenu du discours du nouveau dirigeant de la France que leur pays serait en grande partie occupé et que la vie serait dure. Les restrictions s'organisaient déjà. Le pays devait assurer l'entretien de l'armée d'occupation. On évoquait des indemnités d'un montant exorbitant de quatre cents millions de francs par jour. De quoi vous donner le vertige…

Félix, venu aider pour la moisson, prédisait une période noire. Antonia et lui ne s'entendaient guère. Elle était bien incapable d'expliquer pourquoi. Peut-être parce que la culture du berger la renvoyait à ses propres lacunes. Elle aurait tant aimé étudier ! De son côté, Félix discutait avec Pierre et Valentine, en l'ignorant presque systématiquement. C'en était vexant ! se disait Antonia, devant ses marmites.

Le ravitaillement allait vite poser problème. Les chevaux et mulets avaient été réquisitionnés, « comme en 14 », rappelait Pierre, la mine longue. On évoquait l'instauration de cartes de rationnement, ce qui avait alerté les familles. Bien sûr, tentait de se rassurer Antonia, ils parviendraient toujours à se nourrir correctement à la Grange, mais elle songeait à ses frères, Raphaël à Avignon, Gustave à Sault. En ville, la situation serait forcément plus difficile. De plus, à la ferme, ils s'étaient spécialisés dans la lavande ces dernières années. Il faudrait développer l'élevage ovin, racheter peut-être un cochon.

Comme son époux, Antonia avait l'impression de vivre une sinistre répétition de la guerre de 14. Les combats avaient cessé, Dieu merci ! Mais pouvait-on se réjouir pour autant ?

Elle sourit à sa fille à qui elle apprenait à confectionner le pain. Prudente, Antonia avait demandé à Pierre de remettre le four en état. Il n'avait plus été utilisé depuis 1918. Presque étonnée, Antonia avait retrouvé les gestes enseignés par sa mère. Chez elle, à Eygalayes, faire son pain était à la fois une nécessité et un rituel quasi sacré. Elle revoyait Jeanne brassant la farine, l'eau et le sel avec le levain afin d'obtenir une pâte presque élastique. Jeanne Corré n'oubliait jamais de se signer avant de procéder au pétrissage. Valentine, elle, préférait le moment où elle sortait du four les miches joufflues et dorées, dont l'odeur la faisait saliver.

Elle les posait alors sur des banastes d'osier. Plus tard, couvertes d'une pièce de serge, elles seraient rangées à l'abri de l'humidité dans le vieux coffre à pain.

Valentine était belle. Grande, fine, les seins haut plantés, les jambes longues. Ses cheveux longs, retenus par deux peignes d'écaille, ondulaient joliment sur ses épaules. La cueillette de la lavande lui avait permis d'acquérir un hâle doré qui accentuait, par contraste, l'éclat de ses yeux très bleus, hérités de son père.

Antonia avait conscience du fossé qui les séparait. Elle avait souvent limité les effusions avec sa fille durant son enfance, de crainte de lui communiquer sa maladie. Ensuite, il avait été trop tard… Valentine s'était rapprochée de son père et Antonia avait de nouveau eu l'impression d'être une « pièce rapportée ». Comme si Aglaé exerçait encore son emprise sur la Grange…

Elle haussa les épaules. C'était si loin ! Pourtant, certains anciens lui parlaient toujours de la « vieille Mme Ferri ». Pas toujours en bien, d'ailleurs mais plutôt pour rappeler son fichu caractère…

Antonia s'essuya les mains sur son tablier. Elle aurait tant aimé que Valentine s'éloigne de la Grange, suive un autre chemin ! Il était peut-être temps encore, rêvait-elle parfois, le soir, blottie au fond de leur lit.

Sans oser en parler à Pierre. Parce qu'elle avait compris depuis longtemps qu'il était ravi de voir leur fille prendre la suite.

À la place de l'héritier qu'elle n'avait su lui donner…

Septembre 1940

C'était la première fois que Valentine pénétrait dans la ferme de Fernand Lesage, le père de Ludovic. Le facteur lui avait transmis son invitation.

« Fernand Lesage aimerait bien que tu passes à Séderon. »

Nantie de l'accord paternel, elle s'y était rendue à bicyclette. Elle préférait utiliser désormais ce moyen de locomotion, plus rapide que la jardinière et surtout plus pratique. D'ailleurs, ils n'avaient plus de cheval à atteler.

Le temps était encore beau en cette mi-septembre. Les vendanges ne tarderaient pas. Les vignes étaient lourdes de grappes aux grains joufflus.

L'air était doux. Dès les premières pluies, une odeur de champignons flotterait dans les sous-bois. Valentine aimait l'arrière-saison d'ordinaire mais, cette année-là, rien n'était plus pareil. La ferme des Lesage, trapue et basse, à cour fermée, montait la garde en contrebas de la route menant à Sault.

– Sois la bienvenue, petite, déclara Fernand en la priant de s'asseoir à la table.

Il lui offrit un verre de jus de pomme. La salle était assez sombre, mais plutôt bien entretenue pour un homme seul. Fernand était veuf depuis plus de dix ans. Une femme de Séderon venait pour les gros travaux du ménage et pour la bugade quand le besoin s'en faisait sentir, mais il se débouillait pour la cuisine et l'entretien courant. Trapu, noir de poil, le sourire rare, c'était un homme rude mais brave. Ce jour-là, il parut à Valentine las et démoralisé.

– Tu connais bien mon Ludovic, je crois, reprit-il.

Il tapota sa pipe contre le plateau de la table. Les premières mesures du rationnement étaient connues. Des tickets d'alimentation avaient été distribués pour le fromage, le pain et la viande. On chuchotait que le tabac serait bientôt lui aussi concerné. Fernand refusait d'y penser.

Valentine sourit.

– Nous étions à l'école ensemble. Avez-vous de ses nouvelles ?

– C'est pour cette raison que je t'ai demandé de venir. On te dit instruite. Je ne sais pas vers qui me tourner. Le maire m'a parlé de lettres à écrire. Attends !

Il se leva avec peine, alla chercher un morceau de papier sur lequel était mentionnée une adresse.

– À l'Agence centrale des prisonniers de guerre dépendante du Comité international de la Croix-Rouge, Genève, indiqua-t-il. Tu peux me rendre ce service ?

– Bien volontiers. Voulez-vous que je le fasse chez vous ?

Fernand leva les yeux au ciel.

– Je ne sais même pas s'il me reste du papier ! Non, je te fais confiance, tu te débrouilleras toujours mieux que moi. Tu me tiens au courant, n'est-ce pas ?

Il lui parut si seul et si perdu que, dans un élan, elle lui serra la main très fort.

– Je vous le promets.

Après avoir pris congé, elle remonta sur son vélo et se rendit à la mairie de Séderon. La secrétaire lui expliqua comment elle devait procéder et lui recommanda de soigner son écriture.

– Nous commençons à recevoir des nouvelles des prisonniers, lui expliqua-t-elle. Il est même permis de leur envoyer des colis, à condition de savoir dans quel camp ils se trouvent.

Un camp… De nouveau, Valentine eut l'impression d'être rattrapée par la réalité. Elle remercia, s'en fut, très vite.

Elle avait peur pour son ami.

17

1942

– La neige, encore la neige ! marmonna Valentine en frottant ses mains l'une contre l'autre.

La laine, tricotée, détricotée, retricotée à maintes reprises, ne protégeait plus guère du froid glacial. Pourtant, il fallait bien nourrir les bêtes. Ils avaient vendu plusieurs agneaux au printemps 1941 pour acheter du fourrage supplémentaire.

La vie était devenue difficile. Cependant, ils savaient qu'en ville c'était bien pire. Les rations instaurées par le ministère du Ravitaillement ne suffisaient pas à couvrir les besoins de la population. À dix-huit ans, Valentine appartenait à la catégorie des J3, regroupant les jeunes de treize à vingt et un ans. Comme son père, Valentine regrettait surtout le café.

Pourtant, Antonia avait tout essayé, jusqu'à griller des pois chiches et même des glands, essais qui n'avaient pas remporté les suffrages de sa famille.

Le jour où Pierre avait rapporté un sachet de grains de café vert, troqué contre des côtelettes d'agneau, il avait été accueilli par des cris de joie.

« À croire que nous sommes devenus des estomacs sur pattes… », se dit Valentine, en colère contre elle-même.

N'était-ce pas le but recherché par l'occupant ? Transformer la vie quotidienne en une succession de contraintes et de frustrations afin d'empêcher les Français de penser à autre chose ? Dieu merci, à la Grange, on continuait à suivre l'actualité. Le poste de TSF était devenu leur bien le plus précieux, le lien avec ceux qui résistaient, de l'autre côté de la Manche.

Valentine ne pouvait le confier à Ludovic, avec qui elle correspondait régulièrement.

Les démarches qu'elle avait effectuées pour Fernand Lesage avaient abouti assez vite. Valentine avait reçu une carte de Ludovic indiquant qu'il se trouvait dans un *Frontstalag* en France. Consulté, son oncle Gustave lui avait expliqué qu'un *Frontstalag* était un camp de transit où les prisonniers étaient retenus avant d'être acheminés vers un stalag ou un oflag situé en Allemagne. Pour répondre à son ami, la jeune fille avait suivi ses instructions et indiqué sur son courrier ses nom, prénoms, grade, numéro de prisonnier et de *Frontstalag*. Elle ignorait tout de l'endroit où celui-ci se trouvait et ne pouvait lui envoyer de colis.

Fin 1940, Ludovic avait été conduit dans un stalag en Rhénanie. À compter de cette date, Valentine avait eu l'autorisation de lui faire parvenir des paquets. Des grosses chaussettes et des chandails tricotés par Antonia, car il se plaignait du froid, mais aussi des boîtes de sardines, de corned-beef, des pommes de terre. La faim était le thème récurrent de ses lettres. Il racontait, aussi, la vie au camp. Lever à quatre heures, rassemblement, appel, travail, coucher à sept heures après la soupe.

> *Rien à attendre côté menu. Chaque jour la même chose : ersatz de café, soupe délayée de navets et de patates, deux cent cinquante grammes de pain, un peu de mélasse quand nous avons de la chance… À ce régime, nous ne risquons pas de prendre du poids !*

Parce qu'il était ouvrier agricole, on avait fini par le placer dans une ferme. Là-bas, il était un peu mieux nourri et dormait dans une grange, sur de la paille fraîche. Il ne regrettait guère les baraquements envahis de poux et de puces.

« C'est presque le luxe ! » annonçait-il.

Valentine cherchait à imaginer son existence là-bas, sans y parvenir tout à fait. Ludovic lui paraissait être parti très loin, dans un autre monde.

À cause de la censure – les courriers venant du stalag portaient la mention *Geöffnet*, « ouvert » –, il se bornait à des commentaires superficiels. En retour, Valentine évoquait les films visionnés grâce au cinéma ambulant de Prosper, le projectionniste. Elle s'était enthousiasmée pour *L'Assassinat du Père Noël* et *Remorques*.

Elle en parlait à Ludovic, tout en se disant que cela devait lui paraître extrêmement vague. Parfois, elle se demandait à quoi rimait cet échange de courriers. Certes, elle était flattée qu'il accordât autant d'importance à ses lettres mais, de son côté, elle agissait plutôt par sens du devoir. « Ne le laisse pas trop se bercer d'illusions, lui recommandait sa mère. Quand on est prisonnier, dans un pays hostile, on a tendance à idéaliser celui ou celle qui vous écrit. » « De quel droit me dis-tu cela ? avait envie de répliquer Valentine. Tu n'as pas d'expérience dans ce domaine ! »

Elle-même avait conscience de connaître peu de chose de la vie d'Antonia. Comme si celle-ci avait cherché à brouiller les pistes…

Le ciel était presque noir. Le nez levé, Ludovic pensa qu'il avait tout intérêt à rentrer les vaches. Une Sauerlandaise, une averse aussi violente que soudaine, allait s'abattre sur les terres de la ferme Brüner d'un instant à l'autre. « Fichu pays ! » pensa-t-il. Depuis son arrivée au stalag, il avait encore plus souffert du froid que de la faim. Il n'était pas habitué à cette humidité persistante qui empêchait les vêtements de sécher. Le soleil lui manquait, et la lumière de ses Baronnies.

La pluie se mit à tomber alors qu'il apercevait le toit de la ferme. Il pressa les vaches du bout de l'aiguillon, les incita à avancer en usant d'un des rares mots allemands qu'il connaissait, si souvent prononcé par les gardiens du camp : « *Los ! Los*[1] *!* » Il les poussa à l'intérieur de l'étable, passa la main dans ses cheveux mouillés. Au-dehors, la pluie donnait l'impression de ne jamais devoir s'arrêter.

Willy, le petit-fils du fermier, l'interpella du seuil de l'étable.

– *Komm*, dit-il au Français qui le suivit.

1. « Allez ! Allez ! »

À l'intérieur de la salle, la fermière faisait rissoler des morceaux de lard. Ludovic saliva sans même s'en rendre compte. Du lard… un véritable luxe !

Elle tendit à son fils puis au Français une serviette de toilette et fit signe à Ludovic de se sécher le visage et les cheveux. Une soupe aux choux mijotait sur le fourneau. Durant quelques instants, le fils de Fernand se crut de retour chez lui. Il s'était bien entendu dès le premier jour avec Werther, le père de la jeune femme. Manchot à la suite d'une amputation subie à Fleury, près de Verdun, le vieil homme ne manifestait aucune hostilité à leur valet venu du stalag. Son gendre était mort durant la bataille de Brest-Litovsk, aux premiers jours de l'été 1941. Ludovic en avait entendu parler, au stalag, par Alexei, un bon camarade qui maîtrisait bien le français. Celui-ci lui avait raconté que la forteresse de Brest-Litovsk contrôlait la route et le train reliant Varsovie à Moscou. Elle avait donc constitué l'un des premiers objectifs de l'opération Barbarossa, lancée par l'état-major allemand en juin 1941. Le frère cadet d'Alexei, combattant dans la 6e division d'infanterie de l'Armée rouge, avait participé à la bataille. En tout, sept à huit mille hommes du côté soviétique et dix-sept mille pour les Allemands. Ceux-ci avaient estimé que douze heures leur suffiraient pour prendre la ville.

Si la citadelle centrale avait résisté moins de dix jours, un dernier bastion, réfugié dans les casemates, avait tenu trois semaines. Alexei en était particulièrement fier, et ce même si son frère avait été tué.

Ludovic et lui avaient beaucoup parlé durant l'hiver précédent et s'étaient soutenus mutuellement.

– *Suppe ?* questionna la fermière en lui servant une assiettée.

Il hésita, ne sachant s'il pouvait s'asseoir. Willy lui fit une place sur le banc. Le garçon avait une dizaine d'années. Il avait des cheveux blond-roux, un visage piqueté de taches de rousseur, et donnait l'impression d'être toujours en mouvement. « Comme Valentine », se dit-il, en réprimant un soupir.

Son amie lui paraissait parfois si loin qu'il en éprouvait un sentiment de désespoir. Quelle sottise de s'être laissé prendre ! Dire qu'ils avaient pensé que la fameuse ligne Maginot les protégerait… Le père de Valentine lui avait pourtant répété à plusieurs reprises, dès 1939, que l'Allemagne désirait avant toute chose prendre sa revanche. Il ne l'avait pas cru.

Werther récita le bénédicité en latin et chacun se signa. Ludovic eut l'impression d'entendre son grand-père Georges, que tout le monde appelait le Grand. Les membres de la famille Brüner étaient catholiques, et respectaient le repos dominical. La fermière lui tendit son assiette de soupe après avoir servi son père. Les bouts de leurs doigts se frôlèrent. Les joues de la jeune femme s'empourprèrent et Ludovic se surprit à la regarder avec plus d'intérêt. Blonde, si blonde que ses cheveux paraissaient presque blancs sous la suspension en opaline, elle avait le teint clair et des yeux bleu turquoise. « Une véritable Aryenne », pensa le Français. Au cours de son incarcération, il avait découvert avec horreur la politique raciale du IIIe Reich. À croire que la vie au stalag constituait le meilleur moyen de se tenir informé !

Else Brüner baissa les yeux. Elle avait une trentaine d'années, était grande et solidement charpentée mais, curieusement, paraissait timide. Ludovic esquissa un haussement d'épaules. Il n'avait pas l'intention de s'interroger au sujet de ses employeurs ! Certes, il était bien mieux nourri qu'au camp et sa mansarde sous les combles lui offrait un refuge mais il demeurait un *Kriegsgefangene*, un prisonnier de guerre, comme l'indiquaient les deux lettres – KG – inscrites sur sa capote, taillable et corvéable à merci.

Il termina son assiette de soupe, mangea du pain gris et du fromage, tout en essayant de comprendre les mots échangés autour de lui. Grâce à Willy, il parvenait à établir des concordances entre les termes allemands et français. Pas question cependant de se débrouiller seul. Tant qu'il serait incapable de le faire, il ne pourrait envisager sérieusement une évasion.

18

Décembre 1942

Le givre craquait sous ses pas. L'air vif, piquant, lui semblait grisant. L'air de la liberté… Un oiseau de proie tournoyait dans le ciel d'un bleu pur, presque trop bleu. Thibaut prit une longue inspiration. Il reconnaissait le paysage, découvert en septembre 1939, alors qu'il s'apprêtait à rentrer à la faculté de droit de Lyon. C'était Benoît qui l'avait entraîné au Contadour. Benoît et lui s'étaient liés d'amitié à l'école primaire. Il venait sur la montagne de Lure depuis 1937 et avait participé à la rédaction des *Cahiers du Contadour*. Tous deux vouaient une profonde admiration à Giono, qui leur avait fait découvrir une nature différente sur un plateau désertique, sous un ciel immuable, entre forêt de résineux, champs de lavande et murets de pierres sèches.

Là-haut, parmi des intellectuels venus pour la plupart de Paris et attachés à une vision humaniste du monde, Thibaut avait appréhendé une autre façon de concevoir cette époque troublée.

Depuis une dizaine d'années, plus précisément depuis un certain soir de 1932, il avait le sentiment que sa famille avait explosé. Ce soir-là, sa mère était partie en laissant un mot bref : *Je n'en peux plus, j'ai besoin d'une autre vie.*

Thibaut n'avait rien oublié. Le visage décomposé de son père, son départ précipité, la solitude de l'appartement trop vaste de la rue Molière.

Il avait douze ans, alors, et il avait pensé que c'était de sa faute. Sa mère avait-elle su qu'il avait eu des notes catastrophiques en maths ? Les maths étaient son cauchemar !

Sybille Deslandes, couturière ayant pignon sur rue, travaillait beaucoup dans son atelier où elle recevait des épouses de notables. Elle répétait de temps à autre qu'elle rêvait d'une autre existence, moins monotone, de sorties au théâtre, de vacances. Son époux, Max, enseignait la philosophie dans un lycée coté mais ne s'intéressait qu'à ses livres. « J'étouffe », murmurait-elle parfois en portant la main à sa gorge. C'était une belle femme, grande, avec des cheveux blonds qu'elle nouait en chignon strict. Thibaut se rappelait son parfum et revoyait Sybille appuyer sur le bouchon en forme d'éventail. Le cou, les oreilles, l'intérieur des poignets… Elle jetait un coup d'œil à son reflet, tapotait son chignon et vaporisait à nouveau comme un brouillard autour d'elle. Elle se retournait alors vers son fils, debout sur le seuil de sa chambre, et lui souriait distraitement. « Je sors ce soir, mon chéri, lui disait-elle. Babou a préparé le repas. Vous dînerez entre hommes, papa et toi. »

Babou avait été la bonne de Sybille et avait continué à exercer sa fonction après le mariage de celle qu'elle avait quasi élevée. Sybille proclamait d'ailleurs que, sans Babou, elle n'aurait jamais pu travailler comme elle le faisait. Ces soirs-là, Thibaut détestait sa mère, avait le sentiment qu'elle les abandonnait. Ce qui avait fini par arriver.

Il se souvenait de soirées interminables passées à jouer aux échecs avec son père, de terribles moments de solitude, d'incursions dans la chambre de Sybille, restée en l'état. Il avait trouvé un jour un flacon presque vide de Shalimar dans un tiroir de la commode. Le parfum aux notes vanillées le troubla infiniment dès qu'il ouvrit le flacon signé Baccarat. Il l'avait subtilisé, enfoui sous ses chandails. Lorsque l'absence de Sybille se faisait trop cruelle, il se grisait de la fragrance magique, mêlant bergamote, rose, jasmin et vanille.

Le jour où Babou l'avait surpris, elle s'était contentée de lui dire : « Cela ne sert à rien de te faire du mal, mon petit. Ta mère ne reviendra pas. » Ce qui ne l'avait pas empêché d'espérer…

Il avait jeté le flacon après avoir appris le remariage de Sybille, en 1938. Elle avait épousé un homme d'affaires britannique et s'était installée à Londres. Ils s'étaient revus dans un salon de thé de la rue Saint-Jean. Sybille portait ce jour-là une robe-manteau bleu roi et un chapeau coquettement incliné sur l'oreille. Thibaut l'avait trouvée étonnamment jeune. « Prends bien soin de ton père », lui avait-elle recommandé, alors qu'il se régalait d'une tarte aux poires et aux pralines, elle-même se contentant d'une tasse de thé. Le sursaut de son fils l'avait fait sourire. « Tu connais ton père…, avait-elle insisté. Sorti de ses chers philosophes, il est complètement inadapté au quotidien. C'est bien pour cette raison, d'ailleurs, que je vous ai laissé Babou. Max aurait été capable de faire sauter l'immeuble rien qu'en allumant le gaz. »

C'était vrai, naturellement, même si Thibaut en avait pris ombrage. Il n'aimait pas le ton, mi-amusé, mi-méprisant, dont Sybille usait pour critiquer son ex-mari. Max avait toujours été un père très présent, même si l'on s'ennuyait très vite en sa compagnie. Comment lui en tenir rigueur ? Sans Sybille à ses côtés, sa vie lui paraissait dépourvue de sens.

Thibaut n'avait pas revu sa mère depuis plus de quatre ans. Elle lui avait écrit de loin en loin, jusqu'à ce que l'échange de courriers avec l'Angleterre ne soit interdit. Il se demandait parfois si elle pensait encore à lui. Grâce aux capitaux de son nouvel époux, elle avait monté sa maison de couture à Londres et menait plutôt bien sa barque.

De son côté, Max s'accrochait à son lycée, à ses élèves, tout en cherchant à maintenir le dialogue avec son fils, qui avait entamé des études de droit.

Il régnait une curieuse atmosphère à Lyon en 1941. Proche de la ligne de démarcation, la ville la plus importante de la zone libre avec Marseille avait accueilli nombre de réfugiés. Dès 1940, des résistants de la première heure avaient rédigé tracts, puis journaux, tels que *Le Coq enchaîné* ou *Franc-Tireur*. La plupart des mouvements avaient installé une antenne à Lyon, devenue une véritable plaque tournante de l'opposition au régime de Vichy et à l'occupation allemande. Fidèle à l'humanisme de son père et à l'idéal d'un monde nouveau des rencontres du Contadour, Thibaut s'était engagé très tôt, d'abord en distribuant des tracts à la faculté puis en entrant en contact avec d'autres résistants. Il considérait son action comme insuffisante. Le déclic s'était produit en août 1942, au moment de la rafle. De très nombreux Juifs s'étaient réfugiés à Lyon. Ne répétait-on pas qu'ils n'y risquaient rien ? Pourtant, plusieurs associations, pour la plupart clandestines, redoutaient une action depuis quelques jours. Thibaut en avait entendu parler, sans pour autant y accorder foi. L'un de ses contacts, Flanquin, l'avait vite détrompé. Le 20 août, avant l'aube, des agents en civil en possession d'adresses et de listes nominatives avaient procédé à l'arrestation de tous les Juifs étrangers et les avaient poussés dans des cars. Plus de mille deux cents hommes, femmes et enfants avaient été regroupés dans un camp à Vénissieux.

Comme nombre de ses camarades de lutte, Thibaut avait alors bataillé pour sauver ceux qui avaient pensé être à l'abri à Lyon. Catholiques et protestants s'étaient unis pour défendre les proscrits.

Franc-Tireur avait publié un article marquant :

> *À Lyon, Toulouse, Marseille, Nice, Montélimar, dans les bourgs et les villages de tous les départements, la population française indignée a été témoin de scènes infâmes et déchirantes ; la battue des malheureux réfugiés israélites que Vichy livre aux bourreaux hitlériens. Des vieillards de soixante ans, des femmes et des malheureux gosses ont été avec les hommes empilés dans des trains*

> *qui partent vers le Reich et vers la mort. C'est dans notre patrie que cette abjection se passe ! Vichy semble s'acharner à déshonorer la France*[1].

La lecture de ce texte avait quelque peu rasséréné Thibaut et renforcé sa conviction de se battre. L'action des militants d'Amitié chrétienne avait permis de sauver plusieurs centaines de Juifs. Pourtant, fin août, plus de cinq cents personnes avaient été déportées.

« Vers l'est », disait-on pudiquement. Or, grâce aux premiers témoignages de cheminots profondément choqués, on commençait à entendre parler de convois transportant dans des conditions inhumaines hommes, femmes et enfants vers un inconnu chargé de menaces.

Thibaut embrassa du regard le plateau, désert, empreint de mystère dans sa solitude glacée. Là, un peu plus de trois ans auparavant, ils avaient disserté à loisir sur leur volonté pacifiste. Ce temps-là était bel et bien révolu ! Seule l'action permettrait aux Français de relever la tête.

La rafle d'août 1942 avait sonné le glas des dernières illusions. Début octobre, commençait le recensement de tous les Français de dix-huit à cinquante ans et de toutes les Françaises célibataires de vingt et un à trente-cinq ans. Personne n'ignorait le but de ce décomptage : le STO, Service du travail obligatoire. En effet, malgré une propagande intensive – les Français partis volontairement travailler en Allemagne seraient traités comme de

1. Source : *Une histoire de la Deuxième Guerre mondiale*, vol. 3, *1942, le jour se lève*, Max Gallo, XO éditions, 2011.

vrais coqs en pâte –, malgré le système de la relève instauré par Laval – trois ouvriers partis permettant à un prisonnier de rentrer –, l'enrôlement, fondé sur le volontariat, ne remportait pas de succès. Sauckel, responsable allemand de la main-d'œuvre, renforça ses exigences. Ses soldats étant présents sur tous les fronts, il avait un besoin croissant d'ouvriers pour faire tourner à plein l'industrie du Reich.

Thibaut, comme beaucoup d'autres, avait compris que ses jours d'étudiant étaient comptés. « Toujours plus ! » semblait être le mot d'ordre de Laval et de Sauckel. Son père lui-même lui avait conseillé de partir, de fuir Lyon. « Tel que je crois te connaître, mon garçon, tu te réaliseras beaucoup mieux dans l'action clandestine. »

Thibaut esquissa un sourire. Max avait de ces mots ! « Se réaliser… » Comme si c'était possible en ces temps troublés ! Benoît et lui avaient pris la route début novembre. Chaudement vêtus, havresac sur le dos, ils étaient partis en direction du sud, vers cette montagne de Lure qui leur paraissait être encore préservée.

Trois jours plus tard, le 11 novembre, les troupes allemandes entraient en zone libre. Thibaut serra les poings à ce souvenir. « C'est foutu », avait commenté Benoît, le visage défait. Et lui avait corrigé : « Non, mon vieux, c'est juste le commencement. »

19

Mai 1943

Un soleil timide réchauffait la terre au terme d'un hiver particulièrement rigoureux. Ludovic ne supportait plus les assauts du vent, les pluies diluviennes et la boue, mélange de neige et de grésil qui donnait l'impression de piétiner dans une gadoue déprimante. Par-dessus tout, il désirait rentrer chez lui.

Pourtant, il aurait eu mauvaise grâce de se plaindre. À la ferme, il était plus considéré comme un membre de la famille que comme un prisonnier de guerre. Il avait sa place à table, aux côtés de Willy, et la maîtresse de maison le traitait avec bonté.

La simple évocation d'Else Brüner le fit se rembrunir.

Il n'aurait jamais dû céder à la tentation. Mais comment résister à une jeune femme appétissante vous faisant comprendre que vous lui plaisez ? Else s'était montrée plus directe que les Françaises qu'il avait connues. C'était arrivé fin décembre, dans la grange à foin. Curieusement, le temps s'était adouci durant la dernière semaine de l'année. Else avait confectionné de petits sablés pour la Saint-Sylvestre et en avait apporté quelques-uns à Ludovic qui remplissait une brouette de foin pour aller nourrir les bêtes.

Il s'était retourné vers elle, l'avait trouvée attirante dans sa blouse bleue assortie à ses yeux et sa jupe de laine grise. « Pour vous », avait-elle dit, en français, avec un accent très prononcé. Il se rappelait fort bien la flambée de désir éprouvée en la découvrant sur le seuil de la grange. Il avait eu envie d'elle, là, sur-le-champ. Cependant, il n'aurait rien tenté ; il savait que les relations entre Allemandes et prisonniers de guerre français étaient sévèrement réprimées. On racontait au stalag qu'un Français avait été exécuté pour ne pas avoir respecté cet interdit. Or, Ludovic avait une seule obsession : rentrer au pays.

Else avait fait le premier pas. Elle s'était approchée de lui, avait effleuré sa bouche du bout des doigts. L'instant d'après, incapable de se contenir, Ludovic la faisait basculer dans le foin.

Leur étreinte avait été brève et intense. Comme Ludovic l'avait confié plus tard à Alexei, il y avait plus de deux ans et demi qu'il n'avait pas touché une femme. Depuis la fin de la drôle de guerre.

Else avait gémi sous lui et murmuré des mots qu'il n'avait pas compris. À croire qu'inconsciemment il refusait de parler cette satanée langue ! Plusieurs de ses camarades se débrouillaient plutôt bien alors que lui était fermé à l'allemand.

Il avait eu peur, ensuite, qu'elle ne le dénonce mais elle s'était relevée, avait ôté quelques brins d'herbe de sa jupe et était repartie comme si de rien n'était. « Curieuse bonne femme », avait pensé Ludovic.

Depuis, elle s'arrangeait pour le rejoindre, se donnait avec ardeur avant de reprendre un air impassible.

« Méfie-toi d'elle, lui recommandait Alexei. Les Boches sont traîtres et hypocrites. » Ludovic crispa les mâchoires. Alexei était mort fin février, alors que l'hiver tenait toute la région sous son emprise. Une mort stupide, beaucoup trop fréquente. Alexei avait eu le tort, ou l'inconscience, de se révolter ouvertement contre le traitement inhumain infligé aux prisonniers russes. Un gardien avait vidé son chargeur sur lui. Par la suite, le premier choc passé, Ludovic avait pensé qu'il s'agissait certainement d'une forme de suicide. Alexei, épuisé par la sous-alimentation et par les travaux forcés, n'avait plus eu la force de lutter. Mais il avait voulu mourir en homme, debout.

Quand Ludovic avait appris la tragédie, il avait eu envie de hurler sa peine et sa révolte. Un camarade, Daniel, l'en avait empêché. « Au contraire, il faut vivre, lui avait-il dit. C'est le meilleur moyen de lutter contre ces monstres. »

Lorsqu'il était rentré à la ferme, le lendemain, il avait entraîné Else jusqu'à sa chambre, là où elle ne l'avait jamais invité, et l'avait prise avec une sorte de rage sous la photographie d'un soldat de la Wehrmacht au regard empreint de mélancolie, comme s'il avait pressenti sa mort prochaine sur le front russe.

Il avait eu honte, après. Qui était-il pour se venger sur une femme ? Cependant, rien n'y faisait ; elle restait pour lui une ennemie.

Et, à présent, elle portait son enfant ! Un goût amer emplit la bouche de Ludovic. Elle venait de le lui expliquer, en posant la main sur son ventre. Elle parlait désormais mieux le français que lui l'allemand. « Bébé, avait-elle soufflé, *Kind* », avant d'esquisser le mouvement de bercer un enfant.

Il l'avait repoussée, presque brutalement. Un enfant de Boche ? Jamais ! Il ne l'aimait pas, n'éprouvait rien pour elle. Les mots n'étaient rien. Sa réaction avait été suffisamment explicite.

Else, livide, recula. Qu'avait-elle donc cru ? songea Ludovic. Qu'il allait se jeter dans ses bras ? Ils étaient en guerre.

– *Krieg*, martela-t-il. Ennemi.

Il suivait avec une joie mauvaise l'effet des mots qu'il prononçait sur le visage de l'Allemande. C'était tout ce qu'elle était pour lui. Une Bochette, dont il avait profité, sans remords.

Elle s'enfuit en direction de la ferme. Elle pouvait le faire arrêter, affirmer qu'il l'avait violée, pensa Ludovic. À cet instant, cela lui était égal.

– Tu sais qu'Else risque gros ?

Stupéfait, Ludovic laissa tomber le seau d'eau qu'il venait de déverser sur son torse.

C'était un rituel. À la fin de sa journée de travail, il se lavait à la pompe de la cour. Werther, assis sur le banc, l'observait.

– Vous parlez français ? s'étonna le Baronniard.

Le vieil homme cligna de l'œil.

– J'ai été soigné près de Verdun. Par des religieuses qui connaissaient l'allemand. Je me débrouille…

– Plutôt bien ! fit le Français après avoir sifflé entre ses dents.

Il essayait de gagner du temps. Pourquoi Werther avait-il seulement évoqué les risques encourus par sa fille ? Lui, Ludovic, n'était-il pas concerné au premier chef ? Il ne se rappelait que trop la circulaire signée à son entrée en Allemagne, en 1940. Elle reprenait une loi du 10 janvier 1940 stipulant :

> *Toute relation des prisonniers de guerre français avec la population allemande est interdite. S'approcher ou causer avec les femmes et les jeunes filles allemandes est strictement défendu. Tout contrevenant s'exposera à une peine sévère allant de dix ans de prison à la peine capitale et entraînera systématiquement, de par sa mauvaise conduite, des sanctions contre la personne fautive allemande*[1].

– Elle vous a parlé ? reprit-il avec un soupçon de gêne.

Le fermier secoua la tête.

– Pas besoin. J'ai des yeux pour voir. Je ne veux pas que ma fille souffre.

Ludovic esquissa une moue.

– Je ne l'ai pas obligée.

Werther se leva pesamment. Malgré sa manche pendante, il était encore capable de lui administrer une

1. Loi votée par l'OKW n° 90 ou 92 du 10 janvier 1940.

bonne correction. Ludovic respectait le vieil homme et n'avait pas la moindre envie de se battre contre lui.

– Ne porte pas de jugement sur ma fille, gronda-t-il. Ce n'est pas une traînée, elle a toujours été fidèle à son mari. C'est juste que…

Il jeta un coup d'œil autour de lui, comme pour vérifier que personne ne pouvait l'entendre, hormis le prisonnier français, et ajouta :

– Cela fait des années qu'elle désire une petite fille. Pour lui rappeler sa Frieda.

Ludovic se sentait perdre pied.

– Sa Frieda ? répéta-t-il.

Alors le vieil homme lui expliqua. Frieda était née en 1937. Lui, Werther, avait vite compris que l'enfant ne se développait pas normalement. Il en avait même parlé à mots couverts avec son gendre.

Mais Else refusait de voir la réalité en face. Elle était folle de sa petite Frieda, passait des heures à la bercer pour apaiser ses colères, lui tricotait des vêtements, s'efforçait patiemment de la stimuler.

Elle avait commencé à s'inquiéter le jour où leur médecin l'avait regardée avec compassion. Werther, lui, avait peur depuis longtemps. Il n'avait aucune connaissance médicale mais, pour avoir eu un frère mongolien, il avait vite reconnu certaines caractéristiques physiques telles que la face ronde et plate, le nez court et épaté, les yeux bridés et le ventre gonflé. Son opinion était faite, celle de son gendre également. Leur crainte s'était accentuée à la lecture d'affiches de plus en plus explicites. On insistait en effet sur le coût des malades mentaux et la lourde charge qu'ils représentaient pour le Reich. À la fin de l'année 1939, Frieda, qui devenait de plus en plus agitée, avait été placée sur la suggestion du médecin dans une institution spécialisée. Else l'avait fort mal supporté mais s'était résignée puisqu'on lui répétait que c'était pour le bien de sa petite fille. Elle avait sombré à la réception d'un document officiel lui annonçant la mort de Frieda, au printemps 1940.

Werther soutint le regard perplexe de Ludovic.

– Curieusement, les enfants mongoliens de la région qui avaient eux aussi été placés sont tous morts dans les mois suivant ce placement, déclara-t-il.

Il avait procédé à des recherches, rencontré un journaliste de Dortmund, fini par entendre parler de l'Aktion T4, qui avait programmé avec un cynisme sidérant l'élimination des malades mentaux et des incurables.

– Notre Frieda a été assassinée, c'est certain, conclut le vieil homme. Je n'ai rien dit à Else, elle était déjà assez désespérée.

Ludovic se racla la gorge. Il ne se rappelait pas avoir été autant embarrassé de sa vie mais, s'il éprouvait de la compassion pour Else, il n'était pas disposé à se sacrifier.

– Je suis désolé, marmonna-t-il.

Werther soupira.

– Je ne te demande rien. Seulement de comprendre ma fille. Pour le reste, nous nous arrangerons.

Il fit demi-tour, se retourna au moment de franchir le seuil de la ferme.

– Pas un mot, surtout ! lança-t-il. Le journaliste de Dortmund s'est défenestré fin 1940. Ça m'a paru étrange. Ce n'était pas le genre de gars à se suicider. Je pense plutôt qu'il gênait…

Ludovic ne trouva rien à répondre.

Il se sentait pris au piège.

20

Juin 1943

Le berger les avait guidés vers les gorges de la Méouge sans la moindre hésitation.

Il avait souri quand Bruno, désigné pour prendre le commandement de leur groupe, lui avait demandé de se choisir un pseudonyme. « Félix. On m'appelle simplement Félix, et je ne suis pas près de changer », avait-il déclaré de sa voix grave, ne souffrant pas la contradiction.

Thibaut s'était rappelé l'avoir déjà croisé une fois, alors qu'il se rendait au Contadour. Félix n'était pas de ceux qu'on oubliait ! Sa haute silhouette, son chapeau cabossé, sa cape sombre, ses chiens étaient connus de toute la région. Le berger avait désigné un hameau dominant les gorges et, encore au-dessus, derrière un rocher érodé en spirale, les premiers chênes d'une forêt. Des buissons de cade et de genévrier s'accrochaient aux anfractuosités. « Là-haut, vous serez tranquilles », leur avait-il dit, et Bruno n'avait pas protesté.

Bruno venait de Marseille, où la Milice commençait à s'intéresser un peu trop à lui. Ils étaient quinze, venus d'horizons fort différents, regroupés autour de Bruno. Parmi eux, Thibaut. Son premier hiver passé dans la clandestinité l'avait marqué. Habitué à vivre en ville, il avait souffert du froid et de la faim. Benoît et lui avaient coupé du bois de chauffage, effectué quelques travaux dans des fermes isolées où on leur avait parfois offert le vivre et le couvert. Ce faisant, ils avaient eu l'impression de perdre leur temps.

Heureusement, en avril 1943, la mise sur pied de plusieurs maquis leur avait permis d'agir, enfin ! Bouche-à-oreille, regroupement… Ils avaient établi leur campement du côté du col Saint-Jean.

Plutôt sommaire, ce campement ! Huttes en troncs d'arbres, toits de terre et de feuillage, « sac à viande » en guise de literie et nourriture constituée de graines de millet pourries.

Peu importait aux jeunes gens pour la plupart âgés d'une vingtaine d'années. Ils s'étaient organisés au fil des semaines et, grâce à Félix, venaient de s'installer dans la vallée de la Méouge. Là-haut, ils avaient eu l'heureuse surprise de découvrir des maisons – « Des vraies maisons ! » s'était exclamé Henri, le benjamin de la bande – certes abandonnées mais qu'il avait été facile de remettre en état. La situation panoramique permettait de repérer très vite d'éventuels visiteurs. Restaient deux problèmes de taille : le ravitaillement et l'armement.

On a faim à vingt ans… Et les jeunes gens, en pleine croissance et déjà affectés par un rationnement de plus en plus strict, avaient très faim !

Il fut vite décidé de faire appel à la générosité des agriculteurs. Les maquisards se rendaient fréquemment dans les fermes des alentours et ils parvinrent à se constituer un réseau de donateurs. Moutons, épeautre, pain, pommes de terre… Les fruits étaient cueillis dans la vallée. Thibaut, qui ne pouvait tenir en place, s'était porté volontaire pour aller distribuer des tracts. Il allait chercher les feuilles ronéotypées chez un imprimeur de Sisteron et revenait à pied, par des chemins de montagne. Il transmettait ensuite les doubles pages aussi bien à Laragne, qu'à Montfroc, Lachau ou Ballons et Villefranche-le-Château.

Pourtant, il s'impatientait. Leur action lui paraissait insuffisante, tout comme leur préparation militaire. Bruno tenait au salut au drapeau, matin et soir, au pied du mât dressé à l'ombre d'un chêne vert. Gardes assurées avec relève toutes les deux heures, postes de guet, ordre de se coucher tout habillé, chaussures aux pieds, afin de parer une attaque à l'aube… Ces mesures ne pallieraient pas l'absence tragique d'armes. « Si la Milice ou les Boches nous débusquent, nous nous battrons à mains nues ? » ironisait Benoît. Et Jeannot, aumônier de son état, répliquait sans se laisser démonter : « La Providence y pourvoira. »

La diversité de leurs origines sociales, de leurs professions faisait leur force. Jeannot avait dû se cacher après avoir été dénoncé pour avoir sauvé plusieurs enfants juifs. Il était lyonnais, ce qui l'avait rapproché de Benoît et de Thibaut. Tous souffraient de ne pouvoir recevoir des nouvelles de leurs familles. Pas question, en effet, de les mettre en danger en leur envoyant du courrier – ils étaient recherchés, soit par la justice, soit par la Gestapo. Bruno, habitué à la clandestinité, avait imaginé un stratagème avec la complicité du facteur de Lachau. Par une filière assez compliquée, les maquisards avaient prévenu leurs proches qu'ils pouvaient leur écrire au nom de M. Riquet à Lachau. René, le facteur chargé du tri, rangeait dans un casier postal toutes les lettres adressées à ce M. Riquet et les glissait sous une pierre plate sur la route d'Eygalayes.

Chaque arrivage était source d'émotion et de mélancolie. Certaines nouvelles étaient particulièrement tristes. La mort d'un aïeul, une séparation, une arrestation… On prenait aussi connaissance de messages d'espoir, des fiançailles, une naissance…

Le poste émetteur-récepteur apporté par Bruno leur permettait de demeurer en contact avec d'autres groupes. Ils apprirent ainsi l'arrestation de Jean Moulin et de sept autres résistants, dans la maison du docteur Dugoujon, à Caluire. Ce jour-là, Jeannot fut le premier à proférer un horrible juron. Confus, il expliqua à ses camarades qu'il avait rencontré une fois Jean Moulin à Caderousse, au bord du Rhône. Son radio, Hervé Montjaret, diffusait clandestinement, depuis la petite ville du Vaucluse, les premiers messages à destination de Londres. L'affaire de Caluire constituait un choc terrible pour la Résistance, la concrétisation d'une menace avec laquelle il fallait bien vivre.

Jeannot, les yeux mi-clos, récita des fragments d'un poème qu'il connaissait par cœur, « Le Veilleur du Pont-au-Change » :

Je vous appelle dans ma langue connue de tous
Une langue qui n'a qu'un mot : Liberté[1] *!*

Thibaut l'approuva d'un hochement de tête. Son père avait recopié ce poème de Robert Desnos, dans sa dernière lettre. Tout en rappelant en post-scriptum :

Même si je suis particulièrement fier de toi, mon fils, n'oublie pas de revenir. Je t'attends.

Ce jour-là, en lisant les pattes de mouche de Max, Thibaut avait eu la gorge serrée. Son père lui paraissait tout à coup très lointain.

César, troisième du nom, qui montait la garde à l'entrée de la bergerie, gronda sourdement. Aussitôt alertée, Valentine jeta un coup d'œil autour d'elle et sortit sur le seuil. Elle était en permanence sur le qui-vive, plus pour les petits et ses parents que pour elle-même.

Tout avait commencé en mai 1942, alors qu'une ordonnance instituait pour les Juifs le port obligatoire de l'étoile jaune.

Ou bien avant, en y réfléchissant. C'était Cécile qui lui avait fait prendre conscience de la gravité de la situation.

Son père l'avait soutenue, ainsi que Félix, toujours prêt à s'investir. Si Antonia s'était montrée plus réservée, elle n'avait pas, cependant, protesté. « Pendant la guerre

1. Écrit en 1942. Robert Desnos, *Destinée arbitraire,* Gallimard, 1975.

de 14, j'aurais tant voulu qu'on m'aide », avait-elle murmuré alors que Valentine tentait de la convaincre du bien-fondé de leur action.

Ils avaient d'abord accueilli Jonas, un petit garçon silencieux au regard meurtri, puis Pavel, âgé de cinq ans, qu'on devait maintenant appeler Paul. Pavel avait déjà connu plusieurs familles d'accueil et effectué un véritable périple, d'un foyer de l'OSE[1] à un pensionnat catholique. Ses parents, partis dès 1938 de Tchécoslovaquie, avaient confié leur fils unique à cette institution juive au début de l'année 1942. La rafle du Vel'd'Hiv avait hélas confirmé leurs pires craintes.

Après une période difficile durant laquelle Pavel-Paul, pris de crises de colère irrépressibles, se roulait sur le sol en hurlant, le petit garçon s'était attaché à César. L'enfant et le chien, inséparables, aidaient Valentine à s'occuper des bêtes. Le soir, la jeune fille apprenait à lire à Paul. Ses parents et elle n'avaient pas osé l'inscrire à l'école. Paul, en effet, parlait mieux le yiddish que le français, et ses accès de rage risquaient de mettre en danger le réseau. Son esprit vif, ses câlins attendrissaient ses interlocuteurs jusqu'au moment où il piquait une colère terrible pour un prétexte futile.

« Cet enfant aurait été déclaré possédé il y a moins d'un siècle », avait commenté Félix un soir où il venait d'assister à ce genre de scène. Il avait ajouté, devant le froncement de sourcils d'Antonia : « Je ne dis pas que je le pense, voyons ! » Un vieux contentieux opposait

1. Œuvre de secours à l'enfance.

la fermière et le berger. De quel ordre ? Personne ne le savait, pas même Pierre. En tout cas, ces deux-là ne s'appréciaient guère, c'était l'évidence. « Qui sait ce que ce petit a entendu, enregistré dans sa mémoire, sans même en avoir conscience ? » avait repris Félix.

Le berger parcourait des distances ahurissantes, servant d'agent de liaison, toujours accompagné de Vaillant. Prince était mort l'hiver dernier et il ne l'avait pas remplacé. « À quoi bon ? avait-il soupiré. Il n'y a plus de transhumance, de moins en moins de troupeaux… J'ai bien mieux à faire ! »

Les réquisitions allaient croissant d'une année sur l'autre. Brebis, agneaux… Il n'y avait pas de limites aux exigences des occupants. Seule parade : la débrouillardise. On dissimulait du blé dans des tonneaux, on abattait le cœur gros ses bêtes afin de les soustraire aux Allemands.

Un étranger grimpait le raidillon menant à la chèvrerie. Valentine remarqua tout de suite sa chemise ouverte et son short en toile. Il n'était pas du pays ; elle ne l'avait jamais vu.

– Bonjour, dit-il.

La brise du soir, descendue de la montagne, agitait ses cheveux drus, couleur de noisette. Il paraissait sympathique, bien que son père lui ait souvent répété : « A beau mentir celui qui vient de loin. »

Elle le salua, en restant sur ses gardes.

L'étranger se rapprocha. Son visage était émacié, mais il émanait de lui une vitalité réconfortante.

– Je viens de là-haut, reprit-il, en désignant la direction des gorges de la Méouge. Avez-vous de la nourriture pour mes camarades et moi ? Nous en avons vraiment besoin.

Il parlait avec un accent légèrement chantant, en avalant les voyelles finales.

– Vous êtes de Lyon, sourit Valentine.

– Je suis d'ici, maintenant, répondit-il prudemment.

Ils échangèrent un regard incertain, comme si chacun prenait la mesure de l'autre.

– Je vais voir ce que je peux faire, annonça enfin Valentine.

Du lard, de l'épeautre suffiraient-ils ? Son père était parti à Séderon, chez le vieux Marcel, à qui il donnait la main, chaque année, pour la fenaison. Marcel était un ami de papé Louis et Pierre n'aurait jamais manqué ce rendez-vous. Fidélité, respect des anciens, attachement à la parole donnée… C'était ainsi !

– Revenez ce dimanche, proposa la jeune fille. Vous verrez avec mon père.

Embarrassé, l'étranger toussota.

– Si vous pouviez nous dépanner aujourd'hui… Nous avons de plus en plus faim !

– Vous êtes plus maigre qu'un coucou ! lança-t-elle.

Les Ferri avaient la chance de ne pas vraiment souffrir de la faim grâce à la ferme mais ils savaient que, dans le nord de la Drôme ou même à Rémuzat, la situation était dramatique. Sans parler du Vaucluse, où la mortalité des pensionnaires de Montfavet[1] était effrayante.

Elle tira la porte de la chèvrerie derrière elle.

1. Asile psychiatrique.

– Venez ! dit-elle, tandis que César III, le nez sur les chaussures du Lyonnais, menaçait ses mollets.

Elle s'avança vers la ferme en sifflotant *Malbrough s'en va-t-en guerre*. C'était le signal. Dès qu'elle l'entendait, Antonia dissimulait Paul dans une cache aménagée dans le placard de la bugade.

Les ombres de la nuit s'allongeaient sur la vallée. L'air légèrement piquant était le bienvenu après la touffeur du jour. Presque malgré elle, Valentine enveloppa d'un regard de propriétaire la Grange et les terres alentour.

– J'ai toujours vécu ici, confia-t-elle. J'aime ma terre, mon pays.

– Je vous comprends, murmura-t-il.

Dans la salle, Antonia cousait. Au cours de l'hiver dernier, elle avait taillé des pantalons pour sa fille dans une vieille couverture. Elle riait d'elle-même de temps à autre, s'étonnant : « Quand j'étais jeune, je ne savais pas tenir une aiguille ! Il a bien fallu que je m'y mette… »

Paul avait disparu, comme prévu. Valentine réprima un soupir. La peur était devenue une compagne familière. La jeune fille expliqua rapidement la situation à sa mère, qui acquiesça d'un signe de tête.

– Oui, du lard, de l'épeautre, des tommes. Prépare le paquet, veux-tu ? Pendant ce temps, je vais faire mieux connaissance avec monsieur…

– Marquis, balbutia le visiteur.

Brusquement, dans la salle paisible, il avait pensé à sa propre enfance. Et cela lui avait fait mal.

21

Janvier 1944

Le froid, la faim étaient devenus une obsession pour Ludovic. À intervalles réguliers, il revoyait la succession d'événements l'ayant conduit en Pologne, à la forteresse de Graudenz, et se demandait pourquoi diable il n'avait pas résisté à Else. Comparé à Graudenz, le stalag Hemer pouvait en effet être qualifié de camp de vacances !

Les ennuis avaient commencé dès que la grossesse d'Else Brüner avait été visible en août. Si l'attitude de Werther n'avait pas changé, Willy était devenu agressif et désagréable avec le *Kriegsgefangene*. Else, pour sa part, donnait l'impression d'évoluer sur un nuage. Elle demeurait imperméable aux conseils de prudence de son père et se préoccupait de confectionner une layette, malgré les restrictions.

Ludovic, lui, tentait de se convaincre qu'il ne risquait rien. Après tout, n'avait-on pas besoin de lui à la ferme Brüner ?

Les événements se précipitèrent en septembre alors qu'Else ne cherchait pas à dissimuler son ventre proéminent. Une voiture noire s'arrêta un matin dans la cour de la ferme. Deux individus aux visages fermés en descendirent. Ils entraînèrent Else, qui préparait le déjeuner, dans leur automobile, sans tenir compte de ses protestations. Ils ne s'intéressèrent même pas à Ludovic.

Celui-ci, à la fois contrarié et ennuyé, ne savait quelle attitude adopter. Werther, accablé, attira son petit-fils contre lui mais Willy, très remonté, s'attaqua à Ludovic.

– *Es ist deine Schuld*[1] *!* hurla-t-il en lançant des coups de pied dans les mollets du Français.

Il s'efforçait de tenir le gamin à distance respectable sans pour autant lui faire de mal. Il se sentait dépassé par l'ampleur et la gravité qu'avait prises cette affaire. Que diable ! Else était veuve, lui-même célibataire, ils n'avaient pas commis de crime. Et pourtant… Il se rappelait la mise en garde de Werther, plusieurs mois auparavant. « Sais-tu qu'Else risque gros ? » lui avait-il dit. Il se rappelait aussi avoir signé une circulaire à son arrivée en Allemagne. Celle-ci stipulait que toute relation des prisonniers de guerre français avec la population allemande était formellement interdite.

Il était trop tard pour revenir en arrière. Ludovic en avait perdu le sommeil. Il ruminait une tentative d'évasion, assurément vouée à l'échec car un garde s'était attaché à ses pas. Il se sentait aussi coupable vis-à-vis d'Else et de sa famille. La jeune femme n'avait-elle pas été suffisamment éprouvée au cours des dernières années ?

« Elle t'a utilisé comme géniteur, elle savait fort bien ce qu'elle faisait », lui soufflait une voix intérieure, sans parvenir à le libérer de ses remords.

1. « C'est de ta faute ! »

Ils vinrent l'arrêter moins d'une semaine après avoir emmené Else vers l'inconnu. Juste le temps pour lui d'espérer s'en sortir. Quelle illusion !

Il gardait un souvenir confus des jours suivants. Comme si ce n'avait pas été lui qui avait été traduit devant un tribunal militaire nazi. Voyage en train, sous étroite surveillance, comparution de quelques minutes. Pas d'interprète, naturellement. Ludovic avait compris que l'officier requérait trois ans de travaux forcés. Son avocat, avec qui il n'avait pas été autorisé à parler, avait prononcé une seule phrase. Le verdict n'avait pas tardé. Trois ans de travaux forcés.

Il avait saisi un mot, « Graudenz », sans avoir la moindre idée de ce qu'il voulait dire.

Un nouveau voyage en train, sous escorte. Des paysages mornes sous un ciel bas, du vent qui ébouriffait, tordait les arbres. Et une impression de désolation qui vous serrait la gorge. Brusquement, Ludovic avait pensé au Ventoux, à la montagne de Lure et aux champs de lavande de Valentine.

Un désir fou d'évasion le taraudait. Il savait pourtant qu'il n'aurait pas la moindre chance de s'en tirer. Il portait toujours sur sa capote les deux initiales KG. D'après ses estimations, le train roulait vers l'est. Quelle que soit sa destination finale, Ludovic voulait vivre.

« Vivre ! » se répéta-t-il sur un ton empreint de dérision. Chaque semaine, sous la douche, il pouvait suivre sur les corps nus de ses camarades les marques des privations endurées. Astreints à des travaux déjà pénibles pour des hommes en pleine santé, les prisonniers du camp de Graudenz, mourant de faim, vivaient l'enfer. En découvrant la ville fortifiée au bord de la Vistule, située à une centaine de kilomètres de Dantzig, Ludovic n'imaginait pas qu'il souffrirait autant le long de ce fleuve.

Débarqué en gare de Graudenz en compagnie de trois autres prisonniers, français eux aussi, il avait traversé à pied une bonne partie de la ville, toujours sous escorte. La marche leur avait fait du bien, même si le vent glacial venu de la Baltique leur coupait le souffle. « Fait froid », avait marmonné Bombine, un boulanger picard que tout le monde surnommait Bonbon.

Et puis, ils avaient aperçu un grand mur d'un gris sale barrant l'horizon. Il suffisait de franchir le porche pour se retrouver dans un autre univers. La cour, cernée de bâtiments, verrouillée par de hauts murs, paraissait immense. Fouille, désinfection, découverte des cellules… Ludovic comprendrait plus tard qu'il s'agissait seulement d'un avant-goût de la « forteresse de la mort lente », lorsqu'il serait transféré dans un camp dépendant de la prison proprement dite. Celui-ci était situé à proximité du fort Courbières qui dominait la Vistule.

Des baraquements en bois, un terrain boueux, des barbelés et deux miradors. Ce jour-là, Ludovic avait pensé qu'il ne rentrerait jamais à Séderon. Pourtant, il fallait bien tenter de survivre, avec comme obsessions le froid et la faim. Le vent glacial transperçait les vêtements. Pour seule protection, un caleçon, une chemise, un pantalon, une veste, une capote, des sabots et une paire de chaussettes russes, un simple morceau de tissu d'environ quarante centimètres sur quatre-vingts enroulé autour du pied.

Marcher dans la neige ou la boue sur plusieurs kilomètres avec des sabots, tandis que les gardiens braillaient : « *Schneller*[1] *!* », constituait déjà une épreuve. Les prisonniers trébuchaient, tentaient de remonter leurs précieuses chaussettes russes qui glissaient, se tordaient les pieds. Si elles étaient mal posées, ces chaussettes provoquaient des ampoules et des cals douloureux. Malheur à celui qui tombait ; il était aussitôt incité à se relever par une volée de coups de gourdin.

Le sadisme dont faisaient preuve certains gardiens révulsait Ludovic. D'autres, plus coulants, appliquaient le règlement sans abuser du « marche-marche », un exercice redouté des prisonniers. Il s'agissait en effet, durant une heure ou deux, suivant l'humeur des gardiens, de multiplier pompes, course sur place, flexions et sauts jusqu'à l'épuisement.

Ce qui s'apparentait à une séance de gymnastique intensive pour des personnes en bonne santé devenait un supplice pour des hommes profondément affaiblis par les températures glaciales et la sous-alimentation.

Ils ne recevaient ni courrier ni colis. Imaginer l'angoisse des proches constituait une torture morale supplémentaire. La nuit, ils se serraient les uns contre les autres pour se procurer une chaleur illusoire. La température pouvait descendre jusqu'à moins quarante degrés. Des aiguilles de glace vous transperçaient alors le visage

---

1. « Plus vite ! »

et le corps. Le vent soufflait par rafales. Des appels prolongés, à l'aube, entraînaient la mort de nombreux prisonniers. « Tenir », se répétait Ludovic. Pas question de se rendre au lazaret où des infirmiers polonais, qui n'avaient le plus souvent aucune connaissance médicale, volaient la maigre ration du malade quand ils ne le rouaient pas de coups. Lorsque l'esprit de résistance vous abandonnait, vous mouriez très vite. Gaspard, un Angevin d'une trentaine d'années, avait lâché prise au retour d'une journée éreintante de travail à la carrière. Il était tombé. Un gardien l'avait violemment battu. Le lendemain matin, ses compagnons l'avaient soutenu pour l'appel. Wegen, une brute redoutée de tous, l'avait fait basculer dans la neige d'un coup de crosse. « Laissez-moi mourir, les gars », avait murmuré Gaspard. Et, quand Wegen l'avait menacé de son arme, il l'avait défié : « Tire ! Tu me rendras service ! avait-il lancé en allemand. » Ludovic avait encore l'écho de la détonation dans le cœur.

La faim les rongeait. Leur régime était si frugal qu'ils auraient mangé n'importe quoi pour faire cesser leurs terribles crampes d'estomac, les vertiges et cette sensation de faiblesse permanente. Sous-alimentés, les prisonniers de guerre devaient se contenter d'une boisson chaude, d'une tartine de pain de plus ou moins cent grammes, agrémentée plutôt que couverte d'une très fine couche de margarine fondue. Pour le midi, un litre de soupe, en fait de l'eau chaude à la surface de laquelle flottaient de minuscules morceaux de rutabaga. Le soir, même menu, accompagné parfois d'une rondelle d'ersatz de saucisson.

En trois mois, Ludovic avait perdu une bonne vingtaine de kilos. Un régime affolant, dépourvu de viande, de légumes et de fruits frais, de laitages. Quoi d'étonnant à ce qu'ils se surnomment entre eux « les squelettes » ?

L'humour leur permettait de garder une certaine distance. Ils se considéraient comme des morts-vivants en sursis.

Dans ces conditions, même s'il songeait de temps à autre à Else, il repoussait bien vite ses interrogations. Il ne se demandait même pas si elle avait mené sa grossesse à son terme. Elle restait une Allemande, une ennemie.

Le temps s'étirait, interminable, à Graudenz. Sans espoir.

22

La neige était tombée en abondance, poudrant les sommets.

La main en visière devant les yeux, Valentine scruta la route menant à Eygalayes. Contrairement à sa mère, elle n'aimait guère ce chemin encaissé cerné de caillasses conduisant au col Saint-Jean. Emmitouflée dans une canadienne ayant appartenu à son père et ajustée à sa taille par Antonia, elle ne souffrait pas du froid grâce à sa mère qui lui avait confectionné un chandail en jacquard semblable à celui de Jean Marais dans *L'Éternel retour*. Un bonnet en laine protégeait ses oreilles de la bise glaciale. Si les habitants de la Grange parvenaient à se chauffer correctement, il n'en allait pas de même pour les maquisards. Pour Thibaut, Valentine avait appris à tricoter elle aussi, bien qu'elle ne manifestât aucune disposition pour cette activité. Elle perdait la moitié de ses mailles, s'emmêlait dans ses diminutions, finissait par jeter sur la table l'ouvrage en cours, en soupirant : « Je n'y arriverai jamais ! » Sans mot dire, Antonia se levait, reprenait le tricot et, comme par magie, réparait toutes les erreurs de sa fille. Valentine en perdait son calme ; elle était bien trop impatiente pour terminer son ouvrage.

Depuis plusieurs mois, sa vie avait pris un autre tour. Depuis qu'elle avait rencontré Thibaut, à la Grange. Il l'avait troublée, bien évidemment.

« Un trop beau gars pour être honnête », avait commenté Antonia après son départ. Elle se défiait des maquisards. Il lui semblait vivre en permanence dans la peur et, pour cette raison, elle enviait le père et la fille. Tous deux donnaient l'impression d'ignorer le danger, ce qui rendait Antonia folle d'angoisse. Elle s'était ouvert de ses craintes auprès de son mari. Celui-ci s'était contenté de sourire. « Voyons, Antonia, préférerais-tu nous voir agir en lâches ? Je te promets de rester prudent. »

Elle savait qu'il disait vrai. Pourtant, ce faisant, il s'efforçait d'ignorer le climat de haine perturbant la région, le risque de trahison, l'action de la Milice, qui se montrait parfois encore plus barbare que l'ennemi. Pierre avait une guerre de retard, avait-il déclaré un jour, et Antonia comprenait ce qu'il avait voulu dire. Il avait un idéal de loyauté, comme un code de chevalerie. Code dépassé depuis longtemps...

« Pauvre maman », pensa Valentine, avec une pointe de condescendance. Il lui semblait en effet qu'Antonia avait toujours été cette femme d'âge mûr, effrayée par la guerre. Elle ne parvenait pas à l'imaginer jeune, amoureuse et rebelle. D'autant qu'elle ne possédait aucun portrait d'elle – sa mère ne supportait pas d'être photographiée. Son père, en revanche, lui paraissait invulnérable. « La force des clichés... », se disait-elle parfois.

Elle jeta un coup d'œil impatient au sentier que Thibaut devait emprunter pour la rejoindre. Même si elle l'aimait, elle ne savait jamais quelle attitude adopter avec lui. Il pouvait être tendre et prévenant et, le surlendemain, rester lointain. Il lui était même arrivé un jour de la repousser.

« Je ne veux plus vous voir. Jamais. » Valentine avait eu l'impression de plonger dans un gouffre sans fin. Elle avait fait demi-tour, s'était enfuie, avant de revenir sur ses pas et de lancer au visage de celui qui restait figé : « Vous n'êtes qu'un mufle ! » Il l'avait alors attirée à lui et l'avait embrassée avec une sorte de violence. « Je refuse de vous mettre en danger », lui avait-il dit. Elle l'avait regardé, froidement. « Si je ne vous vois plus, je meurs. » C'était la vérité. Elle aimait pour la première fois, avec fièvre, avec passion. Il était tout pour elle. Et il s'effrayait parfois de son caractère entier.

De plus, il la trouvait déjà presque trop investie dans la Résistance. Il avait compris, en échangeant quelques mots avec le petit Paul, que l'enfant avait vécu de nombreux traumatismes. Pierre Ferri l'avait fait passer en Suisse, tout comme Jonas. La Grange hébergeait désormais Anna, une adolescente d'une quinzaine d'années, et sa petite sœur Léah. Leurs parents, arrêtés à l'automne 1943, les avaient confiés quelques jours auparavant à une responsable de l'OSE. Anna souffrait de crises d'asthme à répétition et vivait dans l'espoir de retrouver ses parents à Jérusalem.

« Après la guerre », disait-elle, ce qui nouait la gorge de Valentine. On évoquait, à mots de moins en moins couverts, les conditions de ces transferts de population vers l'est. Qui pouvait y survivre ?

Un bruit de moteur fit tressaillir la jeune fille. Thibaut ne se déplaçait qu'à pied ou à bicyclette. Prudemment, elle reprit la direction de la ferme.

Une Traction noire s'arrêta à sa hauteur. Le passager baissa la vitre, se pencha légèrement vers Valentine.

– Il fait très froid, mademoiselle. Pouvons-nous vous déposer quelque part ?

Que répondre ? Qu'elle attendait l'homme qu'elle aimait ? Qu'ils devaient se rendre tous deux à Ballons pour rencontrer un contact ?

Elle se tira un sourire.

– Merci, messieurs, mon père va arriver d'un instant à l'autre. Il sera contrarié s'il ne me trouve pas à l'endroit prévu.

– Comme vous voudrez, fit l'homme en remontant sa vitre.

Elle n'avait pas aimé son regard. Suspicieux et scrutateur. Elle frissonna. Que faisait donc Thibaut ?

La Traction redémarra. Elle était équipée d'un gazogène volumineux.

Valentine haussa les épaules. Elle remonta le col de sa canadienne, frotta ses mains l'une contre l'autre. Lentement, la peur montait en elle, insidieuse. Elle poursuivit son chemin vers la Grange et poussa un soupir de soulagement en reconnaissant le vélo de Thibaut, appuyé contre le mur de la bergerie. Elle courut vers le bâtiment, trébucha sur une mangeoire.

– Doucement ! s'écria Thibaut, en la retenant contre lui.

Elle se dégagea vivement.

– Que se passe-t-il ? Je vous ai attendu près d'une demi-heure et je vous retrouve là, bien au chaud…

Sans se laisser démonter, il posa deux doigts sur ses lèvres.

– Chut, jeune fille ! J'ai dû me réfugier à la ferme parce qu'une voiture de miliciens rôde dans le secteur. Je n'avais aucun moyen de vous prévenir, aussi j'ai espéré que vous finiriez par rentrer.

– J'ai vu une voiture, une Traction noire et…

– Ce sont eux, coupa Thibaut, en serrant les poings.

Il avait les miliciens en horreur. Non contents de traquer les maquisards, ceux-ci cumulaient les privilèges et se comportaient en maîtres.

Il entraîna Valentine jusqu'au fond de la bergerie. Une odeur familière, de foin et de laine, imprégnait le lieu.

– Embrassez-moi, reprit-il.

Elle aimait leur habitude de se vouvoyer, comme pour prolonger le désir. Elle glissa les mains sous son chandail, contre sa peau tiède et lisse. Elle déposa une pluie de baisers légers sur son visage. Il secoua la tête, la fit basculer dans le foin. Ils bataillèrent durant quelques instants pour ôter une partie de leurs vêtements avant qu'il ne la gratifie d'un long baiser passionné qui la chavira. Elle ne supportait pas sa faiblesse face à lui mais était incapable de lui résister.

Lentement, il prit possession de son corps, en suivant sur son visage la progression de son désir. Il l'aimait… sans avoir encore osé le lui dire car il aurait eu l'impression de révéler sa vulnérabilité. Bruno le répétait assez à ses hommes : les histoires d'amour étaient trop risquées pour y succomber.

Leurs mains se prirent, leurs doigts se nouèrent durant la montée du plaisir. Valentine, haletante, retenait des mots d'amour, des mots de passion, qu'elle aurait voulu crier. Il lui semblait que Thibaut restait toujours maître de lui et ce constat l'exaspérait. Elle souhaitait être son égale, avait souvent l'impression qu'il la considérait seulement comme une distraction. « Le repos du guerrier ! » se disait-elle avec humeur.

Elle ne vit pas son regard chavirer à l'instant où il s'abîmait en elle.

23

Février 1944

Le ciel, d'un bleu étonnant, accentuait par contraste la blancheur des sommets. Un monde de paix, à la fois si proche et si lointain. Une barre neigeuse, vers l'horizon, paraissait presque irréelle.

Debout sur un promontoire, Félix contemplait le paysage, comme si celui-ci avait été différent chaque jour. Son pays…

Il réprima un soupir. Certains jours, il éprouvait un sentiment de lassitude tel qu'il se demandait à quoi servait de poursuivre le combat. Et puis, il suffisait d'une conversation avec un résistant ou d'un enfant à conduire dans une cachette sûre pour retrouver le goût de la lutte. Félix se battait avant tout pour ses idées humanistes. Idées fortement ébranlées après quatre ans de guerre. Il avait participé à des actions armées afin de tenter de sauver des résistants arrêtés puis torturés et, face à des êtres humains tenant debout par la seule force de leur volonté, le berger était révolté, effrayé et horrifié. Quel était ce monde régi par la barbarie ? Les miliciens le révulsaient autant, sinon plus, que les nazis.

Il n'avait pas peur pour lui mais pour son pays. Lui, sa vie était finie. Il supportait mal de s'être battu en 14-18 pour en arriver là. Il y avait cru, jusqu'à la montée du fascisme. Il s'était alors préparé au pire, sans pour autant imaginer la réalité.

L'ombre gagnait. Vaillant sur les talons, il descendit vers Séderon. Il y avait rendez-vous avec Marquis. Il aimait bien ce garçon vif, intelligent et cultivé. Il l'aimait bien tout en s'inquiétant à son sujet.

En effet, il donnait l'impression d'ignorer ce qu'était la peur. Or, il convenait de se montrer de plus en plus prudent. La Milice attaquait sur tous les fronts. L'échec allemand sur le front russe avait exacerbé les tensions. Le régime se craquelait et la lutte s'intensifiait. Félix redoutait des jours de violence, de sang et de larmes.

Le village, si animé avant la guerre, paraissait plongé dans une léthargie angoissante. Le froid incitait les habitants à se claquemurer chez eux auprès d'un maigre feu. Cependant, Félix savait qu'on suivait sa progression derrière les rideaux. Si les résistants pouvaient compter sur la solidarité des Drômois, des Vauclusiens et des Bas-Alpins, il convenait toujours de se défier. Ainsi, en septembre 1943, les maquisards de Pomet, au-dessus de la Méouge, avaient eu la surprise d'apercevoir deux jeunes promeneuses à bicyclette. Ils les avaient interceptées et leur avaient fait promettre de garder le silence sur l'existence du camp. Il leur semblait en effet inconcevable de garder prisonnières les deux jeunes filles. Ils connaissaient l'une d'elles. Quant à l'autre, ils ne pouvaient que compter sur sa bonne foi et sa neutralité. Finalement, quelques jours plus tard, les maquisards, stupéfaits, avaient appris que la jeune fille inconnue racontait partout avoir été enlevée, malmenée et menacée de représailles. Malheureusement, elle était parente d'un collaborateur gapençais et, début décembre, le camp de Pomet avait été attaqué par trois compagnies... De quoi justifier les plus extrêmes précautions.

Félix s'arrêta au bar situé près du pont et commanda un café. Il savait qu'il s'agirait d'une mixture improbable à base d'orge grillé mais celle-ci aurait au moins le mérite de le réchauffer un peu.

Le patron, Sylvestre, soutenait les résistants en leur fournissant des denrées de base. Il jouait aussi à l'occasion les « boîtes aux lettres » et Félix lui faisait confiance. S'essuyant les mains sur son grand tablier bleu, il s'approcha de la table du berger.

– Pas trop froid, là-haut ? s'enquit-il.

Félix sourit après s'être débarrassé de sa limousine.

– Je suis habitué. Et puis il faut que chaque saison passe, pas vrai ? Quand la bleue refleurira, nous y verrons peut-être plus clair.

Les deux hommes échangèrent un regard entendu. La victoire tant espérée paraissait parfois inaccessible. Les informations collectées étaient contradictoires. En ce mois de février, l'Armée rouge progressait comme si elle était devenue invulnérable.

Félix aperçut Marquis posant nonchalamment sa bicyclette contre la vitrine du café. Le garçon avait de l'allure, malgré ses vêtements mal coupés. On le remarquait, à cause de sa haute taille, de son élégance naturelle. Lorsqu'il entra chez Sylvestre, Félix lui adressa un signe de tête. Marquis alla commander un café au comptoir avant de venir s'asseoir près du berger.

– Fait froid, marmonna Marquis.

Félix haussa les épaules.

– Un temps de saison !

Ils se turent. De simples relations qui se saluent au hasard d'une rencontre. C'était tout. Pas question d'éveiller l'attention.

Avant de partir, Félix laissa sur la table le livre qu'il tenait à la main en arrivant. C'était un recueil de poèmes de Marceline Desbordes-Valmore à l'intérieur duquel il avait glissé une feuille de papier pliée en quatre. Sur celle-ci, une seule phrase : « Biscuits attendus sur le plateau. »

Thibaut en prit connaissance seulement après avoir emprunté la route menant à Lachau. Il jeta un coup d'œil à sa montre. Il n'avait pas un instant à perdre ! Il lui fallait contacter Pierre Ferri, qui possédait un camion, prévenir les camarades, écouter le message de dix-neuf heures à la BBC avant de se mettre en route pour Savournon, dans le pays de Buëch, où des armes avaient déjà été larguées en décembre.

Thibaut sentait monter en lui l'excitation précédant l'action. Combien de fois en effet n'avait-il pas pesté contre l'inertie imposée par leur manque de matériel ? Il se remémorait de temps à autre l'été 1939 passé au Contadour, et cette conversation avec Giono qui l'avait profondément marqué. Il entendait encore l'écrivain répondre à l'une de ses questions : « Le bonheur ? C'est toi, et toi seul, qui dois le trouver. »

À l'époque, Thibaut avait été déçu, comme si le chantre de la montagne de Lure avait refusé de lui ouvrir une porte. Avec le recul, il comprenait mieux ce que Giono avait voulu lui dire.

Enfant, il avait vite réalisé qu'il refuserait de vivre la même vie que celle de ses parents. Se déchirer en permanence, s'empoisonner l'existence… très peu pour lui ! Mais que désirait-il ?

« Valentine ! » se dit-il en pesant un peu plus fort sur les pédales. Cependant, en conscience, il n'avait rien à offrir à la jeune fille en cette fin d'hiver 1944. Un nom de proscrit, pas d'avenir, pas de famille…

Il lisait entre les lignes de ses lettres que son père ne pouvait plus supporter la mise en coupe réglée de son pays. Le professeur Deslandes se révélait amer, découragé. Thibaut, le cœur serré, ne le reconnaissait plus dans ces missives de plus en plus sombres et maudissait sa propre impuissance. Comment lui venir en aide sans risquer de le mettre en danger ? Sa mère était inaccessible et, de toute manière, ses relations avec son père étaient si mauvaises que Thibaut imaginait mal que ces deux-là puissent se réconcilier un jour.

Il se rapprochait de la Grange et s'agaça de sentir les battements de son cœur s'accélérer. Bon Dieu ! Il l'aimait, cette diablesse aux cheveux fauves qui ne craignait rien ni personne ! Il l'aimait, tout en ayant pour obsession de la protéger, aussi bien contre l'occupant que contre elle-même. Valentine, en effet, ne mesurait pas le danger, ce qui angoissait Thibaut. Elle était portée par un enthousiasme et une flamme contagieux et communiquait sa révolte à ses camarades. Lui était plus théoricien, et très réfléchi.

Il observa attentivement les alentours de la Grange avant de pénétrer dans la cour de la ferme et de poser son vélo contre le mur de la bergerie.

César gronda à son approche. Il frappa, deux coups longs, un coup bref, entra dans la salle.

Antonia le salua assez froidement. Thibaut avait compris depuis longtemps que la mère de Valentine prenait ombrage de leur complicité. « Pourvu, se dit-il, qu'elle ne soupçonne pas notre liaison. »

Elle raccommodait des vêtements à la lumière de la lampe à pétrole, descendue du grenier depuis le début de la guerre. Elle demanda au Lyonnais s'il désirait un bol de soupe et il accepta avec gratitude.

– Mon mari est couché avec la grippe, lui dit-elle, sans dissimuler sa satisfaction.

La consternation se peignit sur le visage de Thibaut. Sans le camion de Pierre Ferri, il ne pourrait réceptionner les armes parachutées. Or il n'avait plus le temps de mettre sur pied un plan de secours.

La porte s'ouvrit à la volée dans son dos, faisant pénétrer un vent coulis glacial dans la salle.

– Thibaut ! Vous êtes là ! s'écria Valentine.

Elle lui tendit la main, sans paraître remarquer son coup d'œil amusé.

Sa mère fronça les sourcils.

– Ferme vite cette porte, Valentine. Tu vas nous faire attraper la mort ! M. Deslandes avait besoin de ton père. J'étais justement en train de lui dire qu'il est cloué au lit…

La jeune fille hocha la tête.

– C'est hélas vrai. Papa a une fièvre de cheval ! Le docteur Bonfils est venu le voir ce matin. Maman m'a même montré comment lui poser des ventouses.

Thibaut semblait de plus en plus accablé.

– Vous aviez besoin de mon père ? reprit la jeune fille.

Il hocha la tête.

– Hélas oui. Ou plutôt de votre camion.

Les yeux brillants, Valentine se rapprocha de lui.

– Je sais le conduire, moi ! Et je suis tout à fait capable de vous emmener là où vous le désirez.

– Valentine ! s'interposa sa mère. Tu ne vas tout de même pas…

– Maman, je t'en prie, laisse-moi faire. Tu sais fort bien que papa te dirait la même chose s'il ne grelottait pas de fièvre au fond de son lit.

– Pas du tout !

– Papa tient à ce que nous aidions les résistants. Tous, quels qu'ils soient.

– Comme tu voudras, capitula Antonia avec lassitude.

Par expérience, elle savait que sa fille s'entêterait dans son projet et ne voudrait rien entendre. Le pire était que Pierre la soutenait la plupart du temps.

– Allez au moins voir Pierre, suggéra-t-elle. Il pourra vous donner quelques conseils.

Les jeunes gens obtempérèrent. En les voyant épaule contre épaule dans l'encadrement de la porte de la chambre, le cœur d'Antonia se serra.

Elle avait peur pour eux. De plus en plus peur.

24

Les mâchoires crispées, Valentine se concentrait sur la route. Certes, d'habitude, elle se débrouillait bien, mais elle n'avait jamais conduit qu'à la lumière du jour. Or Pierre lui avait bien recommandé de n'allumer que ses lanternes. Dans sa tête, elle se remémorait la topographie du terrain.

Tout avait été accompli dans les règles. Le message convenu avait été diffusé sur Radio-Londres à dix-neuf heures et confirmé à vingt et une heures. L'opération Biscuits était amorcée ; le parachutage aurait bien lieu dans la nuit.

Le maquisard Julien était parti en éclaireur sur une moto Therond prêtée par Abel, le boulanger du village. Il devait rejoindre deux résistants sur le plateau. Tous trois ne seraient pas de trop pour baliser le terrain prévu pour le largage. Ils connaissaient leur tâche : ramasser du bois mort, en constituer des tas à plus ou moins trente mètres les uns des autres. Quand le camion des Ferri atteignit le plateau situé au-dessus de Savournon, une piste de trente mètres de large sur cent cinquante mètres de long avait déjà été préparée.

Bébert, qui avait voyagé à l'avant du camion entre Valentine et Thibaut, courut rejoindre leurs camarades. La pleine lune faisait scintiller la neige. Le sol était gelé et le froid pinçait.

D'une chiquenaude, Thibaut enfonça la casquette de son père sur les cheveux de Valentine.

– Tu restes au volant. Je ne veux pas te voir dehors.

Elle esquissa un sourire.

– On se tutoie, maintenant ?

Furieux contre lui, il haussa les épaules et sauta à son tour du camion. Déjà, il percevait l'écho d'un ronronnement reconnaissable. Un Lysander…

D'un signe, il enjoignit à Bébert, Julien, Sylvain et Didier de courir mettre le feu à tous les tas de bois. Pendant ce temps, il agita sa lampe torche suivant un code prévu longtemps à l'avance, afin de s'identifier. La première fois, faute de confirmation, le Lysander était reparti sans avoir rien largué. Thibaut en avait été mortifié.

Il éprouva un sentiment de joie intense en apercevant les premiers parachutes dans le ciel. Il se retourna vers le camion, pour partager ce moment avec Valentine. Les mains sur le volant, elle paraissait tétanisée, comme si elle ne croyait pas à ce qu'elle voyait.

L'instant d'après, Thibaut se détourna. Il fallait faire vite. Réception des containers, pliage des parachutes… Quand ils eurent fini de charger les armes et les caisses de munitions à l'intérieur du camion, le Lysander avait déjà disparu.

– Une bonne chose de faite ! commenta Thibaut alors que Julien venait de repartir sur sa moto.

Valentine ne souffla mot. La rapidité et la précision des opérations lui avaient fait prendre conscience de sa propre inexpérience. Thibaut monta dans la cabine, puis Bébert.

– On rentre ! lança-t-il.

Le trajet du retour s'effectua dans le silence. Par la suite, Valentine se rendrait compte qu'il en allait le plus souvent ainsi ; le corps décompressait après l'action, reconstituait ses forces.

À hauteur de Laragne, la main de Thibaut, comme par inadvertance, se posa sur la cuisse de Valentine. À cet instant, elle éprouva un sentiment de bonheur si intense que cela lui fit peur.

– Je suis fier de toi, petite.

Côte à côte, le père et la fille inspectaient les brebis et leurs agneaux. Valentine se sentait à l'aise dans la bergerie, presque plus en sécurité qu'à l'intérieur de la ferme.

Pierre Ferri sourit à la jeune fille.

– Toi et moi sommes de la même race. Nous refusons de courber l'échine.

– Maman a un bon carafon, elle aussi.

– Oh que oui ! Mais ta maman sait se protéger. Pas nous.

Ce constat était juste. Antonia, depuis son séjour au préventorium, avait appris à prendre du recul vis-à-vis des événements et ne s'investissait pas de la même manière que Pierre et Valentine dans leur combat de résistants.

– À propos…

Il se retourna vers sa fille alors qu'elle palpait le ventre gonflé de Blanchette, l'une des bêtes qu'elle préférait.

– Méfie-toi de Marquis, reprit-il. Je sais bien qu'on ne peut pas faire grand-chose contre les béguins, mais ce garçon, même s'il est sympathique, n'est pas fait pour toi.

– Et pourquoi ? fit Valentine, une pointe d'agressivité dans la voix.

Pierre réprima un soupir. Il croyait entendre son propre père gémir : « Une fille… Seigneur ! Compliquée et compagnie ! »

– Parce que nous vivons une drôle d'époque, enchaîna-t-il sans se laisser démonter. Le danger, une certaine exaltation peuvent provoquer… Enfin, tu devrais en parler avec ta maman. Tu ne dois pas croire toutes les belles paroles des jeunes maquisards. Ce sont des hommes d'un jour.

– Nous sommes tous des femmes et des hommes d'un jour, rectifia fermement Valentine.

Pierre Ferri haussa les épaules.

– Toi, quand tu ne veux pas comprendre ! Dois-je vraiment appeler un chat un chat ? Ces jeunes gens ont besoin de se changer les idées pour ne pas trop penser à ce qu'ils risquent. Dans ces cas-là, il vaut mieux les laisser entre eux.

– Pfft ! fit sa fille. Tu ne crois tout de même pas Thibaut capable de me faire du mal ?

– Marquis, corrigea-t-il agacé. N'oublie pas que, pour nous, il est et reste Marquis.

– Parfois, vous me faites penser à des gamins, s'amusa-t-elle. Le jour où nous serons pris…

Pierre lui saisit le poignet.

– Ne pense pas à ça, Valentine, m'entends-tu ? Il ne s'agit pas d'un jeu ni d'une plaisanterie ! Des hommes, des femmes et même des enfants meurent chaque jour sous la torture, dans des souffrances atroces. Nous leur devons respect et reconnaissance. Et, surtout, nous sommes tous responsables les uns des autres. Une seule imprudence et tout le réseau risque d'être condamné.

Elle se dégagea avec impatience.

– Je sais tout cela, papa. Je ne suis plus une gamine !

Valentine sentit ses joues s'empourprer sous le regard de son père qui avait viré au noir.

– Il ne suffit pas de se croire une femme pour devenir responsable, laissa-t-il tomber d'un ton désenchanté.

Elle aurait voulu tenter de s'expliquer, lui dire qu'elle aimait Thibaut, qu'elle envisageait de passer le reste de sa vie avec lui… tout en sachant que le jeune homme n'avait jamais évoqué un éventuel avenir commun. C'était pour cette raison, d'ailleurs, qu'elle était toujours sur la défensive en compagnie de Thibaut. Il ne lui avait jamais dit non plus qu'il l'aimait.

Les yeux pleins de larmes, elle se détourna.

Une simple conversation avec son père avait suffi pour menacer son rêve.

Félix connaissait bien l'homme, l'unique rescapé de la section du maquis Ventoux commandée par Mistral.

La nouvelle de la tragédie s'était répandue dans les Baronnies et le pays de Sault, plongeant les habitants dans le désespoir et la révolte.

Le campement avait été attaqué à l'aube du mardi gras, le 22 février.

Félix avait discuté avec Roland Perrin, réfugié dans une ferme de Ballons, et appris les circonstances du drame.

– Deux traîtres, expliqua-t-il aux Ferri, réunis autour de la table familiale. Deux salauds qui ont vendu nos gars pour de l'argent. Roland nous a donné leurs noms. Ils n'ont pas intérêt à traîner dans le coin !

– Pourquoi ont-ils agi ainsi ? Nous sommes tous unis face à l'occupant, intervint Valentine.

Le berger lui sourit tristement.

– Tu es encore bien jeunette, petite ! Tu n'as pas connu, comme ton père et moi, tous les planqués de la dernière guerre. Et encore… À l'époque, nous avions sauvegardé nos frontières, notre pays n'était pas divisé. Tous derrière Clémenceau et Pétain ! Quand on voit ce que ce dernier est devenu… Un collaborateur de première !

– Tout cela est bien trop compliqué pour moi, fit Antonia en apportant la bouteille de génépi.

Et d'énumérer, en comptant sur ses doigts :

– On a l'armée allemande, les gendarmes de Vichy, la Milice, les corps francs, les mouvements de résistance, les FFI… On raconte que les tueurs de la Milice vont finir par exterminer tous les résistants.

Pierre leva la main en guise d'apaisement.

– Peu importe ce qu'on raconte, Antonia ! Nous menons notre combat. Il sera bien temps de régler les comptes après la guerre.

Après la guerre… Valentine se troubla. La veille, Thibaut avait fait remarquer : « Qu'adviendra-t-il de nous après la guerre ? » Elle avait réprimé une irrésistible envie de pleurer. Comme s'il était incapable d'envisager un avenir commun avec elle.

Ce constat l'avait amenée à se poser d'autres questions. Quelle place occupait-elle dans sa vie ? Au fil de quelques rares confidences, elle avait compris qu'il appartenait à une famille d'universitaires de la bourgeoisie lyonnaise. Quelle importance pouvait-elle avoir pour lui ? Elle n'était que la fille d'agriculteurs d'un coin perdu des Baronnies. Quand la guerre serait finie, il retournerait dans son monde. Son père avait tenté de le lui expliquer. Et, cependant, elle n'envisageait pas la vie sans lui ! Elle l'aimait.

Félix parlait toujours de l'exécution des trente-cinq maquisards d'Izon-la-Bruisse, ce petit village sur lequel semblait planer quelque obscure malédiction.

Le berger était sensible à des atmosphères, à des signes que lui seul percevait. « Félix est un sage », disait son père. Il continuait de parler, mais Valentine ne prêtait plus attention à ce qu'il disait.

Elle avait peur pour Thibaut.

25

Juin 1944

« Combien de temps encore ? » se demanda Ludovic en contemplant la Vistule, paisible sous le soleil d'été.

Dire que quelques mois auparavant, le fleuve était pris par les glaces. Ses compagnons de misère et lui avaient cru mourir de froid, en janvier, alors que le thermomètre du camp affichait entre moins vingt-cinq et moins trente degrés. Le vent glacé venu de la Baltique renforçait la sensation de froid. Travailler était devenu un supplice. Pas question cependant d'y échapper. Les punitions s'abattaient sur les téméraires osant élever des protestations. Envoi en cellules glaciales, privation de soupe, séances de « marche-marche », l'éventail des sanctions était large et les hommes si faibles. Certains auraient vendu leur âme pour un quignon de pain, d'autres arrachaient des touffes d'herbe ou de rares pissenlits sous les regards moqueurs chargés de mépris des gardiens.

« Ce sont bien des sous-hommes », semblaient-ils penser, et la rage éprouvée permettait à Ludovic de résister. Pourquoi était-il encore vivant, lui, alors que tant d'autres avaient lâché prise ?

Peut-être bien parce qu'ils ne possédaient pas cette rage de vivre, cet entêtement caractérisant le Baronniard.

Ludovic refusait d'abdiquer, c'était aussi simple que ça. De plus, il avait un but : revoir la ferme de son père, retrouver ses amis. Et Valentine.

Il avait cru mourir à deux reprises depuis le début de l'hiver, s'était relevé chaque fois, sauvé par d'incroyables coups de chance. Il en était devenu superstitieux, s'attachant à certains rituels.

Il avait travaillé sur différents chantiers, aussi bien à la carrière qu'aux wagonnets, se demandant comment ses camarades et lui parvenaient à survivre.

Il avait apprécié comme une récompense de participer à la réfection d'une route près d'une ferme. L'agriculteur, un brave homme, faisait cuire chaque matin dans une grande marmite des pommes de terre pour les cochons à l'intention des prisonniers de guerre. Ludovic se souvenait encore, plus d'un an après, du goût délicieux des patates.

Car la nourriture – la « bouffe » pour les uns, la « boustifaille » pour les autres – demeurait leur préoccupation essentielle, plus encore depuis que le froid avait enfin relâché son emprise. Chaque captif pouvait mesurer sur ses camarades les effets dévastateurs d'un régime de famine. Régulièrement, dès qu'une attaque de poux était signalée, les prisonniers devaient subir une opération de désinfection. Leurs vêtements étaient passés à l'étuve tandis qu'eux-mêmes, quelle que soit la température extérieure, étaient aspergés d'un produit insecticide. La dernière avait eu lieu à la fin de l'hiver et plusieurs prisonniers s'étaient retrouvés à l'infirmerie avec une congestion pulmonaire.

Dans sa chambrée, Ludovic avait un camarade, Vermorel, cuisinier de son état. Il les régalait assez souvent, par la seule force de son imagination, de recettes, les invitant à un « gueuleton monstre » quand cette maudite guerre serait finie. Un soir, toute la chambrée avait cru sentir le fumet d'un civet de lapin aux champignons tant Vermorel avait su se montrer lyrique et donner des détails. Ils avaient tous fini par en rire, pour ne pas sombrer dans le désespoir.

Cependant, les conditions de survie plutôt que de vie étaient si éprouvantes que certains finissaient par se mutiler. C'était alors le transport vers l'hôpital de Thorn par des moyens de locomotion parfois plus pittoresques que sûrs (char à bancs ou même traîneau, par fortes neiges). Certains, ayant frôlé la mort, avaient eu droit à un rapatriement sanitaire, sans que quiconque sache s'ils avaient ou non retrouvé leur famille.

C'était leur vie à Graudenz, la forteresse de la mort lente.

Un coup de crosse dans le dos fit sursauter Ludovic. Il avait omis la règle numéro un au camp : ne jamais donner l'impression d'être oisif.

– *Arbeit !* hurla le gardien.

Travailler… Toujours la même rengaine.

Ludovic crispa les mâchoires, reprit sa pelle. Heureusement qu'il s'agissait de Sveikz, un garde polonais. Un brave homme, plus humain que nombre de ses collègues. N'a-qu'un-cheveu, par exemple, l'une de leurs bêtes noires, ainsi surnommé à cause d'une mèche rabattue sur le front, aurait déjà gratifié le Séderonnais d'une double séance de « marche-marche » ou d'une privation de soupe durant trois jours.

Les Allemands étaient de plus en plus nerveux et irritables. Passeur, qui parlait bien leur langue, avait entendu leurs gardiens évoquer de nombreux revers sur le front de l'Est. « On sera rentrés chez nous pour Noël ! » affirmait-il. Ludovic se raccrochait à cet espoir. Il le fallait bien, s'il ne voulait pas sombrer.

Le soir, si Ludovic, recru de fatigue, ne s'endormait pas aussitôt allongé sur son bat-flanc, il « gambergeait », comme disait Vermorel.

Il marchait dans les champs de lavande, chassait avec son chien, dansait sur la place du village. Il se souvenait surtout du trouble éprouvé quand il avait tenu serrée contre lui la belle Valentine. Il ne songeait pas à la guerre, alors. Il voulait profiter de la vie.

Il évoquait rarement Else. Pour lui, même si les confidences du vieux Werther l'avaient ému, Else restait la cause du calvaire vécu à Graudenz. Il refusait de s'apitoyer sur le sort de la fermière et de se demander ce qu'il était advenu de l'enfant. Son fils ou sa fille… Cette idée était plus que bizarre, comme… incongrue.

Il se retourna sur sa paillasse. Son corps tout entier le démangeait. La chaleur, la proximité de la Vistule, l'entassement dans un lieu clos d'hommes dénutris, sales, favorisaient les attaques de moustiques. Un nouveau supplice pour les prisonniers affaiblis.

À cet instant, il aurait donné n'importe quoi pour pouvoir fumer une cigarette. Il comprenait Jules, un

Breton squelettique qui troquait sa ration de soupe contre une cigarette. Le père Salvador, un saint homme qui s'effondrait parfois sur son lit après avoir réconforté les Français du camp, affirmait que leurs gardiens, qui leur distribuaient une cigarette – une seule ! – le dimanche, le faisaient pour maintenir chez les prisonniers l'envie de fumer. Une souffrance supplémentaire pour des hommes luttant en permanence afin de ne pas devenir des sous-hommes…

Il retint une plainte. Ne pas gémir. Se battre, toujours. Et imaginer que Valentine l'attendrait sur le quai de la gare d'Avignon…

Le crépitement d'une arme automatique troubla la nuit trop claire.

« Encore une tentative d'évasion qui a échoué », se dit Ludovic, fataliste.

Il plongea dans un sommeil hébété et rêva de pot-au-feu.

Au point de se sentir comme barbouillé le lendemain matin.

26

Juillet 1944

« Une mer bleue… », pensa Valentine avec fierté et émotion. Leurs champs de lavande offraient un contraste saisissant avec le bleu du ciel et le vert sombre des sapins, transformant un pays austère en un chatoiement de couleurs.

Sa mère s'était battue pour imposer la culture de la bleue, et elle avait eu raison. À présent qu'Antonia était morte, Valentine tenait doublement à son œuvre.

Elle s'essuya les yeux du revers de la main. C'était un accident, stupide comme tous les accidents. Un samedi matin de mars, Antonia s'était rendue au marché de Lachau, comme elle le faisait depuis tant d'années. Elle était partie à vélo, son carton de fromages bien attaché sur le porte-bagages.

Inquiets de ne pas la voir rentrer passé midi et demi, Valentine et Pierre avaient enfourché leurs bicyclettes afin de se porter à sa rencontre. Pierre avait aperçu le premier le vélo de sa femme, dans le fossé. La roue avant tournait encore. Il avait poussé un juron mais, à cet instant, il pensait qu'Antonia s'en tirerait avec quelques bleus. Et puis il l'avait vue, inanimée, dans le champ en contrebas, et s'était précipité. Il avait tout de suite compris en remarquant le filet de sang au coin de ses lèvres. Antonia était morte, certainement victime d'une fracture du crâne. Le fils du docteur Bonfils, qui avait succédé au vieux médecin, avait confirmé ce diagnostic.

Valentine, arrivée sur les lieux un peu après son père, n'oublierait jamais le visage livide de Pierre, ni le tremblement de ses mains. « Toni », marmonnait-il comme une litanie.

Elle avait dû se charger de tout. Sous le choc, incapable de prendre une seule décision, Pierre Ferri s'en était remis à elle.

Sa tante Colette l'avait soutenue ainsi que la mère de Lisa. Son amie d'enfance habitait désormais à Genève. Elle avait épousé un Suisse, travaillant pour le Comité international de la Croix-Rouge. Valentine se demandait souvent si elle pensait encore à Maurice, qui n'avait jamais donné de ses nouvelles. Sa mère supportait mal son absence et lui rendait volontiers service.

Valentine avait eu un choc le jour de l'enterrement. Habituée à s'opposer à Antonia, elle n'avait jamais mesuré à quel point sa mère était estimée dans le pays. À croire que tout le monde s'était déplacé ! Il faisait beau et une douce lumière baignait la vallée.

Le cœur lourd, Valentine donnait le bras à son père. Tête nue, le visage ravagé, Pierre avançait sans rien voir. Valentine, sidérée, avait découvert ce jour-là le visage imberbe de son père ; il venait de raser sa barbe. Ses cicatrices étaient toujours visibles malgré les années écoulées et il lui était apparu désarmé.

« Les rôles s'inversent », avait-elle songé. Elle n'avait pas encore vingt ans et elle se sentait désormais responsable de son père. Lui n'avait pu réprimer un sanglot en pénétrant dans l'église. Le cœur déchiré, Valentine l'avait laissé se placer dans la rangée réservée aux hommes, où ses oncles Raphaël et Gustave l'avaient rejoint. Ils avaient peu de famille mais beaucoup d'amis. Face à l'épreuve, on se serrait les coudes. C'était la règle, à la campagne, et elle prenait tout son sens ce jour-là.

Valentine se souvenait du ciel, trop bleu, qu'elle avait ressenti comme une gifle à la sortie de l'église, et de cette sensation de solitude irréparable éprouvée dans le cimetière. Elle se rappelait, aussi, toutes les fois où Antonia et elle s'étaient querellées pour des vétilles. Malgré leurs différences de caractères, sa mère avait été pour elle une sorte de modèle lui ouvrant la route.

Le retour à la Grange, sous un soleil insolent, avait été vécu comme une nouvelle épreuve. Pierre, épuisé, chancelait. Valentine l'avait presque contraint à s'asseoir dans le fauteuil de papé Louis avant de s'occuper des invités. En ces temps de restrictions, chacun avait participé en fournissant farine, œufs, huile…

Mélanie avait confectionné une sorte de daube au chevreau. Elle avait eu la main lourde sur les aromates et les herbes, espérant compenser le manque de viande. Les bouteilles de vin circulaient, il y en avait encore de reste et Fredo, le boulanger, avait apporté une pompe à huile parfumée à la fleur d'oranger. Toutes ses réserves y étaient passées.

Félix était venu d'Aurel. Il avait rapporté *Jadis et Naguère*, de Verlaine, qu'Antonia lui avait prêté quelques semaines auparavant.

Juste avant la fermeture de la bière, Valentine avait glissé le recueil de poèmes dans le cercueil où reposait sa mère, belle encore malgré les années. Le berger, le fermier et la jeune fille avaient alors échangé un regard bouleversé.

Quand la famille, les voisins et les amis avaient quitté la Grange, Pierre et Valentine s'étaient retrouvés perdus. « Qu'est-ce que je vais devenir sans elle ? » avait soufflé Pierre.

Depuis, Valentine y songeait sans cesse. Ce jour-là, elle aurait souhaité que Thibaut soit à ses côtés. Elle le voyait beaucoup moins depuis la tragédie d'Izon-la-Bruisse. Les maquis avaient cherché d'autres lieux plus sûrs et leurs opérations se multipliaient.

Il venait, parfois, de nuit, se glisser dans la chambre de Valentine par la fenêtre. À moins qu'ils ne se soient donné rendez-vous à la bergerie.

Valentine était incapable de lui résister, tout en se disant qu'il ne l'aimait pas comme elle l'aimait. Lorsque Thibaut repartait, il lui arrivait de se taxer de lâcheté. Pourquoi n'était-elle pas parvenue à lui demander s'il l'aimait ? Parce qu'elle avait peur de sa réponse, évidemment ! Ou bien parce qu'au fond d'elle-même elle la connaissait déjà ? Thibaut, à plusieurs reprises, lui avait dit qu'ils ne devaient plus se voir, qu'il refusait de la mettre en danger. Pourtant, chaque fois, il était revenu.

Valentine se redressa. Le débarquement, tant attendu, avait changé la donne. Attaqués aussi bien en Normandie qu'en Italie et sur le front de l'Est, les Allemands se faisaient encore plus dangereux et multipliaient les représailles.

Pas question cependant pour les résistants de limiter leurs actions, d'autant plus que la nouvelle campagne d'arrestations menée à Nice depuis le printemps 1944 avait entraîné une vague de réfugiés juifs.

Fidèle à son engagement, Valentine, avec l'accord paternel, avait ouvert la Grange à ces familles, composées pour la plupart de femmes et d'enfants, en attendant de les aider à gagner la Suisse.

Des informations avaient filtré. On en savait un peu plus quant à la destination de ces sinistres convois prenant la direction de l'est.

« Le sang est sur eux, ces maudits ! » avait gémi une vieille femme qui se cachait en compagnie de sa petite-fille depuis la déclaration de la guerre. Valentine les avait installées dans la mansarde avec ordre de quitter leur refuge seulement à la nuit tombée. La vieille dame, Thelma, venait de Vienne. Elle faisait preuve d'un courage impressionnant. Nina, sa petite-fille âgée d'une dizaine d'années, donnait l'impression de vivre dans son ombre. « Quoi d'étonnant ? commentait Pierre. Sa grand-mère est dotée d'une telle personnalité ! »

Valentine montait dès qu'elle le pouvait pour aider Nina à travailler son français. Thelma lui apprenait des centaines de poèmes. Pierre hésitait à les emmener dans la montagne, Thelma se déplaçant difficilement.

Félix, consulté, avait poussé les hauts cris. « Une véritable opération suicide ! » Thelma et Nina demeuraient donc à la Grange. D'une certaine manière, leur présence permettait au père et à la fille de ne pas se retrouver seuls avec leurs souvenirs.

Valentine jeta un coup d'œil empreint de fierté aux champs de lavande. La récolte promettait d'être abondante. Elle s'était raccrochée à ce projet pour ne pas céder au découragement. Elle souhaitait développer la filière lavande après la guerre. En mémoire d'Antonia.

« Thibaut ne viendra pas encore aujourd'hui », se dit-elle.

Était-ce cela l'amour ? Cette impression d'être écartelée entre espoir et désespoir, angoisse et élan ? Ce sentiment de mourir à petit feu en l'attendant ?

Elle souffrait tant, parfois, qu'elle aurait souhaité ne l'avoir jamais rencontré.

27

Août 1944

Un vent léger agitait le feuillage des tilleuls. Dès la fin juin, toute la vallée embaumait. Un parfum suave, entêtant, miellé, qui s'insinuait jusque dans les chambres durant la nuit.

Épaule contre épaule, Valentine et Thibaut montaient à la tour des Lumières, leur refuge favori. Ils humaient comme un vent de liberté depuis qu'ils avaient eu connaissance du débarquement en Provence, la veille, le 15 août. Désormais l'espérance, une espérance folle, les portait.

Enlacés, Valentine et Thibaut suivirent des yeux les évolutions d'un oiseau de proie.

– Nous allons être libres, enfin, souffla la jeune fille.

Thibaut accentua sa pression sur sa taille.

– Doucement ! Même si, je te l'accorde, notre situation s'améliore, rien n'est réglé pour autant. Il nous faut établir la jonction avec les Alliés et quadriller la vallée du Rhône en remontant vers le nord. L'ennemi n'est pas encore à genoux, loin s'en faut !

– Tant de mois perdus…, soupira Valentine.

Elle se disait parfois qu'elle serait plus rassurée si Thibaut l'épousait. Pour, l'instant d'après, se reprocher cette pensée. N'estimait-elle pas que la confiance mutuelle, l'absence de serment constituaient les meilleures preuves d'amour ? Il la saisit aux épaules.

– Je ne sais pas si je reviendrai, Valentine. T'ai-je déjà parlé de ce poème de Robert Desnos ?

Et de citer, les yeux mi-clos :

Âgé de cent mille ans, j'aurais encore la force
De t'attendre, ô demain pressenti par l'espoir[1].

– C'est beau, approuva Valentine, déçue de ne pas trouver d'autres mots.

Elle se sentait souvent mal à l'aise parce qu'elle avait interrompu ses études, sans pour autant regretter le choix qu'elle avait fait, en 1939.

– Desnos écrit toujours, reprit Thibaut. Tout au moins, j'espère qu'il en a encore la possibilité. Il a été arrêté en février dernier.

Valentine détourna la tête. Elle avait envie de hurler : « Je me moque de tous ces poètes qui te sont familiers ! Moi, je n'ai plus le temps de lire comme je le voudrais. »

Elle ne dirait rien, cependant. Elle ne voulait pas gâcher ces dernières heures volées à la guerre.

Thibaut esquissa un sourire, comme s'il avait deviné sa révolte. Il posa la main sur son épaule.

– Je t'aime, toi, avec ton authenticité, ton enthousiasme, ta passion. Tu es belle, et forte.

---

1. Écrit en 1942. Extrait de « Demain », *Œuvres*, « Quarto », Gallimard, 1999.

Curieusement, cette déclaration, qui aurait dû la combler, l'irrita. Elle arrivait trop tard. Comme une consolation dont elle ne voulait pas. Elle le lui dit, en criant ; il lui semblait qu'il ne l'entendait pas.

Le visage de Thibaut se défit.

– Ne sois pas trop exigeante avec moi, Valentine. Je ne crois plus vraiment en l'amour. L'amour-passion, s'entend. C'est trop fort, trop violent, de quoi bouleverser plusieurs existences. Aujourd'hui, je ne supporte pas l'idée de te perdre mais qu'en sera-t-il demain ? Où serons-nous demain, d'ailleurs ?

La jeune fille recula.

– C'est toi qui me dis cela ? articula-t-elle avec peine.

Il soutint son regard sans broncher.

– La guerre n'est pas finie, Valentine, je te le répète. Personne ne sait ce qui peut se passer dans les semaines et les mois à venir.

Elle secoua la tête. Le vent rabattait ses cheveux sur son visage.

– Tu n'es pas cohérent, Thibaut ! lui reprocha-t-elle, véhémente. Tu me dis que tu m'aimes, comme pour me rassurer, et tu ajoutes l'instant d'après : « Je ne crois plus vraiment en l'amour. » Comment pourrais-je te faire confiance ?

Elle avait mal, était profondément blessée, et il s'en voulait.

Il l'attira contre lui.

– Ma tendre, ma douce… Je ne veux pas te faire de mal, jamais. Je suis une brute !

– Oui, confirma-t-elle.

Elle le défiait du regard. Il se pencha. Leurs lèvres s'unirent dans un baiser fiévreux. Sans lâcher Valentine, Thibaut ouvrit la porte de la tour d'un coup de pied. Il enlaça la jeune fille, la poussa doucement contre le mur. Des fientes d'oiseaux jonchaient le sol. Valentine ne les remarqua pas. Il n'y avait que Thibaut, les mains de Thibaut sur son corps, le sexe dressé de Thibaut en elle, alors que les pierres du mur écorchaient son dos. Elle répondit à son désir sur le même rythme, accrochée à ses épaules. Elle aurait voulu arrêter le temps, immortaliser cet instant.

Elle se sentit comme amputée lorsqu'il se retira. Elle lui jeta un regard perdu. Il l'entoura de ses bras, essuya la sueur entre ses seins, avant de s'écarter.

– Je dois vraiment partir, Valentine.

Il tourna les talons avec brusquerie, se retourna au moment de franchir le seuil de la tour.

– Ne m'attends pas ! jeta-t-il sans la regarder, sans vouloir entendre son sanglot étouffé.

Le poing de Pierre Ferri s'abattit sur la table en noyer. Quand elle était petite, Valentine suivait du bout des doigts les rainures du bois et se disait qu'il s'agissait de ses racines.

– Bon sang, Valentine ! Ce n'est pas parce que tu viens d'avoir vingt ans que tu peux faire n'importe quoi ! Tu cours les routes sur ton vélo, tu files à Montbrun et même à Sault alors que le pays est à feu et à sang ! Tout cela pourquoi ? Tu risques ta vie, Valentine ! La guerre n'est pas finie et…

– Ah non ! l'interrompit-elle. Tu ne vas pas t'y mettre, toi aussi ! Vous, les hommes, êtes les seuls à savoir vous battre et à détenir la vérité.

Son père lui décocha un coup d'œil stupéfait. Quelle mouche l'avait donc piquée ? Ne pouvait-elle comprendre son inquiétude ?

Regrettant déjà son coup d'éclat, il se rapprocha de sa fille, lui caressa les cheveux, d'une main maladroite.

– Petite, ça va ?

Elle releva la tête, farouche.

– Tout va très bien, madame la marquise, chantonna-t-elle, sur un ton chargé de défi, ce qui accentua l'angoisse de son père.

28

Une chaleur étouffante pesait sur la Grange. L'air semblait s'être figé, en suspension.

Réfugié dans la salle, Pierre Ferri profitait de l'absence de Nina pour nettoyer ses armes. Il avait aligné sur la grande table deux carabines, un fusil-mitrailleur et deux pistolets.

Il était tendu à cause des embuscades des derniers jours. L'ennemi se montrait encore plus dangereux, se sentant traqué. L'avant-veille, la ferme d'un camarade, du côté de Sault, avait été incendiée. « Encore une dénonciation ! » avait lâché Félix, la mine sombre.

Après avoir fusillé le fermier et les deux valets, les Allemands avaient commis de nouvelles exactions à Sault, qu'ils considéraient comme un nid de résistants. L'inquiétude rongeait Pierre et Valentine : Gustave et Colette, impliqués dans la Résistance, étaient en danger.

Félix se demandait parfois par quel miracle il avait jusqu'alors échappé à la Gestapo comme aux miliciens. Ceux-ci, sentant le vent tourner, faisaient des excès de zèle. On ne comptait plus les crimes à leur actif.

Félix, assis en bout de table, vida cul sec son verre de gnôle et jeta un coup d'œil par la fenêtre. Il se raidit.

– Bon sang, Pierre ! Un camion boche monte la côte.

Le père de Valentine blêmit. Cela faisait si longtemps qu'il redoutait cet instant ! Très vite, il donna ses instructions à Félix qui portait dans sa besace des documents compromettants.

– File par-derrière, rendez-vous au pied du calvaire, lui dit-il.

Thelma, qui descendait boire un verre d'eau, s'affola en découvrant les armes sur la table.

– Allez vite vous cacher dans le placard, lui recommanda son hôte.

La vieille dame secoua la tête.

– Me cacher, encore ? Je n'en ai plus la force, Pierre. Et Nina qui n'est pas là…

– Heureusement que Valentine l'a emmenée à Lachau ! Réfugiez-vous dans le placard, je vous en prie. Nina et Valentine auront besoin de vous…

Ils se regardèrent.

– *Danke*[1], murmura Thelma en se glissant dans la cache aménagée pour Jonas et Pavel.

« Avec un peu de chance, ils ne la trouveront pas », pensa Pierre. Il rangea soigneusement ses armes dans l'armoire à fusils héritée de son grand-père et prit une longue inspiration. Valentine n'était pas là, c'était pour lui le principal.

Le camion freina dans la cour. Deux motocyclistes casqués, ayant ouvert la porte à coups de pied, fondirent sur Pierre. Ils hurlaient : « *Juden, Juden*[2] *!* »

Pierre eut le temps de sortir ses papiers avant d'être brutalisé. On le fit sortir de la ferme à grand renfort

1. « Merci. »
2. « Juifs, Juifs ! »

de bourrades dans le dos. Il tenta de parlementer, en vain. À cet instant, il ne pouvait songer qu'à la vieille dame blottie dans la cache.

Les Allemands fouillèrent la maison, sortant les meubles qu'ils amoncelèrent dans la cour, crevant les matelas, brisant la terraille et la vaisselle.

Pierre se raidit. S'ils découvraient – et ils le feraient forcément ! – la trappe et l'échelle de meunier menant à la soupente, le refuge de Thelma et de Nina, ils étaient tous perdus. Quant aux armes, il n'osait y penser.

Les deux motocyclistes entraînèrent Pierre un peu à l'écart et, lui jetant une pelle, lui ordonnèrent de creuser un trou au pied du plus gros chêne.

Il ne fallait pas être grand clerc pour deviner ; ils lui faisaient creuser sa propre tombe.

« Mon Dieu, faites ce que vous voulez de moi, ma vie est finie, pensa Pierre, mais épargnez ma petite fille. »

La terre, durcie par des semaines de sécheresse, ne se laissait pas facilement entamer malgré ses efforts.

– *Schneller !* lui ordonna-t-on.

On le gratifia également de nombreuses insultes, qui le laissèrent indifférent. Tout en creusant, Pierre surveillait la route venant de Lachau. S'il apercevait la bicyclette de Valentine, il jetterait sa pelle dans la tête du premier gardien. Celui-ci l'abattrait et Valentine serait alertée. Il n'y avait pas d'autres solutions.

Il raisonnait très vite, sans se laisser gagner par la panique. Autour de lui, des cris gutturaux, des exclamations, des claquements de porte. Il avait l'impression que sa maison, celle d'Antonia, était souillée, profanée.

Une nouvelle pétarade le fit tressaillir. Un motocycliste surgit à toute vitesse, freina violemment et fit une embardée. Il lança plusieurs phrases sur un ton précipité. Celui qui paraissait être le chef devait donner des ordres. En moins d'une minute, les soldats se rassemblèrent dans la cour, montèrent dans le camion, enfourchèrent leurs motos. Pierre, tétanisé, ne vit pas venir le coup et s'effondra dans la tombe à demi creusée.

La cour se vida de ses sinistres occupants dans un halo de poussière. Le silence retomba sur la Grange saccagée.

La route, sinueuse, suivait le cours des gorges de Saint-May. Thibaut se rappelait être déjà passé par là, alors qu'il arrivait de Lyon en compagnie de son ami Benoît. Il ne pouvait penser à lui sans éprouver une profonde tristesse. Benoît était tombé au cours d'une embuscade, le 1er août, du côté du Beaucet.

– Pour l'instant, nous n'avons pas vu de Boches, s'étonna Siméon, qui conduisait une camionnette chargée d'armes et de vivres.

La mission des deux hommes consistait à approvisionner les maquis situés au-dessus de la route des Alpes. Le but premier des maquisards était d'interdire aux troupes allemandes l'accès des voies reliant la nationale 7 à la route des Alpes. Comme Thibaut l'avait fait remarquer à Valentine, la guerre était loin d'être finie. De sérieux accrochages étaient survenus à Sault, à Coustellet, à Apt, au Barroux. On mentionnait des actes de barbarie commis aussi bien à Sarrians, sur Albin Durand et Antoine Diouf[1], qu'à Cavaillon.

– L'ennemi a encore des réserves, nuança Thibaut.

Il cita, de mémoire, l'épilogue de *La Résistible Ascension d'Arturo Ui*, qu'il avait fait découvrir à Valentine au printemps dernier :

Vous, apprenez à voir plutôt que de rester
Les yeux ronds. Agissez au lieu de bavarder [...]
Les peuples en ont eu raison, mais il ne faut
Pas nous chanter victoire, il est encore trop tôt :
Le ventre est encore fécond, d'où a surgi la bête immonde[2].

– T'es drôlement calé, admira Siméon.

Sa supériorité intellectuelle valait à Thibaut la charge de rédiger les documents officiels. Il secoua la tête.

– Lire est pour moi une passion. Ça réconforte, souvent.

Et puis il se tut ; il tenait à se concentrer sur sa carte. Il s'était promis de ne pas songer à Valentine. Bruno ne leur avait pas dissimulé que la tâche était loin d'être achevée.

Thibaut ne parvenait toujours pas à démêler ses sentiments vis-à-vis de la jeune fille. Il la désirait, éprouvait de la tendresse pour elle et quelque chose d'autre, qu'il ne parvenait pas à définir.

---

1. Ce sont des miliciens français qui ont torturé et assassiné les deux résistants.

2. Pièce écrite en 1941. Bertolt Brecht, *La Résistible Ascension d'Arturo Ui*, Arche, 1990.

« Parce que j'ai peur de l'amour », se dit-il. Il avait détesté sa mère pour le mépris et la cruauté dont elle avait fait preuve. Pour lui, il fallait se défier d'une trop grande sensibilité, ne pas fendre l'armure, sous peine d'être dominé. Mais Valentine ne ressemblait en rien à Sybille, il le savait.

La camionnette peinait de plus en plus. Le soleil chauffait la route à blanc. Thibaut se pencha à la portière.

– On pourrait se croire en vacances. Je piquerais bien une tête dans la rivière.

Siméon et lui éprouvaient une sensation de griserie. Ils avaient l'impression d'être libres, enfin ! Comme s'ils étaient sortis d'un cauchemar interminable.

Un avion les survola alors. Un petit avion venant du sud.

– Je m'arrête ! cria Siméon.

Il immobilisa la camionnette le long du bas-côté.

– Ami ou ennemi ? s'interrogea Thibaut, plus prudent.

– Ami, bien sûr ! Regarde ! Il ne porte pas la croix gammée.

En un éclair, Thibaut se remémora l'ordre donné aux organisations de la Résistance de peindre sur tout véhicule circulant de jour une immense étoile blanche à cinq branches, ceci dans le but de se faire reconnaître de la chasse alliée. Siméon et lui avaient haussé les épaules quand Bruno le leur avait rappelé. Les avions alliés n'allaient tout de même pas les attaquer !

D'ailleurs, savait-on seulement où ils se trouvaient ? Cependant, Thibault éprouvait comme un doute.

– Planque-toi ! hurla-t-il à l'intention de son camarade qui, torse nu, brandissait sa chemise en direction de l'appareil. Ils vont nous canarder !

La première salve blessa Siméon qui s'effondra sur la route. Thibaut se précipita pour le mettre à l'abri dans le fossé.

Il l'avait presque rejoint quand l'avion de chasse passa une seconde fois au-dessus d'eux et les mitrailla de nouveau.

Thibaut ressentit une brûlure intense dans le dos, eut le temps de voir leur camionnette exploser avant de sombrer.

Sa dernière pensée fut pour Valentine. Il n'avait jamais su lui dire à quel point il l'aimait.

29

Avril 1945

La pluie, tombant sans discontinuer, accentuait le désespoir du vieil homme. Assis à la fenêtre, il soulevait le rideau en crochet à intervalles réguliers, comme s'il avait attendu quelqu'un.

« Qui ? » se dit-il, désabusé. Else était revenue fin 1944, alors que la situation de l'Allemagne semblait déjà perdue, et elle avait repris la route dans un pays en proie au chaos, dans le fol espoir de retrouver son bébé.

Werther avait déjà pensé perdre sa fille quand une voiture noire de la Gestapo était venue la chercher à la ferme, en septembre 1943. La grossesse d'Else étant visible, la jeune femme avait dû être victime d'une dénonciation. Elle était revenue six jours plus tard, à pied, le visage portant des ecchymoses, les traits tirés. Elle avait raconté à son père les interrogatoires subis, les menaces, la peur panique éprouvée pour son bébé. Le lendemain, Werther se rendait à Billingen.

Il avait entendu dire que Hermann Stolzheim, le meilleur ami de son gendre, blessé sur le front de l'Est, achevait sa convalescence chez ses parents. Le vieux fermier avait su attendrir le militaire. Il avait incriminé le *Kriegsgefangene* français, laissé entendre que celui-ci avait abusé d'Else. Si Hermann voulait bien épouser Else, le temps pour elle d'accoucher, le bébé serait confié à une institution. Le français était de type aryen, avait précisé Werther.

Hermann s'était enthousiasmé, avait parlé des *Lebensborn*[1], ces maternités destinées à accueillir des filles mères qui donnaient naissance à des enfants parfaits, blonds aux yeux bleus. Else étant une pure Aryenne, cela ne poserait pas le moindre problème, avait-il affirmé. Pressé par le temps, Hermann avait rédigé sur-le-champ une reconnaissance de paternité à laquelle il avait joint ses états de service et son certificat d'aryanité lui ayant permis de faire carrière dans le parti nazi.

Il était reparti pour le front le lendemain.

Quant à Willy… Le vieil homme crispa les poings. Son petit-fils avait profondément changé depuis la grossesse de sa mère. Il avait grandi d'un coup et, entraîné par deux camarades d'école, s'était fait enrôler dans la *Hitlerjugend*[2].

En 1940, cette force auxiliaire s'était avérée particulièrement utile. Elle assistait les pompiers, effectuait des missions dans le secteur postal, le chemin de fer et la défense antiaérienne. Cependant, au fil des années, l'armée avait eu besoin de recrues de plus en plus jeunes.

1. Association de l'Allemagne nazie gérée par la SS afin d'augmenter le nombre de naissances d'enfants aryens en permettant à des filles mères d'accoucher de façon anonyme et de faire élever les bébés par la SS.

2. Jeunesse hitlérienne.

Werther, de plus en plus inquiet, avait vu son petit-fils s'enthousiasmer pour la doctrine nazie. Willy avait été admis dans une académie d'entraînement où il avait reçu une formation paramilitaire. Fin 1944, il était venu saluer Werther à la ferme. Le grand-père avait éprouvé un choc en découvrant un adolescent plus grand que lui, portant un uniforme et très fier de lui montrer son poignard. Le manche s'ornait d'un insigne nazi tandis que l'inscription *Blut und Ehre*[1] figurait sur le plat de la lame. Il n'avait que treize ans et était devenu un étranger.

En février 1945, quand le *Volkssturm*, la milice populaire allemande créée le 18 octobre 1944, mobilisa des garçons du DJ[2] d'à peine douze ans, Werther comprit que Willy partirait pour Berlin.

On commençait en effet à chuchoter que la capitale était perdue et une plaisanterie faisait rire jaune les Berlinois : « Maintenant, les optimistes apprennent l'anglais et les pessimistes apprennent le russe[3]. »

Werther savait que son petit-fils risquait fort d'être tué ou gravement blessé.

Que s'était-il passé pour que leur famille soit ainsi frappée ? se demandait-il parfois. La petite Frieda, son gendre, Else et son bébé et Willy à présent…

Le récit de sa fille l'avait profondément bouleversé. Else lui avait raconté avoir été conduite dans un château

1. « Sang et Honneur. »
2. *Deutsches Jungvolk*, littéralement « Jeunesse allemande ».
3. Source : *La Chute de Berlin*, Anthony Beevor, De Fallois, 2002.

entouré d'un parc boisé dans la région d'Aix-la-Chapelle. Elle avait décrit pour son père les murs d'enceinte, la bâtisse toute en briques, les allées gravillonnées, l'étang aux carpes… Les chambres étaient claires, d'une propreté remarquable, la nourriture excellente. Si elle n'avait pas eu aussi peur pour son bébé, elle aurait pensé qu'elle avait beaucoup de chance. Mais il y avait aussi les Waffen-SS montant la garde dans le parc et le drapeau à croix gammée flottant au sommet de la tour la plus élevée.

Et, surtout, il y avait cette cérémonie appelée la « bénédiction du nom ». La première fois, Else, convoquée avec les autres mères et futures parturientes, avait éprouvé un sentiment de profond malaise en découvrant un autel recouvert d'un drapeau à croix gammée, surmonté d'un portrait de Hitler. Derrière, de grandes tentures ornées de dessins bizarres formaient comme un décor de théâtre.

Maud, une jeune Allemande d'Aix-la-Chapelle avec qui Else avait sympathisé, lui avait expliqué qu'il s'agissait de runes nordiques. Quatre gardes portaient deux étendards SS. Un officier présidait la cérémonie. Le directeur du *Lebensborn* avait offert à l'enfant un chandelier de vie et prononcé à voix haute son prénom – Siegfried, en l'occurrence. Mais ce qui avait le plus impressionné Else, c'était le geste du parrain SS, l'officier. Elle avait réprimé un gémissement d'effroi en le voyant porter le nouveau-né devant l'autel et présenter une dague au-dessus de sa tête. Il avait posé la lame sur son front en récitant :

Nous croyons au Dieu de l'Univers
Et à la transmission de notre sang allemand
Qui, éternellement jeune, croît de la terre allemande.
Nous croyons au peuple, gardien du sang
Et au Führer, que Dieu nous a envoyé.

Else s'était mise à trembler en entendant le bébé pleurer. Comment pouvait-on traiter ainsi un nouveau-né ? Elle s'était raidie. Qu'avaient-ils fait à Frieda ces maudits ?

Sans le bébé qui s'agitait dans son ventre, elle aurait hurlé sa haine du régime. Il lui fallait tenir cependant. Ne pas craquer.

Elle se rappelait les dernières semaines, ce sentiment de vivre dans un monde à part, tout entier voué à des théories raciales qui la révulsaient. Que serait-elle devenue si elle n'avait pas eu un type aryen aussi prononcé ? Le médecin attaché au *Lebensborn* la complimentait à chaque fois sur son « allure de Walkyrie ». Else ne savait plus si elle avait envie d'en rire ou d'en pleurer. Elle se raccrochait à l'idée de donner naissance à une petite fille.

La vie au *Lebensborn* aurait pu paraître idyllique. Pas de restrictions, les journées passées à tricoter, à se promener dans le parc… En revanche, les soirées étaient souvent consacrées à ce qu'Else nommait en son for intérieur du « bourrage de crâne » : lecture à voix haute de *Mein Kampf*, écoute des discours du Führer à la radio… Rien n'y faisait, Else restait réfractaire à l'idée même du nazisme et avait l'impression de vivre en déséquilibre sur un fil. De plus, son fils et son père lui manquaient, tout comme la ferme. Elle ne pensait pratiquement jamais à Ludovic. Elle n'avait vu en lui qu'un père potentiel pour la petite fille dont elle rêvait. À cause de ses yeux bleus, puisque le régime s'était lancé dans une politique raciale délirante.

Else avait sa revanche à prendre sur les pauvres fous qui avaient assassiné Frieda. Elle aurait sa petite fille et elle s'enfuirait.

Pourtant, rien ne s'était passé comme elle l'avait espéré. Elle avait été assez naïve pour se confier à Maud. Celle-ci l'avait trahie. Mais, de toute manière, la situation était devenue si périlleuse pour les Allemands qu'on avait décidé en haut lieu d'évacuer le château. Else avait accouché d'une petite fille au teint très clair, aux yeux d'un bleu irréel quand un grand autocar était venu chercher les bébés pour les conduire vers une destination inconnue. Une autre maternité nazie, chuchotait-on. Else se rappelait la déchirure et le désespoir éprouvés, cette horrible sensation d'arrachement après le bonheur intense de serrer dans ses bras sa petite Mathilde. Il lui semblait encore entendre ses propres cris, comme si elle avait été étrangère à elle-même. Elle revoyait les soldats SS emmenant les bébés dans des couffins d'osier, les infirmières chargeant les changes et le lait dans le car et les autres mères en pleurs, tout comme elle. Elles avaient supplié, tempêté, exigé, avant de sangloter à nouveau. En pure perte… Les ordres ne souffraient pas de dérogation. Il avait fallu arracher la petite Mathilde des bras de sa mère.

Il lui avait semblé que sa Frieda mourait une seconde fois…

Elle avait serré les poings. De nouveau, le malheur, après avoir pensé… espéré… Comment aurait-elle pu obtenir gain de cause ? Elle était seule, désespérément seule, contre une implacable machine à broyer.

Alors, bravement, elle avait marché, vers le seul endroit au monde qu'elle connaissait, la ferme paternelle, marché en tentant d'échapper aux bombardements et en évitant les grandes villes.

Elle s'était effondrée en franchissant le seuil. Son père, effrayé par sa pâleur, lui avait préparé de l'eau chaude, avait essayé de la faire manger. Elle avait bu juste un peu d'eau-de-vie, puis un bol de soupe avant de raconter son périple d'une voix entrecoupée de larmes. Elle avait tu ses seins gonflés par la montée de lait, ses pertes de sang, sa faiblesse. Elle lui avait seulement fait part de son désespoir. Où les maudits et leurs assistantes, les « infirmières brunes », avaient-ils emmené sa petite Mathilde, si fragile ? Qu'était-il advenu de son bébé par ce froid ? Durant son séjour au *Lebensborn*, elle avait entendu parler de ce projet fou initié par Himmler : la SS se devait de préserver le sang aryen. On éliminait toute dégénérescence. Son cœur s'était serré. Frieda était une dégénérée pour les nazis. Et, à présent, Mathilde était prisonnière de l'Ordre noir.

Werther, impuissant, n'avait pu empêcher sa fille de sombrer. Elle avait cru devenir folle en apprenant que Willy faisait partie des Jeunesses hitlériennes. Elle avait repris la route au début de l'année, alors que les

Américains gagnaient chaque jour du terrain. Elle cherchait sa fille, qu'elle appelait de plus en plus souvent « Frieda ».

Werther Brüner poussa un énorme soupir. Sa vie était finie, il n'attendait plus que la mort pour échapper à ce monde en déliquescence. Mais il s'angoissait pour Else, pour le bébé et aussi pour Willy, même si celui-ci était devenu une petite frappe endoctrinée.

Il plia soigneusement la lettre qu'il venait d'écrire avec difficulté, parce qu'elle évoquait leur famille désormais disloquée, la glissa dans une enveloppe. Il la confierait au père Aloys lors de sa prochaine visite.

Comme une bouteille à la mer…

30

Novembre 1945

Un soleil insolent accentuait la blancheur des sommets.

Le maire, le visage grave, rendait un hommage vibrant aux résistants, tombés à Izon-la-Bruisse, à Orpierre, Arpavon, Valréas ou Sahune. Les habitants du village se mêlaient à ceux de Lachau, de Laragne et d'Orpierre. La plupart pleuraient un combattant de l'ombre, un père, un frère, un fils. Même si la guerre était bel et bien finie, elle avait profondément marqué le pays. Les morts de Thibaut et de Siméon avaient semblé terriblement injustes à Valentine, ce qui lui avait valu cette réflexion de Thelma : « Petite… tant de drames depuis des années… Nous sommes si peu de chose. » Si elle s'était révoltée sur l'instant, la jeune femme avait fini par comprendre ce que la vieille dame voulait dire. Chaque famille pleurait ses morts. Thelma et sa petite-fille étaient elles-mêmes des rescapées. Les leurs avaient été exterminés dans ces camps de la mort découverts par les Russes et les Américains.

Debout, dans le froid qui piquait malgré le soleil, Valentine revoyait Thibaut tel qu'il lui était apparu la première fois, alors qu'il venait chercher des vivres pour le maquis.

Il l'avait agacée avec son assurance, tout en l'attirant. Elle l'avait aimé avec une intensité telle que, depuis fin août 1944, elle avait l'impression de survivre plutôt que de vivre. Comme son père après la mort brutale de sa mère. Félix était venu à la ferme lui faire part du drame. Sous le choc, elle n'avait pu prononcer un mot. Elle était restée immobile, se cramponnant à la table pour ne pas s'effondrer.

Félix, qui savait tant de choses, n'avait pas cherché à la consoler. Il faudrait du temps, beaucoup de temps, pour que Valentine se remette, avait-il déclaré un peu plus tard à son père. « À condition qu'elle parvienne à surmonter cette tragédie », avait-il pensé.

Il fallait reconstruire le pays. Souhaiter que, désormais, plus rien ne serait comme avant. Il ne savait plus très bien s'il y croyait encore.

Les déchirures, les trahisons, les exactions ne s'oublieraient pas aisément. Plus encore qu'en 14-18, les Français s'étaient battus les uns contre les autres, se scindant en deux camps.

Le regard de Valentine effleura la haute silhouette du berger. Lui aussi, comme son père, paraissait être indestructible. Il était curieux de constater que les deux vétérans, résistants de la première heure, avaient survécu alors que tant de jeunes gens avaient perdu la vie. Ils étaient si touchants, ces maquisards, parfois encore de grands gamins gauches, qui s'étaient engagés sur un coup de tête puis étaient restés. Valentine se rappelait les jours où ils venaient se ravitailler à la ferme. Ils mouraient de faim durant l'hiver 43-44, et elle s'efforçait alors de les « remplumer » un peu. Elle se souvenait de leur expédition en camionnette jusqu'à Savournon pour l'opération Biscuits et de sa certitude d'avoir été enfin utile. Surtout, elle se rappelait ces non-dits entre Thibaut et elle. Elle l'avait aimé, follement, passionnément, sans avoir de certitude quant à la réciprocité de ses sentiments. Elle douterait toujours de son amour désormais. Les premiers temps, elle avait fait d'horribles cauchemars. Elle regrettait leurs querelles, se reprochait d'avoir été parfois impatiente, presque brutale.

Elle aurait désiré l'avoir tout à elle. Elle n'avait pas encore compris, alors, que l'engagement de Thibaut primait tout le reste.

Elle tressaillit. Perdue dans ses pensées, elle n'avait pas entendu la suggestion du maire d'entonner l'hymne des résistants. La voix profonde de Félix fit frissonner l'assistance unie dans un même recueillement.

Valentine entendit les deux premiers couplets du Chant des partisans dans un état second avant d'éclater en sanglots irrépressibles quand le vieux berger reprit :

Ici chacun sait
Ce qu'il veut, ce qu'il fait
Quand il passe
Ami si tu tombes
Un ami sort de l'ombre
Prend ta place.
Demain du sang noir
Coulera au grand soleil
Sur les routes

Sifflez compagnons
Dans la nuit la liberté
Nous écoute [1].

Elle détestait se donner ainsi en spectacle mais c'était plus fort qu'elle. Tout le désespoir, toute la révolte qu'elle avait gardés en elle s'exprimaient enfin, par ces larmes roulant sur ses joues.

Félix la rejoignit, passa un bras autour de ses épaules. Son père, qui devait faire une courte déclaration, lui adressa un petit signe de la main.

– Tiens…

Ludovic, son vieil ami, lui tendit un grand mouchoir à carreaux. Elle le remercia d'un sourire mouillé avant de s'essuyer le visage et les yeux.

Pierre prit la parole. Valentine ne l'entendit pas. Elle était loin, très loin. Dans les bras de Thibaut.

En ce 1er novembre 1945, Ludovic mesurait le chemin parcouru depuis la mobilisation de 1939. Six ans ! Six ans perdus pour sauver sa peau, avant de revoir son père, sa terre et Valentine.

Les années passées à Graudenz avaient constitué un long cauchemar rythmé par les hurlements des gardes, les travaux éreintants, la peur, la faim, le froid, la révolte. Et encore ! Il estimait avoir eu beaucoup de chance puisqu'il était revenu. Nombre de ses camarades étaient restés là-bas, en Silésie.

---

1. Paroles de Joseph Kessel et Maurice Druon, musique d'Anna Marly, 1943.

Ludovic éprouvait toujours une grande émotion lorsqu'il se rappelait l'évacuation de la forteresse de Graudenz, en février. L'Armée rouge se rapprochait de la Vistule après avoir laissé un sillage de sang et d'atrocités en Poméranie. Les prisonniers titubaient dans le froid et la neige, peinant à marcher avec leurs maudits sabots qui ne tenaient pas aux pieds. Il leur était interdit de tomber, sous peine d'être abattu séance tenante et abandonné au bord du chemin.

L'entraide était la règle entre camarades. Les gardiens, fous d'angoisse à la perspective de tomber entre les mains des Russes, ne se maîtrisaient plus et étaient capables de tuer pour une peccadille.

Affamés, épuisés, les prisonniers avaient eux aussi l'impression de perdre la raison. Ils se désaltéraient tant bien que mal avec une poignée de neige, se seraient damnés pour un quignon de pain. Ils avançaient, tels des colonnes de morts-vivants, dans un univers glacé, noyé de brume ou de neige. De temps à autre, un hurlement, suivi d'une rafale de fusil-mitrailleur, les faisait tressaillir puis… plus rien. Un terrible silence retombait sur ces hommes qui n'en avaient plus que le nom. Avec le recul, Ludovic se demandait parfois comment il avait eu le courage de tenir.

Ils avaient décidé un soir, avec trois camarades, de tenter une évasion. Leurs gardiens étaient en piètre état eux aussi et, de plus, ils mouraient de peur à l'idée de tomber entre les mains des « Ivans », comme ils nommaient les soldats soviétiques.

Ç'avait été presque trop facile. L'un après l'autre, les Français avaient faussé compagnie à leurs gardiens durant une tempête de neige, après avoir traversé un village aux volets clos.

Ils s'étaient réfugiés dans une grange, avaient échangé un regard incrédule. Libres, enfin ! après toutes ces années d'esclavage !

Un vieil homme était venu leur rendre visite. Il ressemblait à un personnage de conte dans sa houppelande assortie à ses cheveux blancs poudrés de neige. Bébert se débrouillait en allemand. Il lui expliqua leur situation. À quoi bon se cacher, désormais ?

Le vieux villageois leur offrit l'hospitalité, sans leur dissimuler que l'Armée rouge était proche. Il s'attendait au pire. Les exactions commises en Poméranie avaient terrorisé la population. Les femmes et les enfants étaient partis sur les routes, juchés sur des carrioles ou à pied. Les femmes, quel que soit leur âge, étaient violées par des soldats russes ivres d'alcool et de vengeance. Certaines s'habillaient en hommes, d'autres s'enlaidissaient en se barbouillant le visage de cendre et de suie, le plus souvent en vain.

Ludovic se souvenait de la ferme du vieil homme. Il avait pensé aux Brüner en y pénétrant. Les Français avaient mangé un bol de soupe, s'étaient réchauffés devant l'âtre. Ils se croyaient sauvés.

Le lendemain, les Ivans arrivaient.

Ludovic n'était pas un homme de guerre. Il en avait eu la confirmation les jours suivants. Il avait tenté de s'interposer avant que les Russes n'abattent le vieux villageois d'une balle dans la tête. Ils riaient, cherchaient des bouteilles qu'ils buvaient cul sec sans paraître le moins du monde incommodés.

« *Franzouski* », avaient répété les Français, en désignant leur capote toujours marquée des deux lettres blanches KG. L'officier russe avait froncé les sourcils, faisant craindre le pire aux prisonniers. Plus tard, ils avaient compris que les combattants soviétiques n'admettaient pas l'idée d'une quelconque reddition. Pour eux, on se battait jusqu'à la mort.

Les Russes ne les avaient pas maltraités, mais ne leur avaient pas pour autant manifesté de compassion. Pas de temps à perdre ! Ils n'avaient qu'un seul but, Berlin, où ils tenaient à arriver le plus tôt possible. Avant les Américains. Les Français, consternés, avaient alors réalisé qu'ils allaient devoir eux aussi prendre la route de Berlin.

Heureusement, un convoi de blessés les avait pris en charge. Un voyage incroyable les avait menés jusqu'à Odessa où ils s'étaient sentis revivre en franchissant le seuil de l'ambassade de Grande-Bretagne.

Là, enfin, on leur avait demandé leur identité, on les avait désinfectés, on leur avait donné des vêtements propres…

Ils avaient eu l'impression de redevenir des hommes et, fin mai, avaient embarqué à bord d'un navire qui les avait conduits à Marseille.

La France, son pays ! Retour en train, puis à pied. La sensation de revivre, de nouveau, en humant les parfums de ses collines… Et l'émotion de son père, le vieux Fernand…

L'étreinte des deux hommes avait duré une éternité. Jusqu'à ce que Ludovic se racle la gorge pour ne pas laisser voir à quel point il était bouleversé.

Il avait attendu plusieurs jours avant d'aller à la Grange. Le temps de se rendre présentable, de reprendre contact avec la réalité.

Le temps semblait s'être arrêté à Séderon et, pourtant, on s'y était battu, on y avait résisté. Ludovic avait l'impression d'avoir perdu plus de cinq ans de sa vie, de ne plus connaître personne.

Il avait reconnu Valentine. Elle était la même que dans ses souvenirs. Lorsqu'il l'avait serrée contre lui, il avait su qu'il avait tenu toutes ces années pour elle, pour la revoir.

Pourtant, en croisant son regard empreint de désespoir, il avait compris qu'elle n'était plus la même.

31

1947

« J'aurais voulu… », se dit Valentine, le cœur lourd. C'était plus fort qu'elle, elle ne parvenait pas à l'oublier. Les souvenirs l'assaillaient dès qu'elle franchissait le seuil de la Grange.

Elle se surprenait encore à chercher sa silhouette du regard, à se retourner brusquement, comme s'il pouvait l'avoir suivie.

Sa solitude ne lui permettait pas de se libérer de cette obsession. Lisa n'était pas revenue de Genève. Elle donnait de ses nouvelles de loin en loin, mais ne comptait pas revenir chez ses parents. « Nous avons eu des mots », avait soupiré sa mère au cours d'une veillée. Valentine n'avait pas insisté.

Elle avait longtemps hésité avant de participer à nouveau aux veillées. Son père l'y avait incitée. « Tu es jeune, petite, il te faut voir du monde. » Jeune ? Elle avait vingt-trois ans, et le sentiment d'avoir tout connu, tout vécu, durant les années de guerre. Surtout, le désir de vivre lui faisait défaut. Elle n'avait pas de pensées suicidaires, non ; elle aurait eu l'impression de manquer de respect à tous ces jeunes gens qui s'étaient battus pour la liberté. Elle se contentait de survivre.

Elle ne pouvait en parler avec Pierre, qui s'était toujours défié de Thibaut. Il lui aurait répondu des phrases toutes faites, que chaque famille avait perdu un proche, que le temps ferait son œuvre…

« Je ne veux pas l'oublier », pensa Valentine, farouche.

Elle possédait une seule photographie de Thibaut, prise à l'improviste, alors qu'il l'aidait à cueillir la lavande. Ce cliché lui était précieux. Elle le gardait dans son portefeuille. Seul Félix recueillait ses quelques confidences. Le vieux berger était monté pour la dernière fois dans les alpages l'an passé. « Il est temps que j'arrête, il faut savoir reconnaître ses limites », avait-il déclaré d'un ton ferme. À près de soixante-quinze ans, Félix se consacrait à ses livres et à ses ruches. Il avait vendu la maison de sa mère après son décès et s'était rapproché de la Méouge. Il vivait désormais à la sortie de Lachau, non loin du château.

La vue de ses montagnes suffisait à son bonheur. Valentine l'aimait et l'admirait. Il venait souvent à la Grange, accompagné de son nouveau chien, un corniaud à la tête de bouledogue, baptisé par ses soins Truffo car il espérait l'emmener « caver » dans le Vaucluse.

Félix, comme à son habitude, n'était guère optimiste quant à l'après-guerre.

À l'en croire, Américains et Soviétiques avaient en tête de se partager le monde et un autre conflit ne tarderait pas à survenir. « Tais-toi donc ! » lui enjoignait Pierre Ferri quand le berger se lançait dans l'une de ses analyses.

Pierre avait peur d'une nouvelle guerre, d'une nouvelle hécatombe. Il avait pensé mourir le jour où l'occupant lui avait fait creuser sa propre tombe, sur ses terres. Il s'en était d'ailleurs fallu de peu... Ce jour-là, assommé par un coup de pelle, il avait basculé dans la fosse. Valentine et Nina, revenues de Lachau, l'avaient sorti de là et ranimé. Il en avait été quitte pour deux jours et deux nuits de migraine et quelques vertiges. « Tu as la tête dure, papa ! » avait dit Valentine en riant pour dissimuler son émotion. Il avait eu de la chance, beaucoup de chance, contrairement à Thibaut.

L'absurdité de la mort de l'homme qu'elle aimait avait anéanti la jeune femme. Tués par un avion britannique, Thibaut et son chauffeur Siméon avaient été victimes de leur non-respect des consignes. Durant les jours, qui suivirent le débarquement en Provence, il était primordial de s'identifier pour ne pas se retrouver sous les bombes des Alliés.

« Une tragique méprise », avaient commenté les responsables des maquis de la région. « Un drame », avait corrigé Félix.

Le berger aimait bien « le philosophe », comme il l'appelait. Même s'il le trouvait un peu trop torturé à son goût, il appréciait leurs échanges sur la littérature et la politique. Il constatait avec inquiétude que Valentine ne parvenait pas à se remettre de la mort du jeune résistant. Lui, Félix, savait depuis longtemps que les chagrins d'amour, même s'ils vous marquaient pour la vie, ne devaient pas vous empêcher de suivre votre chemin. N'avait-il pas aimé sans espoir la belle Antonia ? Mais comment en convaincre Valentine ? Il aurait fallu pour elle quitter la Grange, aller vivre et travailler en ville. La jeune femme s'accrochait à sa terre, à son pays, contrairement à la plupart des femmes de sa génération qui préféraient quitter la campagne pour des raisons de confort. Elle, Valentine, n'avait qu'un but : faire prospérer la Grange après les années de guerre.

Félix poussa un énorme soupir, siffla Truffo.

– Il est temps que tu apprennes à travailler, mon vieux ! dit-il à son chien.

Celui-ci le considéra en penchant drôlement la tête sur le côté.

– À mon avis, j'ai fait une mauvaise affaire avec toi, marmonna le berger.

Le chien semblait en effet beaucoup plus intéressé par les lièvres, qui pullulaient, que par les truffes.

Depuis le rocher de la Tour, le regard embrassait Séderon, bâtie entre deux falaises. Ludovic se rappelait qu'enfant il y montait souvent en compagnie de sa mère, Albane. Tout aurait certainement été plus simple si elle avait encore été en vie, se dit-il avec une pointe d'amertume.

Depuis son retour, deux ans auparavant, il avait le sentiment que rien ne se passait comme il l'avait rêvé. Certes, il se doutait bien que la fin de la guerre, tant attendue, ne résoudrait pas tout, mais il avait espéré que les choses se passeraient différemment. Même s'il avait repris un peu de poids sur le navire qui l'avait ramené en France, il était encore d'une maigreur effrayante à son retour à Séderon. Son père avait eu un choc en le découvrant sur le seuil de leur ferme. Le chien lui-même, un chien de chasse qu'il avait dressé en 1938, l'avait flairé d'un air circonspect avant de le reconnaître. Ludovic s'était penché pour le caresser afin de dissimuler son émotion. « Si je m'attendais… », répétait le vieux Fernand en se grattant le sommet du crâne. Il n'était guère à l'aise pour extérioriser ses sentiments. Il avait tapoté le dos de son fils à plusieurs reprises, puis laissé retomber son bras en marmonnant : « Sapristi, j'ai bien trop peur de te casser, mon garçon ! Tu es maigre à faire peur ! Tu ne mangeais donc rien de mes colis ? » Comment Ludovic aurait-il pu lui expliquer que les fameux colis étaient confisqués par les gardiens ? Quand, après une enquête diligentée par la Croix-Rouge, on avait commencé à distribuer quelques denrées aux prisonniers, tout était mélangé en un brouet infâme. Soupe aux sardines, aux biscuits, au corned-beef et au fromage. Le goût était curieux de prime abord mais ils avaient si faim…

Ludovic savait que son père ne pourrait pas comprendre ce qu'il avait vécu. À moins qu'il ne le veuille pas, tout simplement…

Les premiers temps, il avait mangé et s'était reposé, allongé sur l'herbe, des heures à contempler le ciel, jusqu'à ce que la nuit tombe et que les étoiles s'allument l'une après l'autre. Il lui fallait reprendre lentement contact avec sa vie d'avant.

Ensuite, il était parti à la recherche de ses collègues. De nombreuses déceptions l'attendaient. Léon, un camarade d'école, était tombé lors des combats sur la Loire en juin 1940. Les jumeaux Alex et Jeannot n'étaient pas revenus de captivité. Son meilleur ami comptait parmi les victimes du maquis d'Izon-la-Bruisse. Dieu merci, il avait retrouvé Jean-Louis mais, à près de trente ans, ils avaient l'impression d'avoir gâché les meilleures années de leur vie.

« Une génération perdue, comme celle de nos pères », pensa Ludovic en cherchant les points de repère de jadis. Au sommet du rocher de la Tour, il mesurait combien son pays lui avait manqué. Il se souvenait de Bébert.

Ils s'étaient séparés à Marseille, en promettant de se revoir. Sans même prendre le temps d'échanger leurs adresses…

La parenthèse des années de guerre, de souffrances et de promiscuité était refermée. Ludovic avait vite compris qu'il convenait de reprendre sa place sans trop raconter ce qu'il avait traversé. D'ailleurs, il ne pouvait pas tout raconter.

Les premiers temps, alors qu'il n'avait qu'une idée, sauver sa peau, il n'avait pas eu besoin de se forcer pour éviter de penser aux habitants de la ferme Brüner. Depuis son retour, il songeait de temps à autre à Else, se demandant si elle avait donné naissance à son enfant, si elle avait survécu au chaos régnant en Allemagne. Et puis il chassait, vite, cette idée. Il n'avait jamais rien éprouvé pour Else. Ou tout au moins, rien d'autre qu'un peu de compassion.

De toute manière, il n'entendrait jamais parler de cet enfant qu'il refusait de considérer comme le sien.

32

1951

La lavande, toujours, comme un éternel recommencement. Chaque année, Valentine avait l'impression de se ressourcer dans cette mer bleue, de tout oublier. Ou presque tout…

Les cueilleurs descendus d'Italie n'étaient plus les mêmes qu'avant-guerre. Ceux-ci étaient plus jeunes, plus insouciants. « Une nouvelle génération », disait Pierre.

Le maître de la Grange ne paraissait pas ses soixante et un ans. Sa mâchoire blessée s'accommodait assez bien de son visage buriné par le soleil et le vent. Ses épais cheveux blancs faisaient ressortir le bleu de ses yeux.

Plusieurs femmes lui avaient fait comprendre, plus ou moins discrètement, qu'elles viendraient volontiers tenir son ménage, sans succès.

S'il se rendait de temps à autre à Sisteron, Pierre n'en faisait pas état et Valentine ignorait s'il y avait une bonne amie. En fait, cela ne l'intéressait guère. Elle estimait que son père avait le droit de vivre à sa guise sans rendre de comptes à quiconque.

Elle se pencha, saisit un brin de bleue qu'elle froissa entre ses doigts, répétant un geste familier d'Antonia. Sa mère lui avait transmis l'amour de la lavande et des livres, comme un secret que toutes deux auraient partagé. Valentine regrettait souvent de ne pas avoir été plus proche d'elle, tout en sachant qu'Antonia n'était pas femme à s'épancher. La jeune femme avait peu à peu compris que sa mère se voulait forte en toutes circonstances et ne souhaitait pas laisser voir ses failles.

Parfois, son père et elle feuilletaient l'album de photos familial. Valentine aimait particulièrement un cliché pris au printemps 1914, dans un champ de blé. Antonia et Pierre, beaux, jeunes, insouciants, souriaient au photographe. Le suivant, datant de 1920, montrait le couple à la fête de Lachau. Ils paraissaient raides, presque gênés, et Pierre tournait légèrement la tête afin de dissimuler sa gueule cassée. Ces deux photographies révélaient de façon cruelle l'impact de la guerre sur le couple.

L'autre guerre, la deuxième du siècle, celle qui n'aurait jamais dû avoir lieu, avait tué Thibaut en même temps que des millions d'anonymes.

Valentine rejeta les épaules en arrière. Elle ne voulait plus songer à Thibaut. Sept ans avaient passé. Sept, « un chiffre magique », estimait Félix.

Il était plus que temps d'enterrer le passé. Même si elle ne s'y sentait pas encore prête.

Son regard s'emplit de fierté en découvrant les nouvelles installations qu'elle avait désirées. Valentine s'attelait à développer la filière lavande depuis plusieurs années. Elle ne souhaitait pas s'en tenir là. Comme sa mère l'avait fait avec ses fromages de chèvre, Valentine vendait des sachets de lavande, des bouquets séchés et de l'huile essentielle sur les différents marchés de la région. « La panacée universelle ! » estimait Félix. Et d'énumérer : « La lavande est bonne pour les problèmes respiratoires, les migraines, les brûlures, les piqûres d'insectes, contre les poux et les moustiques. Elle est aussi calmante, cicatrisante, digestive et tonique. » Ses projets permettaient à la jeune femme d'aller de l'avant, de se battre.

– *Come va, bella ?*

Elle sourit presque machinalement à Guido, l'un des coupeurs italiens.

C'était un garçon d'environ vingt-cinq ans, grand, bien bâti, déjà bronzé. Valentine se sentit rougir sous son regard appréciateur. Il ôta sa chemise, fit jouer ses muscles. Il était beau et le savait. Elle eut envie de rire. Que croyait-il donc ? Qu'elle allait se jeter dans ses bras, incapable de résister au charme de ce mâle sûr de lui ?

Elle passa son chemin, dépitée d'avoir senti une onde de chaleur parcourir son ventre. Son corps parlait sous le soleil somptueux de juillet. Les longues soirées et la chaleur concouraient à susciter le désir. À vingt-sept ans, le cœur de Valentine n'avait plus battu depuis la mort de Thibaut. Cependant, son corps réclamait son dû.

Elle s'essuya le front d'un revers de main. Elle n'envisageait pas de ne pas avoir d'enfants mais s'imaginait mal lier sa vie à celle d'un homme qu'elle n'aimerait pas. Il lui semblait souvent que Thibaut avait tout emporté avec lui et qu'elle ne pourrait plus jamais aimer. « Foutaises ! » avait répondu Félix le jour où elle avait osé se confier à lui. Et de lui citer une phrase : « Un chagrin d'amour n'est éternel que si l'on en meurt tout de suite. » Il avait ajouté, moqueur : « Réfléchis... Crois-tu que Roméo se serait tué sur le tombeau de Juliette s'il avait attendu ne serait-ce que six mois ? La vie est là, petite, qui nous pousse. Nous avons cet instinct en nous, il importe de le respecter. » Sans transition, il lui avait parlé d'un acteur, un certain Gérard Philipe, qui participait au festival d'Avignon. « Il paraît qu'il faut aller le voir à tout prix. » Valentine avait esquissé une moue. « Avignon est loin d'ici. Et la lavande donne à plein. Je ne peux pas m'absenter. » Il était parti en haussant les épaules. « Tu es trop bête ! Relis donc Ronsard ! » Comme si elle en avait le temps ! Valentine sourit en évoquant cette recommandation. Félix n'avait pas changé et elle l'aimait presque autant que son père.

Elle avait poursuivi les recherches familiales en matière de lavandiculture et privilégié, elle aussi, le lavandin, plus robuste que la lavande fine. Cet hybride de lavande et d'aspic poussait sur les sols les plus pauvres et avait un rendement en huile essentielle jusqu'à dix fois supérieur. Avant la guerre, Antonia avait élevé dans des pépinières des boutures de lavandin à l'automne. Un an et demi plus tard, les plants de lavandin pouvaient être mis en terre. Après la première variété de lavandin appelée « ordinaire », une autre plus rentable avait été élaborée par le professeur Abrial. Cependant,

Valentine avait constaté que les plants duraient de moins en moins longtemps. Elle suivait de près les travaux portant sur la recherche de variétés plus résistantes. Même si elle était toujours aussi attachée à la lavande sauvage, la plus belle pour elle, force lui était de reconnaître que le lavandin avait le vent en poupe.

La société s'était transformée en l'espace de quelques années. On avait besoin de plus en plus d'essences de lavandin pour parfumer les lessives. En effet, même si les années 1945-1949 avaient encore été des années de rationnement et de reconstruction, on constatait un appétit de biens de consommation. Bien que le prix d'un lave-linge de qualité représentât près de quatre mois de salaire moyen, nombre de femmes espéraient se l'offrir. Valentine, pour sa part, n'avait pas abandonné la bugade. Elle aimait le contact avec l'eau fraîche, dans la bugadière, un local aménagé par Pierre au début des années vingt.

Soucieuse de répondre à la demande de l'industrie chimique, Valentine s'efforçait d'augmenter la vigueur et la durée de vie de ses plants. Elle savait qu'elle devrait adapter sa production à la mécanisation mais retardait ce moment le plus possible. Il lui semblait que, ce jour-là, sa lavande aurait perdu un peu de son âme.

Elle se mit à l'ouvrage, armée de sa faucille, qui avait été celle d'Antonia.

Elle avait pour habitude de couvrir sa jupe d'un grand tablier bleu et n'oubliait jamais les *bourras* cousus par les soins d'Antonia. Chaque été, elle sentait l'émotion l'envahir dès qu'elle humait le parfum persistant des sacs en toile de jute. Comme si Antonia lui avait adressé un petit signe…

Le soleil tapait fort. D'habitude, elle était à l'œuvre dès le lever du soleil mais, ce jour-là, elle s'était rendue à Sault afin d'y rencontrer deux courtiers. Elle avait vite compris, en effet, qu'il convenait de se diversifier afin de ne pas se limiter à la vente directe. Son père lui faisait confiance. « À toi les méthodes nouvelles, lui avait-il dit. Je suis un homme du XIXe siècle, je me sens dépassé. » Ce n'était pas vrai. Elle lui demandait souvent conseil et savait qu'il était particulièrement compétent.

Rosa, une jeune Italienne, lui adressa un coup d'œil complice. C'était son troisième été à la Grange. Valentine et elle s'entendaient bien.

– Dis donc, il a… Comment dit-on déjà ? Il a le béguin pour toi, Guido !

La jeune femme sourit.

– Dommage que ce ne soit pas réciproque ! Il est un peu trop…

Elle chercha le mot juste, de crainte de blesser Rosa. Mais celle-ci éclata de rire.

– Un peu trop séducteur ? Oui, tu as raison !

– Un vrai cœur d'artichaut ! précisa Valentine en riant à son tour.

Était-ce à cause du parfum de la lavande, de la bonne humeur contagieuse de Rosa ? Lentement, elle reprenait goût à la vie.

33

1954

La neige, tombée en abondance durant deux jours et deux nuits, avait contraint les habitants de la vallée à se claquemurer chez eux.

Il y avait d'abord eu comme un long frisson dans l'air. Puis, une heure après, la chute de gros flocons en rideau. Blanc le ciel, blanc le sol, peu à peu couvert d'une épaisse couche de neige.

– C'est l'époque, dit Pierre en frottant ses mains l'une contre l'autre devant le fourneau d'Antonia qui diffusait une douce chaleur.

La jeune femme acquiesça d'un hochement de tête tout en continuant d'étaler très finement sa pâte à oreillettes. Pour ce faire, elle avait tamisé cinq cents grammes de farine, y avait ajouté cent cinquante grammes de sucre, quatre œufs, un verre d'eau et un demi-verre d'huile d'olive. La pâte qu'elle découpait en rectangles serait ensuite plongée dans de l'huile très chaude.

Elle avait promis à Ludovic de l'accompagner chez Marithé, une camarade d'école qui habitait sur la route de Ballons, mais se demandait si le temps leur permettrait d'y accéder.

Elle esquissa un sourire. Ludovic l'invitait régulièrement. Elle avait deviné depuis longtemps qu'il éprouvait un tendre sentiment pour elle. Elle faisait semblant, cependant, de ne pas comprendre ses allusions au couple qu'il avait envie de former avec elle. « Ce gars-là te décrocherait la lune s'il te prenait la fantaisie de le lui demander ! » ironisait son père.

Pierre ne dissimulait pas son impatience. Valentine fêterait ses trente ans au début de l'été ; il était grand temps pour elle de se marier et de fonder une famille. Valentine souriait, éludait. Certes, elle avait conscience, elle aussi, du temps qui passait mais refusait de se précipiter. Elle voulait être sûre d'elle, ce qui faisait bondir son ami Félix. « Sûre de toi ! Comme si l'amour se réduisait à une question d'assurance ! Qu'est-ce que tu crois, petite ? Qu'on signe un contrat pour la vie, avec des pénalités si l'on n'en respecte pas les causes ? L'amour ne se discute pas, ne se marchande pas. Si tu aimes, tu fonces ! En toute inconscience. »

Valentine s'était troublée sous le regard incisif du berger. Elle ne s'était pas posé ce genre de questions le jour où elle avait croisé le chemin de Thibaut. Mais, précisément, à cause de Thibaut, elle avait peur désormais de souffrir. « Trop de prudence nuit, avait-il ajouté. D'ailleurs, tu sais que j'ai raison ! Il faut juste t'en persuader. »

Il lui semblait avoir vécu en hibernation ces dix dernières années. Pourtant, elle parvenait à évoquer le souvenir de Thibaut moins souvent. Lentement, la blessure se refermait. Elle avait eu très mal le jour où elle s'était décidée à monter à Lyon. C'était une idée qu'elle caressait depuis longtemps : rendre visite au père de

Thibaut. Elle n'avait rien dit à son propre père du motif de son voyage, mais il avait dû s'en douter car il avait fait peser sur elle un regard soucieux alors qu'elle s'installait au volant de la Mathis. Cette démarche lui avait permis de perdre ses dernières illusions. Max Deslandes était un vieux monsieur qui vivait dans un appartement-musée envahi par les livres. Il y en avait même sous les pieds des chaises ! Il s'était montré courtois mais distrait : elle le dérangeait dans ses recherches sur Louise Colet, la poétesse aimée de Flaubert.

Quand elle s'était présentée comme une amie proche de Thibaut, il avait laissé tomber : « Je suis désolé, mademoiselle, mon fils n'a jamais mentionné votre nom ni votre existence. » Bien entendu, elle avait tenté de se réconforter en se disant que la prudence interdisait à Thibaut de parler d'elle. Pourtant, force lui était de se rendre à l'évidence : Thibaut n'avait pas eu l'intention de lier sa vie à la sienne. Elle avait joué à la midinette ; il ne désirait pas s'encombrer d'elle. Ne l'avait-il pas prévenue à plusieurs reprises ? « Je ne crois plus vraiment en l'amour », lui avait-il dit.

Elle s'était éclipsée sur la pointe des pieds, certaine que M. Deslandes ne s'apercevrait pas de son départ. Elle n'avait pas pleuré.

Pilou, le chien qui avait pris la place du dernier César, éventré par un sanglier à l'automne dernier, se posta derrière la porte en grondant. Pierre Ferri fronça les sourcils.

– Qui peut bien venir par ce temps ? s'interrogea-t-il.

Pilou se jeta sur le visiteur qui avait franchi le seuil de la Grange après avoir frappé. Valentine s'esclaffa en reconnaissant Ludovic.

Il portait une canadienne, deux écharpes superposées et une espèce de toque qui le faisait ressembler à Davy Crockett.

– Je suis venu vous demander l'hospitalité, annonça-t-il au maître de maison. Je savais que Valentine avait envie d'aller veiller chez Marithé. Ce sera plus facile depuis chez vous.

– Pas de problème, mon garçon ! Mets-toi à l'aise. Je me demande simplement si vous arriverez à grimper jusque chez Marithé.

– J'ai apporté deux paires de raquettes.

– Bonne idée ! Tu prendras bien un café ?

– Tu n'as pas trop froid ? s'enquit Valentine.

Ludovic esquissa un sourire désenchanté.

– Oh ! il fait toujours moins froid qu'en Silésie !

Le silence se fit dans la salle. Il était toujours aussi difficile d'évoquer avec les anciens prisonniers de guerre leurs conditions de détention.

Ludovic secoua la tête, comme pour chasser cette pensée.

– Qu'est-ce que tu prépares de bon, Valentine ?

– Des oreillettes pour ce soir. Saupoudrées de sucre glace, elles ne devront pas trop souffrir du voyage dans leur boîte en fer.

Elle repoussa ses cheveux en arrière, alla chercher la cafetière maintenue au chaud sur le fourneau, servit son père, puis leur invité. La chaleur du feu avait avivé ses joues.

« Elle est belle », pensa Pierre avec un pincement au cœur.

Trente ans déjà ! Il se rappelait encore le jour de sa naissance, le vent de panique qui avait soufflé sur la maison.

Ludovic se servit du sucre.

– Deux morceaux ! s'écria-t-il. Je crois bien que c'est ce qui m'a manqué le plus… là-bas.

À la ferme Brüner, il avait la chance d'avoir un peu de saccharine. Rien, en revanche, à Graudenz.

Une ombre passa sur son visage. Il ne voulait plus penser à Graudenz, ni à la ferme Brüner. La page était tournée…

Chacun armé d'une lampe torche, Valentine et Ludovic avançaient difficilement dans une neige épaisse qui continuait à tomber en flocons serrés. La nuit était glaciale mais, Dieu merci, le vent s'était calmé. Pierre avait refusé de les accompagner. « À mon âge, on préfère rester au coin du feu », leur avait-il dit.

Chaudement emmitouflés, les jeunes gens s'amusaient de leur progression plutôt lente. Ludovic portait les gâteaux confectionnés par Valentine. Il y avait goûté avant de partir, affirmant qu'il n'en avait jamais mangé de meilleurs. « Pardi ! Après tes années de captivité, tu ne fais plus le difficile ! » avait répliqué Pierre. Ludovic ne s'était pas formalisé. Son père ne le taquinait pas comme Pierre, mais leurs relations s'avéraient difficiles.

En prenant de l'âge, le vieux Fernand redoutait de perdre son autorité et son caractère s'était aigri. Il ne comprenait pas – ou plutôt refusait de comprendre – qu'à près de trente-cinq ans Ludovic rechigne à obéir sans protester. La cohabitation entre les deux hommes était de plus en plus houleuse, chacun cherchant à faire plier l'autre.

Ludovic tendit la main à Valentine qui glissait.

– Accroche-toi, ma belle ! Nous ne sommes plus très loin.

Elle éprouva une sensation étrange en glissant son bras sous celui de Ludovic. Elle se savait en sécurité avec lui.

Ils aperçurent en même temps les lumières de la ferme de Marithé. D'autres lampes convergeaient vers le bâtiment trapu. Valentine sourit.

– J'ai l'impression que nous participons à une crèche vivante et que nous suivons l'étoile, pensa-t-elle à voix haute.

– Noël est passé depuis un bon mois ! s'esclaffa Ludovic.

Elle savait qu'il n'était pas romantique et préférait lire *Le Chasseur français* plutôt que *Le Rouge et le Noir* ou *Guerre et Paix*. Elle se mordit les lèvres. Elle avait passé l'âge de rêver au prince charmant. Que lui importait, après tout ? Elle aussi savait faire preuve de pragmatisme. Elle avait grandi.

– Viens là…

Ludovic l'attira à l'abri d'un grangeon de pierres sèches, ôta son gant de laine et lui caressa la joue.

– Je t'aime, Valentine. Je t'aimais déjà avant la guerre, alors que tu avais à peine quinze ans.

Elle émit un drôle de rire.

– J'en ai le double, à présent.

– Si tu savais comme je m'en moque ! Je t'aime, toi, et je t'aimerai toujours.

Il se pencha, l'embrassa. Malgré le froid, elle sentit une vague de chaleur l'envahir et répondit à son baiser. C'était si simple, tout à coup… Comme si elle l'avait toujours attendu.

– Hou ! Hou !

Des cris joyeux les firent tressaillir. D'autres jeunes gens les rejoignaient. Ludovic s'écarta légèrement avant de serrer à nouveau Valentine dans ses bras.

– Écoutez tous la bonne nouvelle ! lança-t-il au ciel plein de neige. Valentine et moi, on se marie !

Et elle pensa que c'était bien ainsi.

34

1959

Tout avait été prévu longtemps à l'avance. Comme Valentine avait déjà fait deux fausses couches, rien n'avait été laissé au hasard pour cette troisième grossesse. Sa place était réservée à la maternité de Sisteron.

« Tout ça pour ça », se dit Ludovic, le cœur serré.

La neige était tombée sans discontinuer durant vingt-quatre heures. Les accès étaient coupés. Il avait chaussé les skis pour se rendre à la cabine téléphonique de Lachau, en vain. Le poids de la neige avait provoqué une rupture de câble. Il était revenu à la Grange avec la promesse de l'épouse du médecin. Le docteur Lajeunesse viendrait le plus vite possible.

C'était un jeune médecin, fraîchement installé au pays. Quasi un *estranger*, qui venait des lointaines Ardennes. Le fils du docteur Bonfils était mort à la tâche en 1954 et ceux qui avaient voulu le remplacer n'étaient pas restés longtemps. À croire que la solitude du vieux pays leur faisait peur.

Ludovic se détourna de la fenêtre et rejoignit Valentine dans leur chambre. Pâle, les lèvres serrées, sa jeune femme laissait sourdre une plainte filée qui lui serrait le cœur. Depuis cinq ans, le couple avait connu espoirs et souffrances. À deux reprises, Valentine avait perdu son bébé, la seconde fois à plus de cinq mois. Elle aurait sombré dans le désespoir si elle n'avait pas eu autour d'elle Ludovic, son père, et leurs amis.

Elle voulait un enfant de toutes ses forces, un fils de préférence, même si le médecin accoucheur qu'elle consultait à Sisteron ne lui avait pas caché qu'elle commençait à être un peu vieille. Vieille, à trente-quatre ans ? Elle pouvait lui citer nombre de femmes de la vallée ayant accouché à plus de quarante ans. On parlait de « tard-venu » ou de « tardon », comme les agneaux, et l'affaire était entendue !

Chaque mois, Valentine vivait comme une trahison de son corps le retour de ses règles. Son humeur s'en ressentait. « Tu aurais mieux fait de prendre une jeunesse pour femme », disait-elle à Ludovic. Toutes ses brebis étaient pleines alors qu'elle était incapable de mener une grossesse à son terme. Cette faille de son propre corps la minait.

Pourtant, lorsqu'elle avait compris qu'elle portait à nouveau la vie en elle, un fol espoir l'avait submergée. Cette fois, tout irait bien, elle mettrait toutes les chances de son côté.

Pour faire bonne mesure, elle avait suivi non seulement les recommandations du médecin mais aussi des recettes de « bonne femme[1] ». Ainsi, Valentine avait pris soin de ne pas préparer le berceau du bébé à naître afin de ne pas porter malheur à l'enfant et d'éviter de recevoir des personnes en deuil. « La même que ta mère »,

1. Autrefois, nom donné à la sage-femme.

avait commenté Pierre avec un petit sourire en coin. Le berceau, qui était le sien, avait été remisé chez Josie, la petite-fille de leur plus proche voisine, avec sa garniture et ses draps brodés.

Ludovic se pencha, humecta le front et les mains de sa femme. La certitude de sa propre impuissance l'accablait.

– Le docteur ne va plus tarder, promit-il à Valentine.

Il n'était pas sûr qu'elle l'ait entendu, mais il devait faire comme si tout allait bien.

En devinant qu'elle ne se laisserait pas abuser aussi aisément…

Pierre s'activait dans la bergerie autour de Bella, l'une de ses brebis préférées qui s'apprêtait à mettre bas.

« Le meilleur moyen de m'occuper », se dit-il. Le petit de Bella serait un tardon, qui partirait en transhumance avec le troupeau. La brebis, dont les mamelles étaient durcies depuis une bonne huitaine de jours, s'était volontairement écartée des autres bêtes. Pierre savait que l'agnelage risquait de durer plus longtemps que d'habitude ; il s'agissait pour Bella de sa première mise bas. Il se lava très soigneusement les mains et les bras avec un savon désinfectant après avoir nettoyé toute la région postérieure de la brebis, ceci afin d'éliminer toute trace de souillure. Il lubrifia ensuite ses mains pour palper l'agneau sans risque de les blesser, lui ou sa mère.

Rassuré, il se redressa. L'agneau se présentait normalement ; Pierre avait senti les deux pattes avant encadrant la tête. Bella bêlait à intervalles réguliers tout en s'agitant. Elle se couchait, se relevait, fouettait de la queue. Pierre lui flatta doucement les flancs, tout en la rassurant de la voix.

– Là, là, ma belle, lui dit-il.

Il s'efforçait d'apaiser ses propres angoisses en s'occupant de la brebis. Mais il ne pouvait s'empêcher de songer à sa fille.

Le jour de son mariage, il avait été particulièrement fier de la conduire à l'autel même si, ce jour-là, l'émotion nouait sa gorge. Il aurait tant désiré qu'Antonia soit là…

Toutes ces années passées depuis leurs propres noces en 1913 ! Il se souvenait de la robe d'Antonia, de sa silhouette frêle, et du bonheur qu'ils partageaient. Ils ignoraient alors que la guerre fondrait sur eux et les changerait à jamais.

D'un geste machinal, Pierre leva la main jusqu'à sa mâchoire, la laissa retomber. Il y avait longtemps qu'il ne pensait plus guère à sa blessure même si, jusqu'à sa dernière heure, il resterait une gueule cassée.

Tout avait évolué depuis la guerre. Presque trop vite. Le mouvement de désertification des campagnes s'accélérait. Les filles rechignaient à vivre dans les fermes ancestrales. La ville leur offrait des perspectives beaucoup plus séduisantes : un travail dans l'administration, ou dans un commerce, un logement plus confortable, des distractions… La vie, quoi ! Et ce même si les « vieux », comme Pierre ou Félix, estimaient précisément que ce n'était pas cela la vraie vie.

Les jeunes qui partaient oubliaient vite le rythme immuable des saisons.

Dieu merci, se dit Pierre, Valentine et Ludovic n'étaient pas de cette trempe. Pierre avait craint que le jeune couple n'aille s'installer à Séderon mais, après la mort brutale du vieux Fernand, tombé de son échelle, ils avaient décidé de mettre les terres appartenant à Ludovic en fermage et de vivre à la Grange. Pierre n'avait rien dit, mais il avait éprouvé un sentiment de bonheur tel que cela lui avait fait un peu peur. La Grange lui survivrait ; elle était en de bonnes mains.

Des voix le firent tressaillir. Était-ce le médecin, enfin ? Il sortit de la bergerie, entrevit une silhouette vêtue de rouge qui tapait ses pieds contre le seuil et pénétrait à l'intérieur de la ferme.

Pierre se signa. Il se sentait rasséréné. Valentine n'était plus seule.

Adrien Lajeunesse manquait encore d'expérience. Pour dire le vrai, il s'agissait de son premier accouchement et il s'efforçait de maîtriser son anxiété. La Grange était isolée par la neige, l'électricité risquait d'être coupée à tout moment, la parturiente était considérée comme une patiente à risques et son mari n'en menait pas large.

« Un vrai cas d'école ! » se dit-il avec humour. Il avait choisi de s'établir dans ce coin perdu des Baronnies pour se rapprocher de la famille de sa femme, originaire de Gap, et avait vite remarqué des points communs entre ces montagnards durs au mal, attachés à leur terre, et ses amis ardennais.

Il se lava d'abord les mains avant d'examiner Valentine. Ludovic suivait chacun de ses gestes d'un air farouche. Adrien Lajeunesse connaissait peu les habitants de la Grange. Il était venu juste une fois à l'entrée de l'hiver soigner Pierre Ferri pour un point de pleurite. Un homme costaud et sympathique. Sa fille, Valentine, voyait souvent son épouse à la bibliothèque de Séderon.

Il comprit tout de suite que sa patiente ne pourrait être délivrée naturellement ; l'enfant était trop gros, Valentine trop étroite.

Il prit très vite sa décision, se tourna vers Ludovic.

– Je vais devoir recourir aux forceps. Vous m'assisterez, annonça-t-il d'un ton sans réplique.

Il n'y avait pas un instant à perdre. Le bébé et sa mère souffraient. Adrien donna ses instructions tout en adressant une prière silencieuse à Dieu, bien qu'il ne sache pas trop s'il croyait ou non en son existence.

« Faites que l'électricité tienne le coup ! »

Il se demanda s'il avait le temps de faire venir sa femme, finit par y renoncer. Sans téléphone à la ferme, il perdrait trop de temps.

Il disposait du matériel nécessaire dans sa trousse mais aurait préféré avoir une femme pour le seconder. Il jeta un coup d'œil aigu à Ludovic.

– Nous n'aurons pas de seconde chance, lui dit-il. Vous devez tenir le coup.

L'époux de Valentine inclina la tête.

– Vous pouvez compter sur moi, docteur.

Il avait certainement préjugé de ses forces car, durant un laps de temps qui lui parut infiniment long, il éprouva la tentation de tourner les talons et de s'enfuir. Valentine, anesthésiée par le chloroforme, semblait morte tant elle était blême. Les mâchoires serrées, les mains crispées pour ne pas trembler, Ludovic passa les forceps au médecin, suivit des yeux le mouvement des deux grandes cuillers en forme de ciseaux, observa, le cœur battant, les gestes, précis et lents, du docteur Lajeunesse, son extrême concentration, avant de voir apparaître la tête du bébé.

Le reste du corps suivit. Le médecin l'enveloppa dans une serviette et sourit à Ludovic. À partir de l'instant où il avait tenu les forceps, il s'était revu à la faculté de médecine de Reims et avait su comment procéder.

– C'est un garçon, déclara-t-il d'une voix un peu assourdie.

Ludovic, submergé par l'émotion, caressa le visage de Valentine. À cet instant, il éprouvait des sentiments mêlés. Un bonheur intense mais aussi quelque chose d'indéfinissable, qui ressemblait à du remords.

Parce qu'il avait déjà un autre enfant, né une quinzaine d'années auparavant. L'enfant d'Else.

Lui, Ludovic, ne saurait jamais ce qu'il était advenu de lui.

35

1973

Alexis observa discrètement son grand-père. À quatre-vingt-cinq ans, Pierre Ferri portait encore beau. Droit, le pas assuré, l'œil toujours vif… Papé, avec sa crinière et sa barbe blanche, faisait penser à l'un des santons de la crèche du curé Tonon. Le vieil homme et l'adolescent de quatorze ans n'avaient pas besoin d'échanger beaucoup de paroles pour se comprendre. Si Alexis regrettait de temps à autre de ne pas avoir cette belle entente avec son père, il n'en parlait pas. Son grand-père lui avait transmis l'amour de leur terre, sa mère sa passion pour la lavande. Ludovic, lui, donnait souvent l'impression de suivre son sillon parce qu'il n'avait pas d'alternative. Ses longues années de captivité, son régime de famine lui avaient laissé de lourdes séquelles physiques et psychologiques. Il lui arrivait parfois de ne pas adresser la parole aux siens durant plusieurs jours. Il partait alors sur sa moto, descendait vers Marseille ou les calanques.

À son retour, il rapportait des fleurs à Valentine, des bonbons à leur fils. « Il fallait que je m'échappe », disait-il. À la longue, la famille s'y était habituée. Même si papé Pierre ne se gênait pas pour critiquer son gendre dès que celui-ci avait le dos tourné. « Laisse, père, lui recommandait Valentine. Ludovic a tant souffert en Allemagne. » Dans ces moments-là, le maître de la Grange explosait. Que croyait donc sa fille ? Lui s'était battu pendant plus de quatre ans. Valentine se disait qu'il s'agissait certainement d'une rivalité liée à la différence d'âge entre les deux hommes. À quatre-vingt-cinq ans, malgré son excellente condition physique, Pierre se savait sur le déclin. Nombre de ses amis d'enfance « fumaient les mauves[1] » et il ne fallait pas être grand clerc pour deviner qu'il ne vivrait pas encore vingt ans. Il aurait bien signé pour cinq ou six ans, tout de même, le temps de voir quel homme Alexis devenait.

Le grand-père fit signe à son petit-fils de redoubler d'attention. Le ciel se noircissait de grives. Un spectacle qui remplissait d'allégresse le cœur du vieil homme. Il avait transmis ses connaissances à Alexis, qui passerait dans quelques mois son permis de chasse, à l'occasion de son quinzième anniversaire.

Contrairement à son père, Alexis avait la chasse dans le sang et son chien, offert par Pierre pour ses douze ans, était infatigable. Pirate, un épagneul breton à la robe rousse et blanche, traquait aussi bien le lièvre que le sanglier, ce qui était rare. Ne disait-on pas : « Chien courant pour le gibier à poil, chien d'arrêt pour le gibier à plume » ? Pour la chasse aux grives, Pirate restait à la Grange où il fallait l'enfermer pour l'empêcher de suivre son maître.

1. « Étaient enterrés », du provençal *fuma li mavo.*

Alexis ajusta son fusil, surveillant la progression des « kia-kia[1] » vers les appelants. Tout autour, les arbres, des chênes verts, étaient piégés par des baguettes couvertes de glu.

– À toi ! souffla le grand-père.

Il tira. À cet instant, il se sentait le maître du monde.

Les brochettes de grives, enveloppées de lard, arrosées de genièvre, grésillaient doucement sur le gril. Un parfum délicieux se répandait dans la salle, faisant frémir les narines des convives. Lentement, presque religieusement, Pierre coupa de belles tranches de pain. Du pain que sa fille avait pétri et cuit elle-même, en l'honneur de la première chasse aux grives de l'année.

Valentine se leva, alla chercher une assiettée de brochettes. Elle servit chacun des convives, en commençant par son père.

Pierre fit claquer sa langue d'un air satisfait.

– À la bonne heure, ma fille ! Nous allons nous régaler.

Ludovic fut le seul à bouder son plaisir. Des douleurs persistantes l'avaient poussé à consulter un spécialiste à la fin des années soixante. Apparemment, l'alimentation désastreuse de Graudenz avait eu des conséquences pour son estomac et son intestin. Désormais, il devait suivre un régime strict, prendre ses repas à heures fixes et éviter les contrariétés. Valentine, navrée, suivait le délabrement de son état de santé sans parvenir à l'aider.

1. Nom donné aux grives.

Ludovic s'était renfermé sur lui-même et refusait de communiquer avec les siens. Il avait été heureux, pourtant, à la naissance d'Alexis. Quoique… À l'excitation avait succédé une période d'abattement, comme s'il avait eu peur de ne pas se montrer à la hauteur.

De plus, Valentine s'était très vite révélée plus mère qu'épouse comme si, à la naissance d'Alexis, elle n'avait plus eu besoin de Ludovic. C'était cruel de l'exprimer aussi crûment, elle en avait pris conscience en en discutant avec Félix, au début des années soixante, mais cette confidence n'avait pas paru choquer son vieil ami. « Tu n'as jamais oublié Marquis », s'était-il contenté de faire remarquer, en caressant la tête de son chien. À cet instant, Valentine s'était sentie comprise et comme absoute. Pourtant, elle savait qu'elle n'avait jamais trahi son mari. Était-ce un péché de penser encore à son premier amour mort presque trente ans auparavant ?

Elle servit une deuxième fournée de brochettes, s'amusant de voir son fils se pourlécher discrètement les doigts.

Alexis promettait d'être beau garçon et faisait déjà tourner la tête de quelques gamines du pays. Grand pour son âge, un peu gauche encore avec ses bras et ses jambes trop longs, il avait un visage ouvert et des yeux d'un bleu clair qui fascinaient les filles. Réservé en société, il se montrait volontiers farceur à la Grange, soulignant alors, par contraste, la morosité de son père.

Pensionnaire à Sisteron, comme l'avait été sa mère, Alexis poursuivrait l'année suivante ses études dans un lycée agricole près de Digne. C'était un adolescent équilibré, passionné par la lavande et par l'élevage. Chaque fois qu'elle le regardait, Valentine éprouvait une bouffée d'amour et de fierté. Alexis était son fils plus que celui de Ludovic et cela lui faisait presque peur. Son mari ne risquait-il pas de se sentir exclu ?

Ludovic posa la main sur le bras de sa femme qui allait se lever une nouvelle fois.

– Laisse donc, nous n'avons pas encore terminé.

Il se servit du vin sans en proposer aux autres convives.

« Il a tendance à boire un peu trop », se dit Valentine, soucieuse.

Même si elle n'était guère portée à l'introspection, elle savait que leur couple n'était pas vraiment heureux. Ludovic l'avait profondément aimée. Valentine, elle, désirait avant tout un enfant.

Après la naissance d'Alexis, elle s'était éloignée de son époux sans s'en rendre compte. Ensuite… il avait été trop tard, le pli était pris.

Elle esquissa un geste vers Ludovic mais, devant son visage crispé, laissa retomber sa main. Tous deux savaient qu'ils avaient laissé passer leur chance de bonheur.

36

1978

Autour d'elle, à perte de vue, le patchwork des champs de lavande, de petit épeautre et des sapinières. Un spectacle dont Valentine ne se lassait pas. L'air, légèrement piquant au petit matin, fleurait bon la lavande. Dans la journée, le jeu de l'ombre et de la lumière ferait chanter les couleurs. Les sens en alerte, Valentine se laissa imprégner de l'odeur magique de la bleue. Chaque été, elle éprouvait le même émerveillement. La floraison était pour elle sa saison préférée.

Elle se mordit les lèvres. Cette année, pour la première fois, son père n'admirerait pas ce qu'il s'était obstiné à appeler soixante ans durant « les lavandes d'Antonia ». Pierre Ferri était mort à la fin de l'hiver, en l'espace de quelques minutes. « Une belle mort », selon sa famille, ses voisins et amis. Valentine, sous le choc, ne s'était pas prononcée. Elle pensait seulement que son père avait eu une belle vie. C'était d'ailleurs ce qu'il lui avait dit, le 1er janvier dernier : « Malgré ces maudites guerres, malgré la mort de mon Antonia, je n'ai pas à me plaindre. » Il avait enveloppé du même regard chargé d'amour sa fille et son petit-fils avant de conclure : « Je vous passe le flambeau, mes enfants. Il est grand temps pour moi de laisser la place. »

Ce jour-là, Valentine avait éprouvé une vive angoisse. Pierre n'était pas homme à révéler ses sentiments. Pressentait-il sa mort prochaine ? Elle avait demandé au docteur Lajeunesse de passer à la Grange sous un prétexte futile. Celui-ci avait examiné l'aïeul et rassuré sa fille. Pierre Ferri, exceptée une tendance à la surdité, se portait fort bien pour un vieux monsieur de quatre-vingt-neuf ans. « Le cœur et les poumons tiennent bon, il commence seulement à porter des lunettes pour lire son journal, que voulez-vous de plus ? » avait-il déclaré à Valentine. Il n'empêchait, elle était demeurée sur le qui-vive.

Elle avait commencé à se rassurer fin février. Le plus dur de l'hiver était passé, Pierre ne tarderait pas à arpenter ses terres en s'aidant d'un bâton pour ne pas avoir à recourir à une canne.

Et puis, cette mort, brutale, était survenue en pleine nuit. Valentine, ayant entendu son père se lever, l'avait rejoint dans le petit salon aménagé derrière la grande salle. Il s'était plaint d'une forte douleur dans le bras et dans la poitrine avant de s'effondrer dans son fauteuil. Cette nuit-là, Valentine avait compris quel rôle son père avait joué dans sa vie.

D'un geste familier, elle passa la main sur le parapet en pierre de la tour des Lumières. Chaque été, elle montait au sommet du vestige, comme pour un pèlerinage. Ses pensées filaient, loin, vers les années de guerre, et Thibaut, son amour perdu.

Elle avait essayé, pourtant, de l'oublier. Rien n'y faisait, elle aurait dû, pour ce faire, quitter la Grange, le pays. Elle en avait été incapable.

– Tu rêvais ?

La voix de Ludovic la fit tressaillir violemment. Furieuse, elle se retourna et lui jeta un regard peu amène. Pourquoi était-il venu bousculer ses souvenirs ?

– Tu montes souvent ici, reprit-il sans paraître remarquer sa mauvaise humeur.

Elle haussa les épaules sans répondre. Que croyait-il donc ? Qu'elle donnait des rendez-vous galants au sommet de la tour ?

Le visage contracté, Ludovic tendit la main vers son épouse.

– Je t'aime tant, Valentine. Je t'ai toujours aimée, mais toi ?

Elle esquissa un sourire désabusé. Que pouvait-elle lui dire ? Qu'elle avait espéré l'aimer ? C'était tout bonnement impossible ! Pourtant, elle ne supportait plus de vivre dans le mensonge.

– Tu viens rêver à lui, n'est-ce pas ? insista Ludovic. On m'a raconté que tu étais folle de lui. Dommage pour toi, il paraît qu'il ne voulait pas d'attaches…

Valentine resta impassible. « Que cherches-tu, Ludovic ? pensa-t-elle. À nous blesser encore un peu plus l'un et l'autre ? »

Elle se sentait triste, infiniment. La dignité de son attitude accentua la vindicte de son mari. La seule femme qu'il ait jamais aimée lui échappait. Elle l'évitait, se couchait bien après lui, sous prétexte de faire les comptes de l'exploitation. Pour elle, il avait abandonné la ferme de son père, était venu vivre à la Grange alors qu'il avait toujours préféré Séderon… Et tout cela pourquoi ? Pour rester un éternel étranger, une « pièce rapportée », née à une dizaine de kilomètres… Son fils et lui n'étaient pas vraiment proches. Alexis était un Ferri, viscéralement attaché à la Grange et à la bleue, et ce même si Ludovic avait tenu à lui donner le prénom d'Alexei, son camarade au stalag de Rhénanie. Le stalag… Tout venait de là ! Il pensait de plus en plus souvent, non pas à Else, mais à l'enfant qu'il lui avait fait. Elle ou il aurait près de trente-cinq ans à présent. Était-il seulement encore en vie ? Le remords empoisonnait Ludovic. Il aurait voulu écrire à la ferme Brüner, tout en sachant que son courrier risquait fort de perturber la famille. On ne se manifeste pas après tout ce temps !

Il avait parfois l'impression que tout irait mieux s'il pouvait se confier à Valentine, sans pour autant s'en sentir le courage. Il ne trouvait pas les mots, estimait qu'il aurait toujours le mauvais rôle.

Avant leur mariage, Valentine avait évoqué son amour pour Thibaut. Ludovic avait gardé un silence prudent. Elle avait aimé ce résistant alors que lui, le prisonnier de guerre, n'avait jamais été amoureux d'Else Brüner. C'était simplement pour lui une bonne fortune. Il avait perdu toutes ces années en Allemagne, en était revenu en pauvre diable, marqué par la dénutrition et l'épuisement, tandis que les FFI et les maquisards étaient, eux, des héros. À croire qu'il avait vraiment manqué de chance.

L'homme et la femme échangèrent un regard perdu. Tous deux avaient conscience d'avoir atteint un point de non-retour, de ne plus pouvoir continuer à vivre sur des non-dits.

– M'as-tu jamais aimé ? insista-t-il. Aimé jusqu'à en perdre le sommeil, à ne vivre que par moi, pour moi ?

Sa voix était vibrante, son visage implorant.

Valentine marqua une hésitation. Elle ne pouvait pas lui mentir et, en même temps, elle ne supportait pas de le voir souffrir.

– Je t'ai aimé, oui, répondit-elle enfin, je t'aime toujours, mais pas avec cette passion dont tu parles si bien. Comment dire ? La passion m'a toujours fait un peu peur.

Ludovic balaya ses arguments d'un geste rageur.

– Ne te fatigue pas, Valentine ! lança-t-il. Au fond de moi, j'ai toujours su ce qu'il en était. J'ai juste essayé de m'illusionner, durant toutes ces années. Et puis j'ai des torts moi aussi. Nous sommes si différents, toi et moi…

Chaque mot que Ludovic prononçait accentuait le sentiment de culpabilité de Valentine. Un élan la poussa vers lui.

– Ludovic, ne réagis pas ainsi, je t'en prie. Je ne veux surtout pas te faire de mal.

Il laissa échapper un rire amer.

– Je crois que c'est déjà fait, non ? Nous nous comporterons en personnes civilisées, comme si cette conversation n'avait jamais eu lieu. Nous avons malheureusement l'habitude de poser un couvercle sur tout ce qui risque d'exploser.

– La faute à qui ? répliqua Valentine avec feu. J'ai essayé, plusieurs fois, d'évoquer avec toi tes années de captivité, en vain.

Ludovic haussa les épaules.

– Il est trop tard, Valentine. Beaucoup trop tard.

Il fit demi-tour et s'engagea dans l'escalier aux marches usées, brisées par endroits. Valentine voulut le rattraper. Elle ne le fit pas pourtant, comme si elle avait conscience du caractère vain de sa démarche. Ludovic et elle avaient accumulé les silences et les rancœurs. Elle avait pensé pouvoir le rendre heureux ; elle n'avait fait de lui qu'un géniteur.

« Il faut payer à présent », se dit-elle.

C'était faux. Elle payait depuis la mort de Thibaut.

La main en visière devant les yeux, Ludovic observa le champ du Huguenot qu'il s'apprêtait à retourner. Il avait reporté ce travail prévu depuis plusieurs jours, sans bien savoir pourquoi. Il se sentait assommé, sous le choc des phrases échangées avec Valentine.

« Un beau constat d'échec », pensa-t-il, désabusé. Sa femme avait mis le doigt sur l'un des aspects du problème, son silence sur ses années de captivité. Pouvait-elle apprendre un jour ce qui s'était passé en Allemagne ? se demanda-t-il avec angoisse. Non, bien sûr, c'était impossible !

Si Else avait voulu le retrouver, elle l'aurait fait depuis longtemps. Leurs deux pays étaient réconciliés, même si certaines blessures restaient à vif. Ludovic n'avait jamais éprouvé le besoin ni le désir de retourner en Allemagne. Il ne parvenait pas non plus à parler de cette période de sa vie, même à Alexis qui aurait aimé en savoir plus.

« Ça ne sert à rien de se verrouiller, mon garçon », lui avait un jour fait remarquer Félix. Ludovic l'avait mal pris. De toute manière, il était toujours sur la défensive en présence du vieux berger. On lui avait raconté qu'il était proche de Thibaut. Décidément, ce type l'obsédait… Il était mort, pourtant, depuis l'été 1944. Félix, lui, s'était éteint peu de temps avant Pierre, l'année de ses quatre-vingt-douze ans. Victime d'une mauvaise chute, il était mort sur le coup, au pied de sa maison. Son chien avait donné l'alerte mais il était trop tard. Valentine avait eu énormément de chagrin.

Ludovic tira sur le démarreur du tracteur, en se disant qu'ils avaient encore oublié de le conduire au garage. La machine avait besoin d'une révision. Le terrain pentu du Huguenot était difficile d'accès. Il s'y reprit à deux fois, en pestant contre sa négligence. Le tracteur eut un hoquet, avant de consentir à démarrer enfin. Soulagé, Ludovic se rasséréna. Valentine avait peut-être raison, après tout. Ils pouvaient continuer à vivre en faisant comme si tout allait bien entre eux. Il était prêt à tout pour garder la femme qu'il aimait.

Le moteur se noya brusquement. Exaspéré, Ludovic sauta à terre. Il souleva le capot mais, n'y connaissant rien en mécanique, dut se résoudre à le refermer. Il s'éloigna de quelques pas, cherchant qui il pourrait appeler à la rescousse. Il trébucha sur une souche, s'effondra sur le sol.

« Décidément ! » se dit-il, éprouvant des élancements terribles dans la cheville gauche. À croire que celle-ci s'était brisée. Il remonta son pantalon, la frictionna, sans effet. Lorsqu'il releva la tête, il vit avec horreur la masse du tracteur qui fonçait sur lui. Il voulut s'enfuir, n'y parvint pas.

Il poussa un hurlement effroyable.

37

La cérémonie paraissait irréelle, presque incongrue, sous le soleil.

« J'ai dix-neuf ans et nous enterrons cet inconnu qui était mon père », songea Alexis. En lui, la colère prenait le pas sur le chagrin. Un stupide accident… Combien de fois n'avait-il pas entendu le papé recommander à son gendre : « Méfie-toi de ce tracteur, il a un côté sournois » ?

Alexis crispa les poings. Debout à côté de sa mère ravagée, il cherchait à comprendre pourquoi ils avaient perdu en si peu de temps et son grand-père et son père. C'était lui qui avait retrouvé Ludovic inerte. Le tracteur, dont le frein à main avait lâché, l'avait écrasé et terminé sa course dans un fossé. Sous le choc, Alexis avait eu un étourdissement.

C'était impossible, s'était-il dit. Il ne pouvait s'agir de son père !

Il avait dû se rendre à l'évidence. Le pouls ne battait plus.

Il avait couru jusqu'à la ferme. Sa mère participait à la cueillette de la lavande. Il avait appelé le docteur Lajeunesse qui lui avait conseillé de joindre les pompiers. Ceux-ci, arrivés rapidement sur les lieux de l'accident, avaient confirmé ce qu'il redoutait : Ludovic avait cessé de vivre. Ensuite, tout s'était déroulé dans une sorte de brouillard.

Il revoyait sa mère, livide, le visage baigné de larmes, il l'entendait organiser les obsèques. Il admirait son sang-froid car lui-même se sentait perdu, incapable de prendre une décision. Depuis le jour de l'accident, Valentine n'avait ni mangé ni dormi. « J'y penserai après », avait-elle répondu à Alexis lorsqu'il lui en avait fait la remarque.

Elle avait tenu bon tout au long de la cérémonie. À présent, face à la tombe béante, il la sentait vaciller. Il lui prit le bras, le serra, pour lui communiquer sa force. Une atmosphère paisible, sereine, baignait le cimetière de Séderon.

Valentine avait respecté la volonté de Ludovic d'être inhumé dans le caveau de sa famille.

« Nous serons encore une fois séparés », pensa-t-elle.

Elle ressentait une peine immense, ainsi qu'une horrible impression de gâchis. Elle savait que, jusqu'à son dernier jour, cette question l'obséderait : Ludovic avait-il commis une imprudence à cause de leur discussion ? Aurait-elle dû lui mentir quant à ses sentiments ? Valentine se sentait coupable.

Elle s'appuya un peu plus sur le bras d'Alexis lorsqu'elle dut répondre aux condoléances de ses voisins et amis. Ludovic était apprécié, même s'il lui était souvent reproché d'être un taiseux. Elle le savait bien, elle qui ne parvenait pas à établir un véritable dialogue avec lui.

Un sanglot noua sa gorge. C'était son époux, le père de son fils, qui reposait là, et elle avait l'impression qu'il était resté pour elle un étranger.

N'y pouvant plus tenir, elle se détourna et s'enfuit sous le regard incrédule des personnes qui s'étaient déplacées pour les soutenir, son fils et elle.

Alexis, un peu perdu, avait invité tout le monde au café. La chaleur avait asséché les gosiers. Les boissons délièrent les langues. Tous s'accordaient à dire que Ludovic avait été profondément marqué par sa captivité en Allemagne.

– Comme si quelque chose le rongeait…, fit remarquer Pascal, un camarade d'enfance.

Alexis l'approuva d'un hochement de tête. Il lui avait été souvent difficile de parler avec son père. Il préférait accompagner son papé à la chasse ou dans ses longues promenades vers les « hauts ». C'était Pierre qui lui avait transmis l'essentiel de ses connaissances, concernant aussi bien les techniques culturales que les bêtes, pas Ludovic.

Et, à cet instant, il en éprouvait un regret diffus.

– La vie continue, murmura Valentine, comme pour elle-même.

Elle se tourna vers Alexis.

– Promets-moi, déclara-t-elle d'une voix vibrante, promets-moi de ne pas te sacrifier pour la Grange. Si tu as d'autres rêves, n'hésite pas, fonce ! Tu vois, ton père est resté là pour moi mais, avec le recul, je pense qu'il avait d'autres aspirations. Lesquelles ? Je n'en sais rien, et cette ignorance me désespère. Aussi, je t'en conjure, ne reste ici que si tu en as vraiment envie. La vie passe trop vite, il ne faut pas la gaspiller.

– Maman…

Alexis lui sourit avec tendresse.

– Ne te fais pas de souci pour moi, reprit-il. Je ne ressemble pas à mon père. La Grange fait partie de moi. C'est notre terre, notre maison, nos racines. Que veux-tu que j'aille faire ailleurs ?

Valentine haussa les épaules. Elle ne trouvait pas les mots pour exprimer ce qu'elle ressentait. Elle avait peur, soudain, pour son fils. Elle ne voulait pas lui imposer une quelconque obligation vis-à-vis de la ferme familiale. Mais, en une seule phrase, il avait affirmé sa différence.

« Je ne ressemble pas à mon père », venait-il de dire.

Elle lui tendit la main, comme s'il s'était agi d'un associé.

– Topons là, mon fils !

Épaule contre épaule, ils contemplèrent les routes de lavande impeccables, comme pour la parade, sous le ciel d'un bleu minéral.

Tous deux savaient que Ludovic n'avait jamais trouvé sa place à la Grange.

« Serai-je capable de faire face ? » se demanda Alexis.

Il avait tenu à accompagner Lola, la bergère tout droit sortie de l'école du Merle de Salon-de-Provence, pour l'estivage.

Il suffirait d'une journée tout au plus pour gagner les terres des « hauts ».

Il se rappelait y être monté, dans l'enfance, avec sa mère et Félix. Le vieux berger lui avait transmis nombre de ses connaissances. Grâce à lui, Alexis savait qu'en s'enduisant les mains d'ail avant la traite des brebis, on éloignait les vipères. De même, l'odeur puissante du bouc faisait fuir les serpents.

Félix lui avait aussi appris à reconnaître les bêtes destinées à la réforme par un moyen infaillible : leur mauvaise dentition.

« Une mer en marche », pensa-t-il, ému, face à la longue écharpe du troupeau, dominée par les cornes des chèvres, les meneuses. Celles-ci connaissaient par cœur le chemin menant à l'alpage et jouaient, à l'occasion, les nourrices pour les agneaux rejetés par leur mère ou les orphelins. Alexis éprouvait une grande tendresse pour ces bêtes à la beauté altière avec leurs cornes en forme de lyre. C'étaient des chèvres du Rove, une race méditerranéenne qui serait originaire de Phénicie.

Alexis suivait en cela la tradition. Il entendait encore Félix lui confier : « Ce que j'ai pu les aimer, mes chevrettes ! Plus encore que les brebis. Elles étaient belles et rebelles. Malignes, avec ça, toujours prêtes à s'échapper pour aller grignoter des feuilles de ronce. » Il pensait souvent à Félix et à son grand-père, plus souvent qu'à son père, même s'il en souffrait.

– Pourquoi as-tu voulu être bergère ? demanda-t-il à Lola.

Elle haussa les épaules. Elle pouvait avoir trente ans, était vive, jolie, avec ses boucles rousses et les taches de rousseur éparpillées sur son visage au teint clair.

– Je ne suis pas une baba cool, tu sais, lui dit-elle, même si je suis allée baguenauder à Woodstock et à San Francisco. J'ai toujours cherché un travail qui me plaise. J'ai été factrice, vendeuse et puis, après avoir travaillé chez des copains dans les Pyrénées, je me suis décidée pour l'école du Merle. Et toi ?

– BTS agricole. De toute façon, je ne quitterai jamais la Grange.

– Jamais, comme tu y vas ! Que feras-tu si tu rencontres le grand amour et qu'elle refuse de vivre par ici ?

Alexis garda le silence quelques secondes de trop.

– Je ne sais pas, répondit-il enfin. Ou plutôt si, ça ne marchera pas si elle n'accepte pas de s'installer ici avec moi.

« Et toi ? reprit-il. Tu comptes faire bergère toute ta vie ?

– Pourquoi pas ? Je suis forte, tu sais. Et douée, paraît-il. Au Merle, nous avons suivi plusieurs stages. Rien ne me rebute. Et puis la liberté, les grands espaces, m'organiser comme je le désire… Ça, ça me plaît !

Elle rit, un brin moqueuse.

– Tu comprends, ma liberté, j'y tiens. Chez nous, on était six. On habitait un deux-pièces à Gennevilliers et j'avais souvent l'impression de me cogner le nez contre les fenêtres. Je rêvais de courir la montagne et, finalement, je faisais des tours de stade. À dix-huit ans, j'ai demandé à être émancipée et j'ai enfin pu vivre à ma guise.

Elle se mit à fredonner *Le Chanteur* de Daniel Balavoine.

Alexis sourit. Il avait soudain l'impression d'être très jeune comparé à Lola. Un gamin… C'était certainement ce qu'elle pensait de lui, d'ailleurs.

Pourtant, le soir venu, après avoir installé son paquetage dans le minuscule abri réservé au berger, elle sut lui faire comprendre qu'elle se laisserait volontiers conter fleurette.

Les sonnailles de pâturage, qui remplaçaient les grosses cloches de transhumance, tintaient au cou des deux cadets, Zinzin et Poulou. Ceux-ci, deux béliers castrés, se différenciaient du reste du troupeau par les pompons colorés ornant leur toison. Trois flocs, pas un de plus. Alexis se rappelait que son père les avait surnommés « les bessons » car ils étaient inséparables.

Il les aimait bien, lui aussi, et comptait sur eux pour jouer le rôle de meneurs.

Les ombres violettes gagnaient du terrain sur les prairies de l'estive. La nuit avait ce caractère grisant des instants fugaces.

– Viens là, fit Lola, tapotant son sac de couchage.

Ils avaient partagé du pain, du saucisson, du fromage de chèvre et de grosses pommes bien croquantes.

Alexis toussota.

– Tu ne vas pas t'ennuyer tout l'été ?

La jeune fille partit d'un rire frais.

– Tu plaisantes ? Tu as pourtant débâté toi-même Duchesse ! J'ai apporté un stock de bouquins, des poches bien sûr, de quoi tricoter une dizaine de pulls et ma guitare. Je suis parée !

Il l'enviait presque. Elle avait choisi de mener une vie libre, sans entraves. Lui-même ne s'en sentait pas capable ; il ne pouvait envisager l'idée de vivre ailleurs qu'à la Grange.

– Et toi ? reprit-elle. Irrémédiablement attaché à la ferme de tes aïeux et à tes champs de lavande ?

Il sourit.

– Ça se voit donc tant que ça ?

– Et comment ! Mais tu es si jeune, aussi. Quel âge ? dix-huit ?

– Vingt ans, corrigea-t-il.

– C'est bien ce que je disais, encore un gamin.

Elle garda le silence plusieurs secondes avant de poursuivre en bâillant :

– Tu viens, je ne vais pas tarder à tomber de sommeil.

L'amour avec Lola était tendre et joyeux. Alexis manquait d'expérience. Il avait bien fréquenté deux ou trois filles pour lesquelles il n'avait même pas éprouvé de coup de cœur, juste un appel des sens mais, avec Lola, c'était différent. Fille libre et libérée, la bergère refusait aussi bien les serments que les grandes déclarations. « Toi et moi, c'est du plaisir partagé, rien d'autre », lui avait-elle dit avant de l'attirer contre elle. Il prit en effet beaucoup de plaisir mais, à la fin de leur étreinte, se sentit de nouveau seul. D'autant que Lola n'était pas femme à s'endormir dans les bras d'un homme.

– Bonsoir, fit-elle en le repoussant gentiment vers son sac de couchage.

Il sortit de la bergerie. Les chiens montaient la garde. Quelques sonnailles tintaient encore. La nuit était douce, le ciel de velours sombre. Alexis prit une longue inspiration. Même s'il éprouvait de l'affection pour Lola, il savait bien qu'il n'y aurait jamais rien de sérieux entre eux deux.

Comment avait-elle dit ? « Du plaisir partagé, rien d'autre. »

C'était tout à fait ça…

38

1983

La neige, tombée en abondance, avait profondément modifié le paysage. Valentine, réfugiée dans la salle, songeait à ce qu'elle venait d'entendre au transistor. Klaus Barbie, qu'on appelait le « Boucher de Lyon », venait d'être arrêté en Bolivie afin d'être extradé vers la France où il serait jugé.

Tant d'années passées… Presque quarante. Mais il lui semblait que c'était hier. Elle se rappelait la voix vibrante de Thibaut, son émotion lorsqu'il lui avait fait part de l'arrestation de Jean Moulin à Caluire.

Après la guerre, elle avait appris qu'un certain Klaus Barbie, chef de la Gestapo de Lyon de 1942 à 1944, était recherché pour crimes de guerre et accusé d'avoir horriblement torturé le chef de la Résistance.

Ludovic fronçait les sourcils lorsqu'il la voyait lire des ouvrages consacrés à la période noire de l'Occupation. « À quoi cela te sert-il de te faire du mal ? lui répétait-il. Cette époque-là est bel et bien révolue, Dieu merci ! » Elle avait souvent eu l'impression qu'il lui dissimulait quelque chose. Il était trop tard, désormais. Elle ignorerait toujours ce qui lui était arrivé en Allemagne. Contrairement à certains autres rescapés, il n'avait jamais voulu y retourner. « Nous avons déjà perdu trop de temps », lui répondait-il en l'attirant contre lui.

Valentine se détourna de la fenêtre avec un petit soupir. Cinq ans après la mort brutale de son époux, elle se sentait toujours coupable de ne pas l'avoir suffisamment aimé.

Alexis était parti tenter de déneiger la route menant à Lachau. C'était presque une obsession pour sa mère depuis son accouchement : dégager les accès. Elle mesurait mieux, avec le temps, combien la Grange était isolée, sans pour autant envisager de s'installer ailleurs.

Le mode de vie avait profondément changé. On n'habitait plus, comme auparavant, à plusieurs générations sous le même toit. Le progrès avait transformé l'existence des femmes. Valentine se rappelait comme sa mère était fière de son fourneau. Elle-même était équipée d'un congélateur, indispensable à la campagne, d'un lave-linge et d'un lave-vaisselle perfectionnés. Pourtant, les jeunes filles restaient persuadées que les conditions de vie étaient bien meilleures en ville. Elles parlaient d'activités culturelles, de maisons des jeunes et de la culture, de cinémas, de magasins…

Certes, la couturière, tout comme le colporteur de jadis, ne les intéressaient pas ! On ne faisait plus faire ses vêtements, on les achetait en ville et cela revenait moins cher… Valentine avait de plus en plus souvent l'impression que toute une époque était en train de disparaître. Les transports en commun se raréfiaient. Sans voiture, il était devenu impossible de se débrouiller alors que, dans les années trente, on se déplaçait à pied ou à vélo sans problème.

« Je vieillis, se dit-elle avec une pointe d'humour. Bientôt, je vais répéter sur tous les tons : "De mon temps." »

Elle avait la certitude que, déjà, plus rien n'était pareil. L'apparition des postes de télévision dans les foyers avait contribué à la disparition des veillées. Les filles étaient parties les premières. Elles ne voulaient pas travailler sept jours sur sept, ni être esclaves de l'exploitation. Esclave... Valentine n'avait jamais eu ce sentiment puisqu'elle aimait cela. Elle aurait détesté se retrouver caissière dans un supermarché ou employée aux écritures dans un bureau ou une administration. Elle avait besoin de liberté, de l'air de ses montagnes, comme du parfum des lavandes. Par honnêteté, cependant, elle abordait de temps à autre ce sujet avec son fils. Alexis secouait la tête d'un air agacé. « Maman ! se récriait-il C'est ma décision, c'est mon choix. » C'était vrai, son fils était profondément attaché à la Grange mais Valentine ne pouvait s'empêcher de se poser des questions.

Trouverait-il une épouse prête à vivre avec lui dans ce qui devenait un désert ? À vingt-quatre ans, ce n'était pas encore un problème, mais... après ?

Exaspérée contre elle-même, Valentine tourna résolument le dos à la fenêtre et rejoignit l'ancien cellier qu'elle avait aménagé en petit bureau.

Chaque fois qu'elle en poussait la porte, elle pensait aux enfants qu'ils y avaient cachés, son père et elle. Elle compta sur ses doigts. Il y avait eu Jonas, Paul, Léah,

Anna et Nina. Chacun d'eux envoyait ses vœux à Valentine, ce qui lui permettait de suivre leur parcours.

Anna comme Paul s'étaient installés en Israël. Léah avait créé une entreprise à Paris, Jonas travaillait à Londres comme cuisinier et Nina vivait aux États-Unis...

Valentine aurait désiré leur demander dans quelle mesure ces années d'errance et d'angoisse avaient influencé leur vie, mais elle n'osait pas le faire, par pudeur et par crainte de les blesser.

Dans son petit bureau, elle éprouva la tentation de planter là les dossiers qui s'accumulaient. Les règles communautaires imposaient des formalités de plus en plus complexes. Valentine avait dû suivre un stage de gestion à la chambre d'agriculture afin de se familiariser avec le carcan administratif.

– Gestionnaire ! soliloqua-t-elle. Si papa voyait ça !

Tant de choses avaient changé depuis la mort de son père et celle de Ludovic. Elle avait l'impression que le monde agricole traversait une mutation décisive au risque d'oublier les valeurs transmises de génération en génération.

La porte d'entrée claqua, la faisant sursauter. Bonnie, la chienne d'Alexis, s'assit sur le seuil du bureau en gémissant.

– File, tu es trempée ! lui ordonna Valentine, riant sous cape.

Elle se leva, alla chercher une vieille serviette et entreprit d'essuyer le ventre et les pattes de la chienne. Toutes deux s'installèrent devant la cheminée. Le spectacle des flammes hautes, le craquement des bûches avaient toujours fasciné Valentine. Elle tendit les mains vers le foyer, les frotta l'une contre l'autre. Il lui semblait se régénérer devant le feu. À cinquante-neuf ans, elle n'attendait plus grand-chose de la vie. Aider son fils, le soutenir, assister à son mariage, à la naissance de ses enfants, tels étaient ses buts, désormais.

Elle croisa ses bras sur sa poitrine tandis qu'un frisson la parcourait.

Et pourtant ! Elle avait toujours des rêves et l'amour de sa terre chevillé à l'âme. Elle se disait qu'elle pourrait refaire sa vie, sans se décider pour autant à franchir le pas. « Refaire sa vie… » Cette expression était d'une telle tristesse !

Alexis entra à son tour dans la maison.

– Il fait glacial, déclara-t-il, la rejoignant devant la cheminée.

Elle l'enveloppa d'un regard empreint d'amour. Grand, bien bâti, elle le trouvait beau – comment aurait-il pu en être autrement ? – avec ses cheveux sombres bouclant sur le front et ses yeux très bleus.

Alexis ne donnait pas l'impression d'avoir conscience de son charme. Il suivait le chemin qu'il avait choisi, sans se préoccuper des autres.

Ils étaient seulement deux de sa génération à être restés au pays. Son service militaire ne l'avait pas détourné de la Grange, bien au contraire.

– Un café ? proposa Valentine.

Tout comme sa mère avant elle, elle avait l'habitude de laisser l'hiver la cafetière sur le fourneau afin de maintenir le café au chaud. Alexis en faisait lui aussi une grande consommation.

Son fils passa la main sur son menton.

– Je veux bien, maman, merci.

Il s'assit à la grande table. Bonnie posa la tête sur son genou. Il la caressa distraitement.

– On ira bientôt à la chasse, promit-il à sa chienne.

Le travail, la chasse... Était-ce une vie pour un garçon de son âge ? se demanda Valentine en versant le breuvage odorant dans une tasse en grès.

Alexis prit deux sucres, tourna la cuiller.

– Tout était bloqué, raconta-t-il à sa mère après avoir bu une gorgée de café brûlant. Plus de un mètre cinquante de neige. Tu as déjà vu ça ?

Valentine esquissa un sourire.

– Eh oui, mon garçon ! Le jour de ta naissance.

Alexis secoua la tête.

– Ça ne te paraît pas loin ?

Le sourire de sa mère s'accentua.

– Je ne suis pas si vieille ! Ton grand-père m'a dit un jour qu'il n'aurait jamais imaginé, durant la guerre de 14, devenir aussi vieux. Tu verras...

– J'ai vingt-quatre ans, maman. Je me sens à la fois très jeune et déjà dépassé. À quoi ça tient...

– Je crois que je comprends ce que tu veux dire, glissa Valentine.

Elle-même avait l'impression d'avoir perdu sa jeunesse à vingt ans, à la mort de Thibaut.

– C'est si compliqué, ajouta-t-elle, en se levant pour retourner dans son bureau.

De nouveau, Alexis eut l'impression d'ignorer beaucoup de choses concernant ses parents.

Au-dehors, la neige tombait toujours.

39

1984

Les abeilles, comme folles, butinaient les lavandes, gênant le travail des coupeurs. Ceux-ci, courbés, entassaient dans un grand sac porté autour du cou les gerbes de tiges fleuries odorantes.

La jeune femme blonde qui s'activait depuis l'aube repoussa son chapeau de paille en arrière, dévoilant des cheveux dorés.

– Pfft ! souffla-t-elle.

Sa camarade sourit.

– C'est dur, n'est-ce pas ? Ma belle, je t'avais prévenue ! Tu n'auras pas volé ton salaire.

– Ce n'est pas une question de travail, protesta la jeune femme. C'est juste…

Elle haussa les épaules, ne trouvant pas le mot qu'elle cherchait. Elle s'exprimait dans un français châtié, avec un délicieux accent britannique.

La chaleur de la fin de la matinée l'accablait. Elle avait l'impression de se trouver sur la pente d'un volcan. Elle inspira une longue goulée d'air et eut encore plus chaud.

– Je ne pourrais jamais vivre ici ! s'écria-t-elle.

Son amie Justine secoua la tête avec impatience.

– Patiente encore quelques minutes ! Nous irons nous reposer sous la sapinière.

– De l'ombre, de l'eau ! reprit la jeune femme crescendo.

Elle taquinait son amie qui l'avait convaincue sans trop de peine de venir travailler avec elle comme coupeuse de lavande. Justine et Jane s'étaient rencontrées à Londres durant un séjour linguistique et, tout naturellement, s'étaient liées d'amitié. Aussi, la jeune Française avait-elle invité son amie anglaise à la rejoindre dans les Baronnies, sa terre natale.

Les routes de lavande, d'une teinte sublime, oscillant entre l'indigo et le violacé, moutonnaient sous le soleil brûlant. « Un océan de lavande », pensa Jane. Ses doigts la démangeaient. Elle crayonnerait quelques esquisses en fin de journée, mais la lumière serait différente.

Autour d'elles, leurs camarades s'activaient. Jane n'avait plus assez de salive pour chantonner.

– Ce n'est pas trop dur, les filles ?

Alexis Ferri se tenait à l'extrémité de « leur » route et souriait aux deux novices. Les autres coupeurs, beaucoup plus expérimentés, semblaient moins souffrir qu'elles de la chaleur.

– Choisissez-vous un galet bien lisse et gardez-le en bouche, leur conseilla-t-il. Vous verrez, vous aurez moins soif au bout d'un certain temps.

– Vraiment ? fit Jane, sans chercher à cacher son scepticisme.

Le lavandiculteur l'impressionnait. Il lui paraissait trop grand, trop sûr de lui. À ses côtés, elle se sentait minuscule avec son mètre soixante-cinq. Ce jour-là, elle portait un short en jean effrangé et un tee-shirt rouge.

Elle ruisselait, avait l'impression d'être aussi rouge qu'une écrevisse et savait qu'elle ne bronzerait pas. Pour protéger sa peau claire, beaucoup trop fragile, elle usait d'une crème écran total qui la faisait ressembler à un Pierrot. Lui était bronzé comme un bohémien.

– Faites attention à vous, lui recommanda-t-il en tournant les talons.

Jane lui tira la langue, ce qui fit pouffer Justine.

– Tu n'es pas chic avec Alexis, lui glissa son amie. C'est quelqu'un de bien, tu sais. Et, manifestement, il s'inquiète pour toi.

Jane fronça les sourcils.

– Je suis assez grande pour me débrouiller seule ! Pour qui me prend-il ? Pour une gamine ?

Le sourire de Justine s'accentua. Elle savait son amie soupe au lait. Jane était farouchement attachée à son indépendance.

– Allons, enchaîna-t-elle, Romain nous fait de grands signes. C'est la pause.

– Enfin !

Jane soupira d'aise et se débarrassa du grand sac en toile de jute qui lui sciait le cou.

Ses épaules et son dos la brûlaient, elle avait horriblement chaud et rêvait de plonger dans une piscine d'eau fraîche.

« Quelle idée j'ai eue de venir ici ! » pensa-t-elle.

Par amitié pour Justine, elle garda cependant sa réflexion pour elle. Ses parents avaient la gentillesse de l'héberger à Lachau. Ils connaissaient bien les fermiers de la Grange. Jane se sentait obligée de rester, même si elle n'avait aucune disposition pour le métier de coupeuse. De plus, elle avait besoin du salaire qu'elle allait gagner.

Son visage s'assombrit. Depuis le divorce de ses parents, survenu trois ans auparavant, plus rien n'était pareil. Son père, écrivain, avait des revenus variables et ne pourrait lui verser cette année qu'une pension minime. Sa mère, remariée à un veuf père de cinq enfants, était au chômage. Jane devait se débrouiller seule pour payer ses coûteuses études au Royal College of Art de Londres. Elle avait travaillé comme baby-sitter, standardiste, hôtesse pour de grandes expositions et faisait aussi quelques ménages.

« Quand j'aurai écrit un best-seller, je t'achèterai un appartement », lui avait juré son père. Jane se disait souvent qu'elle n'avait aucune chance de voir cette promesse se réaliser car son père écrivait des ouvrages ésotériques qui n'intéressaient pas grand monde.

Elle chassa de son esprit cette pensée qui la démoralisait. Jane caressait un rêve, celui de devenir illustratrice pour enfants, et avait résolu de mettre toutes les chances de son côté.

Assise à côté d'elle sur l'herbe jaunie, Justine sortit de la glacière les deux repas préparés par sa mère.

– Voyons, énuméra-t-elle, de la caillette, du pain de campagne à la tomate et aux oignons, des abricots et des pêches.

– Hum !

Il y avait à peine cinq jours que Jane résidait chez les parents de son amie mais elle avait déjà pris goût à la cuisine française.

Toutes deux firent honneur au pique-nique improvisé, arrosé d'eau bien fraîche.

Leurs camarades s'étaient installés à leurs côtés. Leurs gestes se faisaient plus lents tandis qu'ils se restauraient. Une douce torpeur les gagnait et, une fois rangés les reliefs du repas, ils s'allongèrent à l'ombre.

L'air était lourd. Les stridulations des cigales, entêtantes, favorisaient l'endormissement.

« Je devrais aller dessiner », pensa Jane avant de sombrer.

Elle se réveilla la bouche pâteuse, le corps encore courbaturé. Elle avait beau courir deux fois par semaine à Hyde Park, elle n'était pas entraînée à ce travail physique. Les coupeurs les plus âgés avaient déjà regagné leurs routes. Jane se leva, se servit un gobelet d'eau. Justine s'étira.

– Ça fait du bien ! s'écria-t-elle.

Jane la trouva belle, dans le désordre de sa crinière brune emmêlée.

– On y va ?

Les abricots, fraîchement cueillis, fondaient dans la bouche.

– Je n'en ai jamais mangé de meilleurs ! s'exclama Jane.

Le jus coulait dans sa gorge. Une sensation délicieuse, qui lui faisait oublier le dur labeur de coupeuse de lavande. Son dos la faisait encore souffrir même si elle avait acquis de l'endurance. Un hâle doré faisait ressortir ses yeux clairs. Le blond de ses cheveux s'était accentué.

Elle renversa la tête en arrière pour mieux savourer le velouté des fruits.

– Je passerais bien un mois ou deux ici, finalement ! reprit-elle en riant.

Ce disant, son regard filait vers la ferme en contrebas.

– Eh ! s'amusa Justine, c'est pour Alexis que tu dis ça ?

Les joues de la jeune Anglaise s'empourprèrent.

– N'importe quoi ! répliqua-t-elle, agacée.

Toutes deux savaient, pourtant, que Justine avait énoncé une vérité.

Les jeunes gens s'étaient rapprochés durant la coupe. La Grange de Rochebrune était l'une des dernières exploitations où la récolte de la lavande s'effectuait encore à la main, suivant un rituel immuable. Alexis savait qu'il devrait se résoudre bientôt à utiliser une machine de coupe tirée par un tracteur mais il lui semblait qu'une partie de la magie s'évanouirait.

Il envisageait d'ouvrir la distillerie aux touristes et, pour ce faire, devrait respecter les normes pour les locaux accueillant du public.

L'aspect administratif des démarches lui pesait, même s'il savait que c'était désormais indispensable. Il fallait s'accrocher pour vivre de la terre. Alexis avait un seul but, exploiter la Grange, lui permettre de subsister dans une époque toute de bouleversements. « Je croirais entendre ton grand-père », remarquait Valentine lorsqu'il lui faisait part de ses projets. Elle n'ajoutait pas – mais il n'en était pas besoin – que Ludovic ne s'était jamais réellement investi pour la survie de la Grange. Comme s'il avait caressé d'autres rêves... Alexis haussa les épaules. Il avait renoncé depuis un bon moment à cerner la part d'ombre de son père. Il gardait de lui le souvenir d'un homme taciturne et réservé, avec qui il aurait aimé échanger plus longuement.

Le temps leur était compté et tous deux l'ignoraient.

– Expliquez-moi...

Il sursauta, se retourna vers la jeune Anglaise qui contemplait l'un des alambics d'un air perplexe.

– Je peux le photographier ? reprit Jane avec son délicieux accent. Cet hiver, chez moi, je regarderai les photos. Cela me tiendra chaud.

Alexis sourit.

– Bien sûr ! Quant à vous expliquer... Regardez, tout le système repose sur la vapeur d'eau. La chaleur fait éclater les calices de lavande, la vapeur qui remonte emporte avec elle l'huile de la plante. L'ensemble, vapeur d'eau et huile, redescend dans un bac réfrigérant à la base duquel l'essencier recueille l'eau et l'essence. Saviez-vous que pendant la guerre 14-18, on a soigné de très nombreux blessés avec de l'essence de lavande ?

Il parlait, parlait, et Jane le regardait comme s'il lui avait expliqué le ciel, la terre et la vie. Lorsqu'il reprit son souffle, elle glissa :

– Je me demande... Vous voulez bien m'embrasser ?

40

1987

Cette année encore, Alexis avait cherché son nom sur la liste des candidatures pour les travaux saisonniers. Et, profondément déçu, avait murmuré pour lui-même : « Elle ne reviendra jamais ! »

Il avait gardé un souvenir lumineux de l'été 1984. L'été de Jane. Il avait observé la jeune Anglaise avant de se rapprocher d'elle. Jane était vive, gaie, et tous les coupeurs l'appréciaient. Il émanait d'elle une impression de grâce et de douceur.

« Une belle personne », estimait Valentine, tombée elle aussi sous le charme de la jeune fille.

Alexis crispa le poing sur la liasse de papiers à remplir. Sa mère avait été hospitalisée un mois auparavant à Avignon. Une simple mammographie avait révélé une grosseur suspecte. Elle avait subi l'ablation d'un sein, puis des séances de radiothérapie qui se poursuivraient tout le mois de juillet. Valentine avait préféré demeurer sur place plutôt que d'accomplir en VSL un long trajet trois fois par semaine.

Sur le moment, Alexis n'avait pas réalisé la gravité de son état. Il lui fallait parer au plus pressé, reprendre en main la gestion de la ferme. Il n'avait pu se rendre à son chevet aussi souvent qu'il l'aurait désiré, se contentant de lui téléphoner. Valentine affirmait qu'elle se portait bien, qu'elle n'avait besoin de rien. Elle était partie à l'hôpital avec un sac de voyage débordant de livres. C'était tout ce qu'il lui fallait, affirmait-elle.

Connaissant sa passion pour la lecture, Alexis n'avait pas insisté.

Il se promit d'aller lui rendre visite le prochain dimanche. Ce n'était pas une négligence de sa part, il était débordé.

« C'est la dernière année », se dit-il.

Il avait arrêté sa décision : la récolte de 1988 ne se ferait plus manuellement mais de façon mécanisée. Il avait longuement hésité. Ses voisins et concurrents s'étaient tous équipés. Lui, Alexis, avait jusqu'alors eu à cœur de respecter les traditions culturales. C'était un argument, d'ailleurs, pour les « sorties nature » qu'il organisait en partenariat avec plusieurs offices de tourisme.

Tout, à la Grange de Rochebrune, était accompli suivant les méthodes d'antan. Cependant, il se rendait compte qu'il était grand temps de se moderniser. Pour ne pas mourir.

De nouveau, il songea à Jane. Il la revoyait, agitant la main d'un air bravache depuis le marchepied du train. Il l'avait accompagnée à la gare d'Avignon. Il se rappelait le silence pesant dans la camionnette. Lui cherchait les mots susceptibles de la retenir. Elle semblait déjà ailleurs.

Il l'aimait. Pourquoi n'était-il pas parvenu à le lui dire ?

La terre, le pays tout entier fleuraient bon la lavande. Parfum incomparable, qui faisait partie d'Alexis. Jane elle aussi y avait été sensible. Bien qu'elle soit retournée à Londres.

Il referma les classeurs d'un geste rageur. Trois ans auparavant, il n'avait pas mesuré à quel point elle comptait pour lui. Il était encore dans un processus de séduction, fier d'avoir fait craquer une fille comme Jane.

Il avait compris après son départ qu'elle attendait peut-être autre chose qu'il n'était pas encore prêt à lui donner…

Il aurait voulu lui écrire. En se disant : « À quoi bon ? » Elle le lui avait répété à deux reprises : pour elle, les amours de vacances ne comptaient pas. C'était un agréable moment, rien d'autre. « L'amour fait trop souffrir », avait-elle ajouté. Il aurait voulu lui demander d'où lui venait ce désenchantement teinté de cynisme ; il ne l'avait pas fait. Finalement, cette attitude n'était pas pour lui déplaire. Lui aussi rêvait d'autres conquêtes.

Et puis, les yeux clairs de Jane, ses jambes interminables, son corps parfait l'attiraient tant qu'il n'avait pas vraiment envie de parler avec elle. Il préférait la caresser, rouler avec elle dans le grenier à foin ou l'embrasser à perdre le souffle. Il avait envie d'elle dès qu'il l'apercevait. Était-ce de l'amour ? Il n'avait pas cherché aussi loin.

Chaque soirée passée avec elle à guetter l'apparition des étoiles sur le velours sombre du ciel, chaque nuit passée dans les bras l'un de l'autre suffisaient à son bonheur. À croire que le temps des lavandes durerait toute la vie…

Il avait brutalement repris contact avec la réalité le jour où Justine était partie. Elle avait trouvé un travail de baby-sitter à New York. Le rêve qu'elle caressait depuis des années… Elle avait filé, sans même attendre la fin de la récolte. Jane avait souri, indulgente : « Justine a toujours eu envie de s'installer à New York… »

La veille du départ de la jeune Anglaise, ils avaient fait l'amour avec une intensité presque douloureuse. Alexis n'avait rien oublié. Ni les stridulations des cigales, ni l'orage grondant au loin. Il l'avait entraînée dans sa chambre. Il revoyait encore son sourire en découvrant l'ameublement plutôt spartiate. Un lit, une étagère pour chevet, une chaise, des livres… « Pas de chaîne hi-fi ? » s'était étonnée Jane. Alexis avait répondu : « J'ai mon transistor, ça me suffit. » Elle lui avait parlé de Supertramp et de The Police. Des groupes britanniques qu'il connaissait à peine. Il avait mesuré à cet instant le fossé culturel les séparant. Il n'y avait pas vraiment prêté attention cependant. Ils avaient suivi des parcours différents pour mieux se trouver. L'amour avec Jane était empreint de gaieté et de sensualité.

Pourquoi l'avait-il laissée partir ? Par fierté stupide de jeune mâle ? Par crainte d'être repoussé ? Jane pouvait se montrer redoutable lorsqu'il s'agissait de défendre son indépendance. Il avait pensé, le jour de son départ, qu'ils ne devaient pas être faits l'un pour l'autre, que ce devait être le destin… Des phrases toutes faites ne lui ressemblant guère.

Il se redressa. Sa bouche était sèche, son dos douloureux. Il avait du travail par-dessus la tête et il n'aimait pas se plonger dans ce genre d'introspection déprimante.

Jane était retournée en Angleterre trois ans auparavant. Lui, Alexis, éprouvait toujours le même pincement au cœur en écoutant *Roxanne*, la chanson du groupe The Police, mais cela finirait bien par lui passer.

Avec le temps…

41

1994

L'automne était peut-être la saison préférée de Valentine, plus encore depuis qu'elle ne cueillait plus la lavande à la main.

L'air était doux, avec un léger parfum de fumée et d'humus.

Tout en promenant Zach, son berger australien, elle guettait le passage de la factrice. Sandrine, une jeune femme d'une trentaine d'années, distribuait le courrier sur un secteur important au volant de sa fourgonnette. Les temps avaient décidément bien changé, se disait Valentine en évoquant Maurice, le facteur des années trente qui parcourait à pied vingt bons kilomètres chaque jour. Elle n'était pas nostalgique, ni triste. Elle s'efforçait simplement de se remémorer la vie quotidienne de son enfance, par amitié pour Adélaïde. Adélaïde Monier, journaliste au *Dauphiné libéré*, avait en effet entrepris de collecter les « souvenirs des seniors » de la région, comme elle disait. Ils étaient plusieurs à se retrouver dans l'arrière-salle du café de Lachau, chaque jeudi. « Les vieux de la vieille », plaisantait Jean-René, le doyen. Du haut de ses quatre-vingt-neuf ans, il considérait Valentine, jeune septuagénaire, comme une gamine, ce qui les faisait beaucoup rire tous les deux.

La mère d'Alexis prenait du plaisir à ces réunions. Adélaïde lançait un sujet et la dizaine de participants racontaient, cherchant le mot juste, s'amusant à comparer leurs souvenirs, à multiplier les anecdotes. Un témoignage en appelait d'autres ; tous se renvoyaient la balle, faisant revivre leur jeunesse. Valentine appréciait ces jeudis comme autant de récréations.

Certes, elle n'avait pas le temps de s'ennuyer à la Grange mais force lui était de reconnaître que ce n'était plus comme avant.

Les veillées avaient disparu depuis longtemps. On se réunissait encore pour la fête votive qui, si elle attirait un peu de jeunesse, n'était plus aussi recherchée qu'auparavant. Il lui semblait – et elle savait qu'il ne s'agissait pas d'une impression – que la vie avait changé, qu'on recherchait autre chose.

L'inaccessible étoile, comme le chantait Brel dans *La Quête* ?

Valentine n'en était pas certaine. Elle avait beau éviter de recourir à la terrible expression « de mon temps », elle ne pouvait s'empêcher de regretter « le bon vieux temps ». Son fils se moquait d'elle gentiment. « Maman, voyons ! Il faut bien évoluer avec son époque. »

Le sourire de Valentine s'accentua.

Elle reconnut la façon de conduire de Sandrine, qui était aussi pilote de rallye le dimanche. La fourgonnette de la poste grimpa alertement la côte, s'arrêta à sa hauteur.

– De la lecture, Valentine, lui annonça la factrice, en lui tendant les revues auxquelles elle était abonnée.

Animée par la même passion que sa mère, Valentine bataillait pour créer une petite bibliothèque au hameau. À ceux qui lui parlaient de désertification, elle répondait nécessité de partager les livres, de les faire voyager. De plus, l'été, les touristes fréquenteraient le centre de prêt. Cet endroit isolé des Baronnies s'ouvrait peu à peu aux visiteurs de France, de Grande-Bretagne ou de Belgique. La lavande était l'ambassadrice de la vallée ; Valentine l'avait toujours pressenti.

Elle reprit le chemin de la ferme. Zach tirait sur sa laisse. Le jour où Alexis le lui avait offert, elle avait pensé qu'il s'agissait d'un ourson. Zach était une pâte de chien, au pelage – elle, elle disait fourrure – tricolore, noir, blanc, feu, à l'allure pataude, au regard attendrissant. Il avait un seul défaut, il fuguait à intervalles réguliers pour revenir le soir ou le lendemain horriblement crotté. Valentine l'emmenait donc se promener en laisse le plus souvent possible, ce qui lui permettait aussi de se dépenser un peu physiquement. Après son cancer du sein, qui l'avait laissée épuisée sans pour autant l'abattre – au fond d'elle-même, elle n'avait jamais douté de sa guérison ; elle avait encore trop à faire –, elle avait été victime d'un accident de voiture. La rééducation avait été longue et douloureuse.

Curieusement, elle avait moins bien supporté cette épreuve. Elle s'était remise, mais ne pouvait plus skier comme elle aimait à le faire et devait se ménager. Il lui restait la marche, qu'elle pratiquait assidûment.

– Allons, Zach, dit-elle à son chien, on rentre.

Il jappa gaiement.

« La vieille et son chien », pensa Valentine avec une pointe d'autodérision.

Elle ne se sentait pas si âgée, pourtant, et débordait de projets. Elle était même heureuse, à la Grange, sur le domaine qu'elle n'avait jamais quitté.

Elle avait éprouvé un sentiment d'incrédulité, l'été dernier, lors de la célébration de la Libération. Il y avait cinquante ans que Thibaut avait été tué sur la route de Saint-May. Cinquante ans ! alors qu'il lui semblait que c'était hier…

Jusqu'à son dernier jour, elle se demanderait s'il l'avait aimée. Elle esquissa un sourire ému. Thibaut faisait partie d'elle, c'était ainsi, et cette certitude lui avait permis de survivre durant toutes ces années.

Elle essuya ses chaussures boueuses sur le grattoir, poussa la porte. Zach fila jusqu'à son panier, s'y coucha en poussant un profond soupir de bien-être. Dans la salle, Valentine se débarrassa de sa parka et, presque machinalement, alla frotter ses mains l'une contre l'autre devant la cheminée. Elle revint à pas lents vers la table, sur laquelle elle avait posé le courrier à son retour. Une enveloppe retint son attention, alors qu'elle commençait à faire sauter les bandes des revues. Elle portait ce nom : *Yad Vashem*, dont elle avait déjà entendu parler.

– Voyons voir, soliloqua-t-elle.

Ses mains impatientes déchirèrent l'enveloppe. À la différence d'Alexis, elle n'utilisait ni couteau ni coupe-papier. Son fils avait des gestes précis et minutieux, elle avait toujours l'impression de perdre son temps.

L'enveloppe contenait une longue lettre ainsi que deux feuillets annexes.

« Qu'est-ce qui va encore nous arriver ? » se demanda Valentine, inquiète.

Elle dut relire la missive à deux reprises avant de comprendre de quoi il s'agissait. Elle était pressentie pour être déclarée « juste parmi les nations ».

Elle tira à elle une chaise, posa la lettre sur la table et la lissa du plat de la main. Elle avait l'impression que, de nouveau, la guerre la rattrapait.

Elle prit connaissance des documents annexes. Deux de ses protégés avaient donné son nom et son adresse. Lesquels ?

Elle avait la tête vide, sous le choc de l'émotion. Elle fit alors ce qu'elle ne faisait jamais d'ordinaire : elle se servit un petit verre de génépi qu'elle avala d'un trait. En effet, si elle allait cueillir elle-même le génépi vers deux mille mètres d'altitude et confectionnait sa liqueur suivant la recette ancestrale transmise par sa mère, elle n'en buvait pratiquement pas.

Elle se mit à tousser, s'essuya les yeux. « Juste parmi les nations… » Elle n'avait pas le sentiment d'avoir mérité cette distinction en forme de reconnaissance. Son père avait été le premier à recueillir des enfants juifs. Et la Grange de Rochebrune avait été leur refuge. Si elle acceptait, c'était pour Pierre et pour la Grange.

Peut-être pour Thibaut, aussi.

42

2000

Elle effleura d'une main hésitante les minuscules chaussons dont elle ne s'était jamais séparée. C'était tout ce qui lui restait de son enfance, deux petits chaussons tricotés dont le blanc était devenu grisâtre.

Réfugiée dans le jardin d'hiver où elle avait installé son bureau, elle posa les chaussons dans une bourse en daim, reprit la lettre reçue le matin même, en provenance du service international de la Croix-Rouge, situé en Allemagne, à Bad Arolsen. Elle avait cherché à localiser cette adresse sur une carte de l'Allemagne avant de relire la phrase sèche :

Votre mère s'appelle Else Brüner, native de Billingen.

Else Brüner… un état civil allemand. On lui avait assez lancé au visage, à l'école de Nancy : « Fille de Boche ! » Elle serrait les dents, rendait coup pour coup, jusqu'à ce que la punition tombe car c'était forcément elle la coupable. Fille de Boche…

Elle avait encore le goût du sang coulant dans sa bouche. Elle se battait comme un garçon, alors. D'ailleurs, on disait d'elle qu'elle était un garçon manqué, parce que ses cheveux étaient coupés très court. C'était une idée de « mère ». Elle refusait toute coquetterie pour sa fille adoptive, se défiant de son hérédité, comme elle disait, avec un petit claquement de langue chargé de mépris.

On ne l'avait pas frappée mais, d'une certaine manière, cela avait été pire. Une défiance permanente, le rappel constant qu'elle devait une reconnaissance éternelle à ses parents adoptifs… Elle étouffait dans la maison bourgeoise régie par des règles immuables. Celle qu'elle appelait « mère » était une femme d'une quarantaine d'années, toujours bien coiffée et habillée avec soin. Son père, « papa », était plus simple. Il dirigeait une entreprise de transports et manifestait beaucoup de tendresse à l'égard de la petite fille. Par la suite, elle avait appris que c'était lui, Gilbert Sénars, qui avait voulu un enfant. Son épouse étant stérile, ils avaient décidé de recourir à l'adoption.

Mathilde était arrivée chez eux en février 1947. Elle n'avait gardé que fort peu de souvenirs de l'orphelinat. En revanche, elle se rappelait bien la nourrice qui s'était occupée d'elle quand elle avait contracté la varicelle, « maman Louisa », et le chaton blanc avec qui elle jouait sous la table. Elle était heureuse alors.

Bien davantage que chez les Sénars où, pourtant, la nourriture était abondante. Mathilde avait le sentiment de ne pas y être à sa place. « Mère » le lui rappelait régulièrement. « Tu as eu beaucoup de chance de croiser notre chemin, lui disait-elle. Quelle aurait été ton enfance dans un orphelinat ? »

Mathilde avait fait de nombreux cauchemars après avoir lu *Oliver Twist*. C'était à cette période qu'elle avait souffert d'énurésie, ce qui lui avait valu reproches et humiliations. Impossible de se rendre aux invitations de ses camarades d'école ou de ses tantes. « Mère » évoquait son incontinence d'un air dégoûté et Mathilde s'était retrouvée exclue des jeux. La première fois qu'on avait fait la ronde autour d'elle en la traitant de « pisseuse », elle n'avait pu réprimer ses larmes. Par la suite, elle n'avait plus jamais pleuré. En feignant l'indifférence, elle parvenait à désarmer à la longue la cruauté des autres enfants. Même si elle rêvait de les réduire en bouillie. Avec « mère », c'était plus difficile. À croire que celle-ci connaissait à coup sûr le moyen de blesser Mathilde.

Il lui avait fallu plusieurs années de psychanalyse pour se remettre enfin de son enfance. Fillette angoissée, obsédée par la crainte de l'abandon, humiliée et rejetée, Mathilde avait été sauvée par l'école. Là-bas, si elle faisait abstraction des piques des autres élèves, elle était presque heureuse. Et, tout naturellement, elle avait très vite été récompensée de ses efforts. Elle revoyait le sourire paternel le jour de la distribution des prix. Sa mère, elle, ne s'était pas dérangée, ce qui l'avait soulagée.

Mathilde était fière de rendre son père heureux. Elle avait renoncé à donner satisfaction à sa mère. De toute manière, celle-ci trouvait toujours quelque chose à redire.

Elle fit quelques pas vers le jardin. Il était pour elle indissociable de Joffrey. Ce jardin, en terrasses, planté d'oliviers, bordé de touffes de lavande, était l'œuvre de son mari. Que lui conseillerait-il ? se demanda-t-elle. Joffrey l'avait soutenue dans ses recherches, encouragée lorsqu'elle doutait de parvenir à retrouver ses origines. Ils s'étaient rencontrés en première année de faculté et ne s'étaient plus quittés. Joffrey lui apportait tout ce dont elle avait manqué au cours des dix-huit premières années de son existence : l'amour, la tendresse, la confiance. Dans ses bras, elle oubliait les cauchemars.

Naturellement, ils avaient dû attendre la majorité de Mathilde pour se marier et, tout aussi naturellement, les Sénars ne s'étaient pas déplacés pour l'occasion. Elle estimait que cela valait mieux. Elle avait revu son père de loin en loin, mais jamais « mère ». Elle avait pleuré, cependant, le jour où celle-ci était morte. Elle avait pleuré, non sur la femme mûre, enfermée dans son égoïsme, mais sur leur histoire ratée. Et, curieusement, elle était tombée enceinte quelques semaines plus tard. Comme si elle ne s'était pas autorisée à donner la vie tant que sa mère adoptive pouvait la voir, la juger...

Mathilde esquissa un sourire ému. Elle avait gardé un souvenir contrasté de sa grossesse. Joie, émerveillement, amour, mais aussi une horrible angoisse. La crainte de ne pas être à la hauteur, de donner naissance à un enfant porteur d'une hérédité d'autant plus menaçante qu'elle était inconnue. Heureusement, Joffrey la soutenait et la comprenait. « Garde confiance en toi, en nous », lui recommandait-il.

Elle enseignait les mathématiques tandis que lui travaillait comme ingénieur dans une entreprise informatique. Quand on lui demandait pourquoi elle avait choisi cette matière, elle répondait : « Parce que c'est carré. Blanc ou noir, il n'y a qu'une interprétation possible. Ça me plaît. » Joffrey souriait. Ils étaient ensemble, toujours. La naissance de Clément, leur fils, avait encore consolidé leurs liens.

À sa grande surprise, Mathilde s'était révélée une mère attentive et épanouie, tout simplement parce que Clément était en bonne santé. Si elle souffrait encore de crises d'angoisse, elle les taisait avec soin. Elle se voulait une femme comme les autres.

La terrasse de leur maison de Manosque dominait la vieille ville. Elle aimait à contempler le campanile délicatement ouvragé de la porte Soubeyran tout comme la ceinture des boulevards ombragés. Ils avaient choisi de vivre à Manosque, où Clément, qui y avait poursuivi ses études, avait de nombreux amis.

« Le bonheur passe si vite », pensa Mathilde, effleurant de la main le muret de pierres sèches. Elle aurait tant désiré partager la nouvelle avec Joffrey… Mais il était trop tard. Joffrey était mort brutalement l'an passé, d'une attaque cardiaque alors qu'il revenait de son travail, à Cadarache. Tous deux projetaient un voyage au Canada. Joffrey souhaitait partir en préretraite à cinquante-huit ans. Ils étaient heureux…

Mathilde, tournant brusquement les talons, regagna son bureau. Il lui semblait entendre la voix de Joffrey l'inciter à poursuivre sa quête.

« Vas-y ! lui aurait-il dit. Continue ! » Même si elle avait de plus en plus de peine à quitter Manosque, elle devait se rendre en Allemagne. À Billingen exactement. Là où avait vécu cette mystérieuse Else Brüner qui était peut-être sa mère.

43

2000

Habituée au soleil de Haute-Provence, Mathilde marqua une hésitation avant de descendre de sa voiture. Un ciel gris foncé, peu engageant, se chargeait encore davantage vers l'horizon.

« Suis-je vraiment née par ici ? » se demanda-t-elle.

Depuis qu'elle avait reçu la réponse de la Croix-Rouge, elle passait par des phases d'excitation et de désespoir. Bien sûr, durant l'enfance, le terme infamant « fille de Boche » l'avait poursuivie, mais elle n'avait jamais pensé qu'il correspondait à la réalité. Elle-même ne prêtait guère attention à ses cheveux très blonds ni à ses yeux clairs. Elle s'était interrogée à l'adolescence, quand le besoin de connaître ses origines l'avait taraudée, mais ses parents adoptifs avaient fait pression sur elle. « Voyons, Mathilde… C'est comme si tu cherchais à nous renier », lui avait répété son père d'une voix peinée.

Coupable, comme toujours, la jeune fille s'était inclinée.

Pourquoi n'avait-elle pas insisté ? se demanda-t-elle en cherchant à s'orienter sur la place du village. Au fond d'elle-même, elle avait peur de connaître la vérité. Tant qu'elle l'ignorait, elle pouvait encore rêver d'une mère parfaite. La mère, toujours... Comme si le père n'avait pas existé.

On lui indiqua le *Rathaus*, l'hôtel de ville, dans un français parfait.

De nouveau, Mathilde éprouva la tentation de tourner les talons et de fuir. C'était si simple, au fond. Ne pas savoir... À cinquante-six ans, à quoi bon se torturer ? Elle n'avait rien dit à Clément. Son fils achevait son doctorat à Harvard. Étudiant brillant, il était aussi passionné de tennis. Elle l'aimait plus que tout.

Précisément, ce fut l'évocation de Clément qui l'incita à gravir les marches de l'hôtel de ville et à solliciter un entretien avec le bourgmestre. Elle se devait de connaître ses origines pour son fils. Afin qu'il ait l'esprit en paix. Depuis qu'elle était mère, en effet, elle avait vécu dans l'angoisse de lui avoir transmis quelque maladie génétique dont elle-même aurait tout ignoré. Joffrey, malgré tout son amour, ne pouvait pas comprendre ce qu'elle ressentait. Personne, d'ailleurs...

La secrétaire était affable. Elle lui demanda de patienter quelques minutes, le maire ne tarderait pas à la recevoir.

Assise sur une chaise pliante, en face d'une photographie grand format de la forêt du Sauerland, Mathilde tenta, sans succès, de respirer par le ventre comme on le lui avait enseigné à son cours de yoga. Elle se répétait un prénom et un nom. Else Brüner...

Le maire, Ralf Wörz, était un septuagénaire souriant avec qui Mathilde se sentit tout de suite en confiance.

Il l'accueillit de façon fort courtoise, l'écouta sans manifester d'impatience, jusqu'à ce qu'elle mentionne le nom des Brüner. Son visage, alors, se ferma.

– Ah ! fit-il d'une voix indéfinissable.

Mathilde se raidit.

– C'est la seule information dont je dispose, reprit-elle. Il y a si longtemps que je cherche. Je dois…

Il l'interrompit d'un geste de la main.

– Madame, ne soyez pas aussi bouleversée, je vous en prie. La famille Brüner a toujours vécu aux environs de Billingen mais elle s'est éteinte depuis longtemps. La ferme a été léguée à une association, puis transformée en gîte.

– Éteinte ? répéta Mathilde. Vous voulez dire qu'il n'y a plus personne ?

La panique montait en elle. Elle n'allait tout de même pas échouer si près du but.

Le bourgmestre hocha la tête.

– C'est hélas vrai, madame. La guerre… Le vieux Brüner n'avait qu'une fille, qui s'était mariée avec son cousin, un Brüner lui aussi. Il est mort en 1940, je crois. Son petit-fils a disparu durant la bataille de Berlin et on n'a jamais retrouvé la trace de sa fille.

Il paraissait soudain mal à l'aise.

– Sa fille, c'était Else, n'est-ce pas ? Else Brüner ?

Il opina.

– Une brave fille, dure à l'ouvrage et dévouée à son père mais la guerre a dû la perturber. On m'a raconté qu'elle était partie sur les routes en pleine débâcle, au début de l'année 1945. Qui sait ce qui lui est arrivé ?

Il y avait autre chose, Mathilde en était persuadée. Cependant, elle eut beau insister, le bourgmestre ne se montra pas plus disert.

– Tant d'années ont passé, madame. Croyez-moi, mieux vaut oublier cette période.

Elle abattit alors sa dernière carte.

– D'après le service international de la Croix-Rouge, Else Brüner serait ma mère.

Il ne put réprimer un haut-le-cœur et, à cet instant, elle lut dans ses yeux quelque chose qui ressemblait à de la peur.

– Quelle idée ! se récria-t-il. Vous êtes française !

– Les services de Bad Arolsen sont formels. Ma date de naissance, l'arrivée d'un convoi d'enfants en 1946 en Lorraine, tout concorde…

– C'est impossible, reprit-il, comme s'il cherchait à se convaincre lui-même.

En même temps, il l'observait et elle eut l'impression qu'il recherchait une quelconque ressemblance. Mais comment aurait-elle pu en être sûre ? Elle se fondait sur des sensations, des impressions diffuses, alors qu'elle avait besoin de preuves.

Elle serra les mains l'une contre l'autre.

– Je vous en prie, répéta-t-elle. Je ne puis retourner en France avec ces doutes, ces questions. J'ai cinquante-six ans, monsieur. Cela fait près de cinquante-cinq ans que je me demande d'où je viens, qui sont mes parents.

Il poussa un profond soupir avant de se lever.

– Savez-vous, madame, combien de familles ont été disloquées, combien d'enfants ont disparu durant la dernière guerre ? Et je ne parle pas de la Shoah ayant exterminé six millions de Juifs… Je comprends le drame que vous vivez mais je ne puis rien pour vous. Le temps a passé, la ferme Brüner n'existe plus. C'est la vie !

Elle aurait aimé le gifler, mais les principes inculqués par « mère » avaient la vie dure. On se devait de rester courtois en toutes circonstances.

– Adieu, monsieur, déclara-t-elle, se levant à son tour.

Elle avait un goût de cendre dans la bouche.

– Quelqu'un a bien connu la famille Brüner, marmonna Mathilde en suivant le chemin indiqué.

Billingen lui aurait sans doute paru plus belle sous le soleil. Les maisons blanches à colombages, les toits d'ardoises ruisselaient de pluie. Une impression prégnante de mélancolie s'en dégageait.

À qui aurait-elle pu confier son désarroi ? Joffrey et elles avaient formé un couple fusionnel. Elle avait peu d'amis. C'était dans sa nature, comme si elle avait redouté d'être confrontée à un trop grand nombre de personnes. Ils avaient vécu dans une sorte de cocon protecteur, qui leur convenait. Elle mesurait depuis la mort de Joffrey ce que ce choix avait d'artificiel, sans pour autant le regretter.

La pluie cessa brutalement, de façon si soudaine que Mathilde pensa être victime d'une illusion. L'air était frais, chargé d'humidité. Elle cherchait un écho dans sa mémoire. Avait-elle emprunté ce chemin jadis ? Née en 1944, arrivée à l'orphelinat en 1946, elle ne pouvait s'en souvenir. Même si elle aimait Nancy, où elle avait passé son enfance, elle préférait sa Haute-Provence d'élection. Elle était, elle se sentait profondément française et la réponse de la Croix-Rouge l'avait plongée dans un abîme de questions sans réponses.

« Ce doit être ici », se dit-elle.

Le bâtiment principal, blanc à colombages, avait été doté d'un étage supplémentaire. Il ne restait pas d'autres vestiges de ce qui avait été une ferme dans la première moitié du XXe siècle. De coquets chalets entouraient la bâtisse. Sous l'arc-en-ciel, l'ensemble était agréable. La pelouse, très verte, surprit Mathilde, habituée à la sécheresse provençale.

Elle se présenta à l'accueil, sans beaucoup d'espoir. La jeune hôtesse parlait un excellent français mais, comme elle le redoutait, ne pouvait l'aider. Elle venait de Düsseldorf, travaillait à Billingen depuis seulement un an et n'avait jamais entendu parler de la famille Brüner.

– Essayez peut-être du côté de l'église et du cimetière, suggéra-t-elle.

De nouveau, Mathilde hésita. Ne valait-il pas mieux rentrer à Manosque, faire comme si de rien n'était, mettre fin à ses recherches ?

De nouveau, la peur l'étreignit. Peur d'ouvrir la boîte de Pandore, de ne pouvoir revenir en arrière.

Pourtant, elle ne se résigna pas à le faire. Quelque chose la poussait à s'obstiner. Une voix intérieure, la pensée qu'elle décevrait Joffrey si elle ne poursuivait pas sa quête... Et, toujours, ce prénom et ce nom, qui la reliaient à Billingen. Else Brüner.

Elle fut la première surprise de découvrir assez facilement le caveau de la famille Brüner. Elle griffonna sur un carnet les différents prénoms et les dates. Il y avait là un couple, Johann et Liselotte, mort au début des années vingt, une femme, Greta, morte en 1934, un homme, Mathias, mort en 1941, et Werther, qui avait vécu jusqu'en 1952. Figuraient aussi sur la pierre tombale les mentions :

In ERRINERUNG von[1]
Frieda, 1937-1940, Willy, 1930-1945,
Else, 1912-1945, und Mathilde, 1944 -

Elle éprouva un choc si intense qu'elle manqua s'effondrer.

Mathilde... C'était d'elle qu'il s'agissait !

Le vieil homme, le patriarche, Werther Brüner, ignorant ce qu'elle était devenue, avait tenu à faire figurer son prénom et son année de naissance sur le caveau de famille des Brüner. Cette idée l'émouvait, la bouleversait, même, sans pour autant répondre à ses interrogations.

1. « En mémoire de. »

44

Comme souvent, le mois d'avril avait été pluvieux, ce qui inquiétait Alexis.

Valentine s'attendrissait de le voir, chaque matin, ouvrir grande la porte de la Grange et humer l'air, comme leurs chiens.

– Eh bien ? lança-t-elle à son fils.

Il se retourna vers elle, l'embrassa tendrement sur la joue avant de se servir un café.

– Que veux-tu, je crains pour nos fleurs !

Valentine hocha la tête. Elle connaissait l'importance du climat pour les plantations de lavande. Réputée résistante à la sécheresse, elle supportait mal, cependant, les trop longues périodes sans eau. D'autre part, si elle appréciait une certaine humidité, de préférence en juin, juste avant la floraison, point trop n'en fallait ! Et les plantations « à l'humide », installées dans les fonds des vallées, étaient souvent envahies par les mauvaises herbes. L'expérience jouait en faveur des lavandiculteurs.

Alexis, comme sa mère et sa grand-mère avant lui, savait qu'il convenait de privilégier les pentes bien ensoleillées, où le risque de gel était moins important et où l'air froid ne stagnait pas. Il fallait aussi veiller au vent. Si la zone de plantation était mal aérée, la lavande demeurait malingre. Alexis tenait à sauvegarder la réputation d'excellence de la Grange de Rochebrune.

– Tu as la bleue dans le sang, toi aussi, remarqua Valentine.

Le matin, elle se sentait vieille. Ses douleurs ne lui laissaient guère de répit. Ses épaules, ses mains et son dos la faisaient souffrir. Après avoir pris son petit déjeuner et bu un grand bol de café, elle allait déjà un peu mieux. À soixante-seize ans, elle estimait ne pas avoir le droit de se plaindre.

Elle observa discrètement son fils occupé à beurrer ses tartines. Même si elle était un brin partiale, elle le trouvait bel homme. Dehors par tous les temps, il était hâlé en permanence, ce qui faisait ressortir le bleu de ses yeux. Grand, bien bâti, il était séduisant et ce même s'il était peu disert. Habitué à travailler en solitaire, Alexis ne parlait pas à tort et à travers. On l'appelait déjà « le taiseux » alors qu'il fréquentait encore l'école de Lachau. Plus tard, il s'était vite lassé des fêtes votives. S'il appréciait de boire un ou deux verres de bon vin, il ne supportait pas de voir des camarades s'enivrer copieusement. Un accident survenu en 1982 l'avait profondément marqué. Un ancien copain de collège avait repris le volant malgré son état d'ivresse. Alexis avait voulu le retenir, l'empêcher de conduire. Patrick, son aîné d'un an, l'avait assommé d'un coup de poing. On n'avait jamais su ce qui s'était passé. Patrick s'était-il endormi au volant ? Avait-il été victime d'un malaise ? Sa voiture avait foncé sur un petit groupe de jeunes gens rentrant chez eux à pied, les avait fauchés. La tragédie avait fait cinq morts, dont le chauffard. Alexis en avait été malade.

Valentine savait que son fils était hypersensible. Alexis s'intéressait à la poésie et à l'astronomie. Au début du mois d'août, il montait à l'estive afin d'observer les étoiles filantes, durant la nuit des Perséides. Il avait donné plusieurs conférences sur le ciel de Haute-Provence et travaillait avec de petits éditeurs régionaux pour faire connaître sa région. Valentine avait déjà pensé que son fils présentait des points communs avec son vieil ami Félix, le berger amoureux des beaux textes. En revanche, son père, Ludovic, ne prisait guère la lecture. Elle se disait parfois qu'elle ne l'avait pas vraiment connu et en éprouvait toujours comme du remords.

Elle se leva, posa les tasses dans l'évier.

– Laisse-moi faire, dit Alexis.

Elle égrena un joli rire.

– Taratata ! Si tu ne me laisses pas m'activer à ma guise, je vais vraiment me sentir une vieille femme !

– Cette fois, tu racontes n'importe quoi ! protesta Alexis.

Il entourait sa mère d'amour et de tendresse sans parvenir à lui dire à quel point il l'aimait. Les Ferri étaient pudiques.

Il devinait que Valentine rêvait de le voir marié, père de famille. Même si elle ne lui faisait jamais part de ses inquiétudes, elle trouvait certainement qu'il tardait un peu trop à fonder une famille. Valentine savait, aussi, combien la désertification des campagnes avait changé la vie des agriculteurs. Ceux qui étaient restés au pays étaient pour la plupart célibataires. Si, l'été, le soleil attirait des touristes, l'hiver, la solitude se faisait pesante.

Il fallait aimer vivre en contact permanent avec la nature pour tenir.

Dans les années quarante, même pendant la guerre, Prosper, le cinéaste ambulant, présentait des films en plein air. Désormais, on regardait la télévision sans sortir de chez soi. Il n'y avait plus de veillées depuis longtemps et ce même si la voiture avait raccourci les distances.

C'était une autre vie, une autre époque, que Valentine n'était pas sûre de préférer à celle qu'elle avait connue.

Elle aurait voulu susciter les confidences de son fils, mais elle s'imaginait mal lui lancer : « Comptes-tu te marier un jour ? » De son côté, il ne devait guère avoir envie d'aborder ce sujet de conversation. Une fois seulement, il avait murmuré : « Si j'avais un fils... » Et Valentine avait détourné la tête pour ne pas laisser voir son émotion.

La naissance d'Alexis avait constitué un point d'orgue dans sa vie. Il lui avait été plus facile, ensuite, de faire à nouveau des projets. Grâce à son fils, elle avait pu surmonter la perte de Thibaut, même si la souffrance était encore vive, plus de cinquante ans après.

Elle lava les bols et les couverts, sous le regard attentif de Zach.

Alexis, parti répondre au téléphone, revint en coup de vent. Il paraissait contrarié.

– Un contretemps, annonça-t-il à sa mère. Je dois me rendre à Digne. Un colloque sur la lavande, ils ont besoin de professionnels. Le père Lachaume a déclaré forfait, une crise de coliques néphrétiques.

– Le pauvre ! s'apitoya Valentine.

– Oui et ça ne m'arrange pas. Encore une journée gaspillée !

– Ce n'est pas tout à fait vrai, nuança sa mère. Tu te bats pour ta passion.

Son admiration inconditionnelle lui arracha un sourire désenchanté. Certes, il bataillait depuis des lustres pour que les compétences des lavandiculteurs soient reconnues, mais il avait compris que la concurrence de pays comme la Bulgarie ou la Chine serait de plus en plus acharnée. La lavandiculture était devenue un vieux métier en France et, avec d'autres passionnés, il œuvrait pour qu'il perdure. Il désirait aller au-delà de l'aspect touristique.

– Je te fais confiance, mon grand, dit Valentine.

Il se pencha, déposa un baiser sur la joue de sa mère.

Il aurait voulu ajouter quelque chose, ne trouva pas les mots. Aussi, comme trop souvent, garda-t-il le silence.

Le désir de se rendre au Contadour l'avait prise en début d'après-midi, alors qu'elle finissait de préparer son planning d'occupation des gîtes. L'informatique, si elle lui simplifiait la vie, lui donnait parfois des sueurs froides. Une seule fausse manœuvre et elle pouvait perdre une journée de travail. Valentine se rappelait avoir appris à taper à la machine pendant la guerre alors qu'elle aidait son père à tenir la comptabilité de l'exploitation. C'était une époque où l'on pouvait se « débrouiller ». À présent, il fallait des diplômes, des justificatifs. On ne vous laissait plus le temps de faire vos preuves.

Valentine secoua la tête. Elle gara sa voiture sur le bas-côté, près du monument dédié aux résistants, et en descendit. Elle avait oublié depuis longtemps combien le site en imposait. Il restait un peu de neige au fond des combes. Les couleurs profondes des pins, des sapins et des chênes verts formaient un contraste avec les sommets encore couverts de neige. Une impression prégnante de solitude émanait du hameau. Le vent, l'air vif, les murets de pierres sèches évoquaient pour Valentine une atmosphère digne des *Hauts de Hurlevent*. « Au Contadour, on se sent au bout du monde », disait l'ami Félix.

Tout en marchant, Valentine songeait à tous ces jeunes gens venus, dans les années trente, refaire le monde en compagnie de Giono. Ils avaient rêvé de paix et la déclaration de guerre, en septembre 1939, les avait chassés de ce havre.

Elle passa devant une fontaine de transhumance et, de nouveau, pensa à Félix. Pourtant, ce n'était pas le souvenir du berger qu'elle était venue chercher au Contadour, mais bel et bien celui de Thibaut.

Il y aurait cette année cinquante-six ans qu'il était mort et elle ignorait toujours s'il l'avait vraiment aimée. Un rire amer mourut dans sa gorge. Elle avait vécu tout ce temps en ayant le sentiment d'être une survivante, pis, une usurpatrice. Pourtant, elle avait eu un fils, elle avait préservé la Grange et reçu le titre de « juste parmi les nations ».

« Une belle vie », lui disait-on de temps à autre.

Toutes ces années sans le seul homme qu'elle ait vraiment aimé… Elle aurait désiré avoir le courage de se donner la mort, en août 1944. Finalement, elle avait eu le courage de continuer à vivre sans lui.

– Thibaut… Tu me manques tant, souffla-t-elle.

Alors, face aux sommets, dans ce bout du monde qui avait peut-être eu plus d'importance pour l'homme qu'elle aimait que tout le reste, elle poussa un long hurlement, qui s'acheva en sanglot.

45

Au cœur de l'été, alors que la récolte de la lavande battait son plein, la Grange de Rochebrune évoquait une ruche. Certes, Valentine regrettait le temps où les coupeurs gravissaient dès l'aube les flancs de la montagne, l'atmosphère joyeuse et, même, les courbatures qui vous sciaient le dos et les épaules, mais elle aimait aussi faire découvrir aux hôtes de passage les différentes étapes de la lavandiculture. Cette fonction pédagogique, assumée avec le sourire et avec une passion contagieuse, lui donnait le sentiment d'être encore utile. Elle recevait des vacanciers mais aussi des centres aérés. Les questions des enfants la renvoyaient à un passé finalement pas si lointain et elle se réjouissait de les voir s'émerveiller lorsqu'elle leur faisait humer de l'essence de lavande ou leur racontait que celle-ci constituait une véritable panacée aussi bien contre les brûlures, contre les piqûres que contre les rhumatismes.

Elle était si occupée qu'elle ne prêta pas attention à la femme se tenant légèrement en retrait du groupe du troisième âge venu se griser de lavande. Aussi sursauta-t-elle quand celle-ci lui adressa la parole.

– Madame… Vous êtes bien madame Lesage ?

– Oui, dit-elle, vaguement étonnée ; la plupart du temps, on l'appelait « Mme Ferri », ce qui lui convenait fort bien.

Les touristes s'étaient tous dirigés vers la Boutique bleue. Ce petit magasin situé juste à côté de la distillerie était une idée d'Alexis. Ils y vendaient exclusivement des produits de la Grange : huile essentielle, naturellement, mais aussi fuseaux de lavande, sachets de fleurs mondées, bouquets séchés, pâtés à la lavande, miel de lavande…

L'interlocutrice de Valentine était une grande femme aux cheveux blonds. La cinquantaine élégante, elle portait un pantalon blanc et un polo bleu indigo.

Elle ôta ses lunettes de soleil et Valentine éprouva une sensation indéfinissable en découvrant ses yeux bleus très clairs.

– J'aimerais vous parler, reprit l'inconnue.

Elle ajouta :

– Je m'appelle Mathilde et je crois être la fille de votre mari.

Le tilleul avait été planté par le grand-père de son papé Louis. Celui-ci aimait à s'asseoir à son pied durant les longs soirs d'été, et Valentine avait perpétué cette tradition. Aussi entraîna-t-elle la visiteuse sous l'arbre plus que centenaire en lui enjoignant de s'installer à son ombre. Le soleil était encore haut dans le ciel, les cigales stridulaient et le parfum entêtant de la lavande affolait les abeilles. Valentine pensa qu'elle aurait voulu suspendre le temps, ne pas en apprendre davantage, mais c'était bien sûr impossible.

L'inconnue, qui n'en était plus une – était-ce possible qu'elle ait énoncé la vérité ? –, la regardait sans baisser les yeux, même si elle paraissait elle aussi mal à l'aise.

– Je vous écoute, déclara posément Valentine après être allée chercher deux verres, de l'eau bien fraîche et du sirop de violette.

Mathilde marqua une hésitation. C'était une longue histoire… Elle avait pesé le pour et le contre avant de se décider à venir jusqu'à la Grange.

En même temps, il était terriblement important pour elle d'effectuer cette ultime démarche. Pour tenter d'en savoir un peu plus sur son père.

Elle avait failli quitter Billingen après avoir échoué dans ses démarches. Mais, quand elle avait découvert le tombeau de famille des Brüner toujours bien entretenu, elle avait pensé qu'elle disposait peut-être d'une piste et était allée sonner au presbytère. Le prêtre, un vieil homme dur d'oreille, l'avait accueillie avec une certaine défiance. Il l'avait écoutée, cependant, froncé les sourcils, quand elle avait abordé la période du IIIe Reich. « C'est très loin », lui avait-il dit avec mauvaise grâce. Elle comprenait qu'il n'ait pas envie d'en parler mais, lui, pouvait-il comprendre à quel point c'était important pour elle ? Sa vie durant, elle avait recherché ses origines. Elle ne repartirait pas sans réponses. Elle était si émue, si bouleversée, qu'elle mêlait le français et l'allemand, au bord des larmes.

Le prêtre avait levé une main apaisante. « Calmez-vous, je vous en prie, madame, lui avait-il conseillé en français. Si vous me permettez », avait repris le prêtre.

Il l'avait entraînée dans la sacristie, fait asseoir sur une chaise un peu branlante recouverte de velours.

Avec d'infinies précautions, il avait alors tiré une lettre d'un petit meuble à tiroirs. « Nous nous transmettons ce testament de prêtre en prêtre depuis la Seconde Guerre mondiale. Il est pour vous, mon enfant. »

« Je ne veux pas le lire ! » s'était affolée Mathilde. Il lui semblait que, ce faisant, elle aurait eu l'impression de trahir ses parents.

Elle se sentait écartelée. Le prêtre allemand avait insisté. « S'il existe une chance, une seule, de connaître votre histoire, ne la laissez pas passer. Vous le regretteriez. » Elle savait qu'il disait vrai. Elle l'avait remercié, avait glissé la lettre dans son sac et s'était retirée au cimetière pour en prendre connaissance.

Elle s'était assise sur une ardoise brillante de pluie après l'avoir essuyée avec son mouchoir. C'était l'une des rares habitudes que sa mère adoptive lui avait transmises : elle n'utilisait jamais de mouchoirs en papier, mais des mouchoirs de fil de taille imposante. « On dirait Hercule Poirot ! » ironisait son fils à ce propos.

Elle n'avait pas souffert de l'humidité dans le cimetière. Avait-elle seulement eu conscience du monde l'environnant ? Elle lisait et c'étaient un autre monde, une autre époque qui prenaient forme. Elle « voyait » Else Brüner par les yeux de son propre père, Werther. Elle souffrait avec elle de l'euthanasie de la petite Frieda, apprenait la mort du mari d'Else à Brest-Litovsk et, enfin, découvrait ce prisonnier de guerre français aux yeux très bleus. Ludovic Lesage. Werther avait écrit :

> *Ce garçon n'était pas coupable. Ma pauvre Else a vu en lui le moyen d'avoir un autre enfant, pour compenser la disparition de Frieda.*

« Compenser… » Comme le choix de certains mots pouvait se révéler cruel ! C'était donc ce que Mathilde avait représenté ? Une consolation, une réparation face à la barbarie nazie ? Werther Brüner avait raconté que sa fille ne touchait plus terre du jour où elle avait compris qu'elle était enceinte. « Cette enfant a été désirée, attendue, espérée », avait-il écrit, et Mathilde s'était sentie tout à coup réconfortée.

Il n'avait rien caché : le manque d'implication du Français, le dégoût de son petit-fils, Willy, l'incompréhension dans le bourg. Else avait fauté, trahi la doctrine raciale du Reich. Dieu merci, grâce à l'aide d'un ami de son gendre, il avait pu préserver l'honneur de sa fille. Il avait raconté la dérive de Willy choisissant de s'embrigader dans les Jeunesses hitlériennes, puis le retour d'Else, venue reprendre des forces à la ferme avant de repartir pour une nouvelle quête. On lui avait à nouveau enlevé sa petite fille, Mathilde, née dans un *Lebensborn* près d'Aix-la-Chapelle, mais, cette fois, elle ne se laisserait pas faire, elle la retrouverait…

Mathilde leva un visage implorant vers Valentine.

– Imaginez-vous ce que cela peut représenter ? *Lebensborn*… J'ignorais tout de cette histoire.

– Moi aussi, souffla Valentine.

Mathilde esquissa un sourire désenchanté.

– Il s'agissait de maternités, ou de homes d'enfants, conçus dans le délire d'hommes comme Himmler attachés à la sauvegarde de la race aryenne. Le mot *Lebensborn* signifie « fontaine de vie ». J'ai retrouvé durant mes recherches ces phrases prononcées par Himmler qui glacent le sang : « Chaque Germain du meilleur sang que nous amenons en Allemagne est un combattant de plus pour nous et de moins pour l'autre côté. J'ai vraiment l'intention de chercher le sang germain dans le monde entier, de le soustraire et de le voler où je peux[1]. »

Valentine hocha la tête. Elle se sentait soudain très vieille.

– Naturellement, vous êtes blonde aux yeux bleus, déclara-t-elle d'une voix lasse.

– En effet. Comme ces enfants d'à peine un an enlevés en Pologne ou en Tchécoslovaquie. Les critères extérieurs primaient sur tout le reste. Surtout pas de bruns aux yeux foncés, de type « sémite », ou de petits métis !

Valentine avait de la peine à mettre de l'ordre dans ses idées. Ludovic… C'était donc ça son secret, une idylle avec une Allemande plus âgée que lui, ayant déjà beaucoup souffert ?

– Je suis désolée d'être venue vous raconter mon histoire, reprit Mathilde. Votre mari…

1. Extrait d'un discours de 1938.

Valentine soutint fièrement son regard.

– N'ayez aucun scrupule, Ludovic et moi étions seulement amis lorsqu'il a été mobilisé en 1939. Il était donc tout à fait libre. Moi-même, j'ai aimé un résistant. C'était… une époque mouvementée. Nous avions le désir de vivre, vite, comme pour conjurer la mort qui rôdait.

Elle scruta le visage de Mathilde.

– Vous avez ses yeux, bien sûr. Mon Dieu… Je ne trouve pas les mots, personne ne peut imaginer ce que vous avez vécu Vous m'avez dit avoir été adoptée à Nancy ?

Mathilde hocha la tête.

– J'ai effectué de nombreuses recherches en Allemagne comme vous pouvez vous en douter. Devant la progression des Alliés, le Reich a décidé d'évacuer plusieurs *Lebensborn*. Il ne fallait pas laisser de traces mais aussi protéger les nourrissons qui représentaient l'avenir du régime. C'est à ce moment-là que j'ai été arrachée à ma mère. Les autres bébés et moi avons été emmenés, d'abord du côté de Wiesbaden, puis en Bavière, à Steinhöring, la maison mère du *Lebensborn*. C'est là que, le 3 mai 1945, les Américains sont arrivés et ont découvert près de trois cents nourrissons. Ceux-ci ont été transférés peu à peu vers un centre d'accueil des Nations unies. On m'a affirmé que le curé de Steinhöring nous avait tous baptisés avant le départ. Nous avons été recueillis au couvent d'Indersdorf. Durant l'été 1946, avec d'autres enfants portant comme moi un prénom à consonance francophone, on m'a conduite à Tübingen, dans la zone française d'occupation, dirigée par la Croix-Rouge. De là, nouveau transfert, à destination de l'orphelinat de Commercy, cette fois. C'était en août 1946 et, l'année suivante, en 1947, nous avons tous été déclarés nés à Bar-le-Duc.

Son regard se durcit.

– Pour mieux nous intégrer, paraît-il. Pourtant, je ne compte plus le nombre de fois où, pendant l'enfance, on m'a traitée de « fille de Boche » ! Alors que mon père était français…

Valentine, le cœur serré, lui tendit la main. Mathilde, qui n'était déjà plus une inconnue pour elle, aurait pu être la fille de Thibaut. En fait, elle était la demi-sœur d'Alexis et, toute sa vie, elle avait cherché sa vraie famille. Ses démarches le prouvaient amplement.

– Tu vas apprendre à mieux le connaître, lui dit-elle, la tutoyant spontanément.

Il lui semblait désormais comprendre pourquoi Ludovic était si mélancolique, parfois…

46

« Une nuit à l'estive, ça te dirait ? » avait proposé Alexis à Mathilde qui avait accepté sans l'ombre d'une hésitation.

Les questions étaient venues ensuite, alors qu'elle se tournait et se retournait dans son lit trop grand. Devait-elle poursuivre ses relations avec les membres de la famille Lesage-Ferri ? Ne risquait-elle pas de s'attacher à Alexis comme à Valentine et d'être ensuite déçue ? Elle avait songé à demander son avis à Clément, pour finir par y renoncer. Elle n'avait pas à lui faire porter le poids de ses blessures d'enfance. De plus, son fils, depuis les États-Unis, ne pouvait lui être d'un grand secours. L'accueil de Valentine l'avait heureusement surprise, comme un cadeau qu'elle n'aurait pas mérité. Mathilde, en effet, avait gardé de son enfance le sentiment de ne pas être bonne à grand-chose. Sa mère adoptive le lui avait assez souvent répété : « La femme qui t'a mise au monde ne valait rien pour t'abandonner ainsi ! » La petite fille s'était construite malgré tout. Malgré, notamment, cette quasi-certitude : que pouvait-elle attendre de la vie alors que ses propres parents n'avaient pas voulu d'elle ?

Sa rencontre avec Joffrey, leur amour, la naissance de Clément lui avaient permis de se réconcilier un peu avec elle-même. Un peu seulement…

– Tu vois, reprit Alexis, si nous pouvons aussi bien contempler les étoiles par ici, c'est parce que nous n'avons pratiquement pas de pollution lumineuse. C'est l'un des avantages de la désertification rurale.

Il l'avait tutoyée d'emblée, ce qui avait tout de suite mis Mathilde à l'aise. Elle le trouvait séduisant, sympathique et, elle, toujours si réservée, lui avait dit : « Je suis heureuse que nous appartenions à la même famille. » Il avait souri, avant de répondre : « Moi, je ne m'emballe pas comme toi. J'attends de mieux te connaître avant de me prononcer. » Elle avait aimé son sourire qui plissait le contour de ses yeux. Tous deux s'étaient isolés dans le domaine d'Alexis pour tourner les pages des albums familiaux. Lorsqu'il avait aménagé deux gîtes et deux chambres d'hôtes, Alexis avait procédé à une extension de la ferme afin d'avoir sa chambre et sa salle de bains indépendantes. « Une garçonnière », avait commenté sa mère en riant. L'instant d'après, elle s'était rembrunie ; elle s'inquiétait que son fils ne fréquente pas grand monde. Il y avait bien Corinne, une amie d'enfance travaillant à Montbrun, mais Valentine était certaine que son fils n'était pas amoureux d'elle.

De toute manière, il consacrait tout son temps à l'exploitation et ne s'en éloignait que pour participer à des réunions du syndicat. Il n'avait pas vraiment de vie personnelle, encore moins depuis qu'il avait accepté de devenir correspondant pour le quotidien régional.

Il avait remarqué le trouble de Mathilde face à la première photo de Ludovic. Le cliché datait de l'été 1938. Toute la joyeuse équipe des coupeurs de lavande y figurait. Ludovic entourait d'un bras protecteur les épaules de Valentine, alors une adolescente rieuse.

Le contraste avec les photos d'après-guerre était frappant. Le regard de Ludovic s'était fait mélancolique. « J'ai souvent eu l'impression que mon père s'interdisait d'être heureux », avait dit Alexis d'une voix rêveuse. Il avait pressé la main de Mathilde. « Tu sais, je refuse de me sentir coupable. Je n'étais au courant de rien. Mais, franchement, mon père, enfin, notre père, était tout le contraire d'un sale type. Même si les apparences sont contre lui. » Mathilde avait secoué la tête. « Je ne l'ai jamais pensé. Dans sa lettre, mon grand-père insistait bien sur le fait qu'il ne s'était pas mal conduit. Il faudra que tu la lises, d'ailleurs. Il emploie des mots terribles… Else désirait un autre enfant pour compenser la mort de sa petite fille, certainement trisomique. Tu te rends compte ? C'est curieux, avant de connaître la vérité, je me suis souvent interrogée au sujet des « enfants-médicaments », tu sais, ces nouveau-nés capables de sauver leur frère ou leur sœur d'une maladie grave… Finalement, c'est ce que j'ai représenté pour Else. Bien peu de temps, puisque je lui ai été arrachée. » Elle s'était interrompue, avait secoué la tête avant de reprendre : « C'est étrange, non ? Je me confie à toi comme si tu pouvais me comprendre alors que nous nous connaissons depuis si peu de temps… » Alexis lui avait alors fait cette réponse, qu'elle n'oublierait jamais : « Nous n'avons pas besoin de nous connaître. Nous faisons partie de la même famille. »

Elle y songeait de nouveau, en contemplant le ciel parsemé d'étoiles. Les sonnailles des brebis s'agitaient doucement, sans perturber le calme descendu sur l'estive.

– Quand j'ai besoin de faire le point, je monte ici, je passe une nuit à la belle étoile et j'y vois un peu plus clair, lui confia Alexis d'une voix lointaine.

– La solitude ne te pèse pas trop ? osa lui demander Mathilde.

Elle devina son sourire dans l'obscurité. Il avait pris une place importante dans sa vie, se dit-elle, profondément bouleversée.

– J'ai quarante et un ans passés. Je suis célibataire et je n'ai pas l'impression que ça va changer ! L'été, il y a de la vie ici mais, dès les premiers froids, nous nous retrouvons entre nous. Reviens te promener dans le coin l'hiver prochain, tu verras…

– Tu n'as jamais rencontré l'âme sœur ?

Alexis haussa les épaules. Elle perçut son raidissement, comme s'il avait cherché à se protéger et, aussitôt après, elle regretta sa question.

– Je ne voudrais surtout pas me montrer indiscrète, précisa-t-elle.

– Ma pauvre Mathilde ! Si tu savais le nombre de fois où l'on me demande : toujours célibataire ? Ma mère elle-même ne parvient plus à cacher son inquiétude. Elle aimerait être grand-mère. C'est le devenir de la Grange qui la préoccupe. Elle a même tenté de me convaincre de m'inscrire à une agence matrimoniale, sans le moindre succès, naturellement ! Je n'ai pas envie de confier mon avenir sentimental à une sorte de loterie. Sous mon côté abrupt, je rêve du grand amour.

Il se mit à rire.

– Mathilde, tu es redoutable ! Tu réussis, mine de rien, à me faire sortir de ma réserve. Oui, bien sûr, j'aimerais avoir la femme que j'aime à mes côtés mais je ne suis pas le seul à être dans cette situation, bien au contraire ! La désertification n'est pas un vain mot par ici, tu peux me croire et, lorsque des citadins viennent s'installer dans la vallée, ils le font toujours en couple. Je ne me sens pas vieux, non, mais il serait grand temps pour moi d'avoir un enfant.

« La nuit, les confidences sont plus faciles », pensa Mathilde. De nouveau, elle éprouva le besoin de pousser Alexis dans ses retranchements.

– Tu as dit : « J'aimerais avoir la femme que j'aime à mes côtés », et j'ai eu l'impression à ce moment-là que tu songeais à quelqu'un de particulier.

– Quelle idée ! protesta-t-il.

Cependant, tout comme Joffrey, il ne savait pas mentir. Sa réponse sonna faux.

Mathilde esquissa un sourire.

Elle finirait bien par savoir qui était cette inconnue.

47

2006

– Fichue vie ! grommela Alexis en s'essuyant le front.

Dire qu'il avait tout misé sur la lavandiculture depuis des années et qu'il se retrouvait contraint d'arracher près de la moitié de ses parcelles ! À quarante-sept ans, il se sentait dépossédé d'une partie de son existence, exactement comme si toutes ces années consacrées à la bleue avaient été inutiles. Pire, stériles.

Il crispa les mâchoires. Il supportait de plus en plus mal son célibat, avait l'impression d'avoir trimé pour rien. Ses cousins du côté Corré s'étaient établis à Grenoble et dans la région parisienne. L'un travaillait dans l'ingénierie informatique, son cadet dans la publicité. Ils ne s'intéressaient guère à la culture de la lavande, qui ne constituait à leurs yeux qu'une sorte de survivance folklorique. Ce faisant, ils niaient des années d'études et d'expérimentations. Alexis et sa mère n'avaient pas de réels contacts avec eux. Il devinait que, pour eux, il n'était qu'un cousin taciturne vivant retiré sur ses terres. Une véritable image d'Épinal !

Quoique… Solitaire, il l'était bel et bien. La situation s'était aggravée au cours des dernières années. Dès septembre, les magasins fermaient, les touristes disparaissaient. Les étrangers restaient un peu plus longtemps, jusqu'à la fin octobre, alors que l'automne floutait les paysages et que les premières brumes annonçaient les frimas.

La désertification dissuadait les plus âgés de demeurer seuls dans leur vieille demeure. Leurs enfants les incitaient souvent à prendre leurs quartiers dans une maison de retraite. Les rares médecins n'assuraient plus de gardes en fin de semaine. Seul recours, le 15, qui garantissait en cas d'urgence l'envoi d'une équipe médicale du SMUR.

« On naît à l'hôpital, on meurt à l'hôpital, désormais », bougonnait Valentine. Elle avait prévenu son fils : pas question de la déraciner ! À quatre-vingt-deux ans, elle conduisait toujours sa vieille Renault, une R4 fourgonnette, avec laquelle elle se rendait encore à Sisteron ou à Sault. Elle avait pris toutes ses dispositions en cas de gros pépin de santé et contacté l'ADMR, l'Aide à domicile en milieu rural. On lui avait assuré qu'elle pourrait rester chez elle et recevoir des soins biquotidiens. Rassérénée, Valentine n'y avait plus pensé. Tout comme son père avant elle, elle ne songeait pas vraiment à la mort, ou alors comme à une sorte de formalité à laquelle il était impossible de se soustraire.

En revanche, elle refusait de « partir », comme elle disait, avant d'être grand-mère. C'était tout de même un comble ! pensait-elle de plus en plus souvent. À quarante-sept ans, Alexis aurait dû avoir fondé une famille depuis longtemps. Elle connaissait assez son fils pour pressentir que son célibat n'était pas volontaire.

Alexis recherchait le grand amour, celui qui bouleversait votre vie et vous mettait le cœur à l'envers. Valentine n'y croyait plus depuis longtemps.

Ou, à tout le moins, s'était résignée à son destin.

La visite de Mathilde, si elle l'avait profondément émue, n'avait pas suscité sa jalousie. Quand Ludovic avait répondu aux avances d'Else – à moins que ce ne fût le contraire –, Valentine et lui n'étaient pas engagés l'un envers l'autre. D'ailleurs, à l'époque, Valentine aimait Thibaut. Aimer… Qu'est-ce que cela signifiait réellement ? se demandait-elle parfois. Que seraient-ils devenus si la guerre avait épargné l'étudiant en droit ? Elle ne parvenait pas à s'imaginer mariée avec lui, certainement parce que Thibaut n'en avait jamais manifesté le désir mais aussi peut-être à cause du conflit. Leur génération s'était soit mariée très jeune, par besoin de vivre intensément à la Libération, soit perdue dans des rencontres sans lendemain. La guerre les avait tous profondément marqués, de même que le climat de vengeance et d'épuration régnant dès 1945. Il fallait rattraper les années perdues, vivre, vite, pour oublier la torture, les convois de déportés, les trahisons, la faim et la peur. L'existentialisme, le swing, le cinéma américain, le jazz et les romans de Boris Vian reflétaient ce mal-être.

Valentine se rappelait le regard perdu de Ludovic à son retour de Silésie. Il lui avait inspiré quelque chose qu'elle avait pris pour de la tendresse mais qui devait être de la compassion ou, pire encore, de la pitié. Elle, malgré la disparition de Thibaut, était forte. Elle avait son père à ses côtés, se battait pour la Grange et pour la lavande. Ludovic, lui, ne savait plus à qui ou à quoi se raccrocher. Il revenait de l'enfer et ne parvenait pas à en parler. Il désirait seulement oublier. Tout oublier.

Elle avait essayé de l'expliquer à Mathilde, sans savoir si elle y était parvenue. Elle aimait bien Mathilde, qui aurait pu être sa fille. Chaque fois qu'elle évoquait son destin, Valentine serrait les poings. Il lui avait fallu beaucoup de force et de combativité pour résister à la sordide aventure des *Lebensborn*, à l'orphelinat puis à l'angoisse de tout ignorer de ses origines. Valentine aurait voulu la prendre dans ses bras bien qu'elle ne s'en sentît pas le droit. Après sa première visite à la Grange, Mathilde était retournée en Allemagne, mue par le désir de rechercher une nouvelle fois Else. Elle avait consulté des liasses de documents, découvert l'Aktion T4, frémi en lisant ces mots horriblement cyniques : « mort miséricordieuse ».

Elle tenait Valentine et Alexis informés de ses démarches, leur confiait ses espoirs et ses découragements. Elle était retournée à Billingen, avait rencontré une très vieille dame qui lui avait parlé du père Aloys. Ce dernier connaissait bien Werther Brüner. Il était mort depuis longtemps, naturellement, mais il lui restait une petite-nièce à Düsseldorf. C'était peut-être une ultime piste…

« Ma dernière tentative, s'était promis Mathilde. Après, j'arrête. »

Elle se sentait moins seule depuis qu'elle avait contemplé des photographies de son père. « Son père… »

Les mots venaient, spontanément. Alexis lui avait fait reproduire tous les clichés qu'il possédait de Ludovic. Il paraissait être un homme droit ; elle ne lui en voulait pas. Elle aurait simplement aimé comprendre pourquoi cela lui était arrivé à elle.

Mathilde avait retenu peu de chose de Düsseldorf. Des gratte-ciel, des magasins élégants, des galeries d'art… Une ville presque trop moderne pour elle, où il ne semblait pas avoir de place pour les souvenirs.

Mme Mayer, la petite-nièce du père Aloys, habitait un coquet appartement en périphérie.

C'était une vieille dame soignée qui avait dû travailler dans l'enseignement.

Elle avait paru soulagée en apprenant le motif de la visite de Mathilde. « Enfin ! s'écria-t-elle. Je craignais tant de mourir avant d'avoir pu m'acquitter de ma mission ! »

Le père Aloys lui avait confié une enveloppe de papier kraft le mois précédant sa mort, en 1959. Elle la tendit à Mathilde après être allée la chercher dans un secrétaire. « J'espère qu'il ne s'agit pas d'une bombe à retardement, lui dit-elle en souriant. Mon oncle m'a juste fait remarquer ce jour-là que chacun avait le droit de connaître ses racines. » Mathilde s'était enfuie en balbutiant un vague remerciement. Ses racines… Ce droit lui avait été refusé si longtemps !

Elle avait tenu à partager avec son demi-frère les quelques éléments glanés sur Else. Le père Aloys avait conservé la photo d'une jeune femme aux cheveux et aux yeux très clairs, au regard empreint de mélancolie, une autre de la ferme, une troisième d'un vieil homme manchot. Werther Brüner. Voici ce qu'il avait écrit :

> *Else n'est jamais revenue. Elle a dû être balayée par le chaos qui régnait dans notre pays en 1945. Son père l'a longtemps attendue. Un jour, il s'est couché pour mourir. C'était un homme bon, tout comme Else. Le handicap de la petite Frieda n'était pas héréditaire, seulement une malchance. Malchance mortelle dans l'Allemagne nazie.*

Mathilde en avait pleuré. Ce prêtre, le père Aloys, avait pensé à elle, à la rassurer si un jour elle découvrait ces papiers. Une telle sollicitude la bouleversait, elle n'y avait pas été accoutumée. Si elle l'avait su avant la naissance de Clément, elle n'aurait sans doute jamais osé donner la vie, de crainte de reproduire la même histoire.

Elle avait raconté tout cela dans la salle de la Grange, sous le regard bienveillant des Ferri. Il lui fallait un auditoire, comme pour donner une réalité à ce qu'elle avait vécu. Les photos avaient circulé. « Excepté la couleur des cheveux et des yeux, tu ne ressembles pas vraiment à Ludovic ou à Else, avait fait remarquer Alexis. Tu es toi, Mathilde. Quelqu'un de bien. »

Valentine s'essuya les yeux. Chaque fois qu'elle pensait à Mathilde, elle se demandait à qui aurait ressemblé l'enfant de Thibaut, si elle avait eu le bonheur de le porter.

48

2007

Elle s'éloigna de deux pas afin d'avoir un peu de recul. Il y avait longtemps qu'elle n'avait pas fait de portrait, beaucoup trop longtemps certainement, puisqu'elle n'était pas satisfaite du résultat.

Elle avait travaillé très vite, avec Purcell en fond sonore.

Sa chienne, Ginger, poussa un jappement bref. Jane se retourna, sourit à son fils dont la haute silhouette se découpait sur le seuil de son atelier.

Il s'avança vers elle, déposa un baiser léger sur sa joue.

– Ça va, maman ? Oh ! tu écoutes l'*Air du génie du froid* ? Plutôt de circonstance, non ? J'ai toujours aimé la lande sous la neige. Je voulais te dire, je retourne à Londres. J'ai un contact pour un job en Australie.

« Respire ! s'exhorta Jane. Il ne va pas s'envoler tout de suite pour Brisbane ! Et puis, c'est un grand garçon, il va avoir vingt-deux ans cette année. »

Parce qu'elle l'avait élevé seule, elle avait toujours tenu à ne pas étouffer David sous le poids de son affection. Il avait été un enfant facile, amateur de rugby et d'échecs. Il terminait son cursus juridique et cherchait à partir quelques mois en Australie afin d'assouvir sa passion pour le surf avant d'entrer dans la vie active.

– Tu restes à Londres ce soir ? s'enquit-elle d'une voix unie.

Il partageait un appartement avec trois camarades. Ils semblaient bien s'entendre et formaient une bonne équipe.

Il hocha la tête.

– Bien sûr ! Jamie a des places pour un concert de Coldplay. Je te raconterai.

Il s'arrêta devant la toile.

– C'est drôle… J'ai l'impression d'avoir déjà vu cette tête, reprit-il.

« Il y a des moments comme des évidences », pensa Jane. Cette occasion ne se représenterait peut-être pas.

Elle plongea son regard dans les yeux très bleus de David.

– J'ai essayé de réaliser le portrait de ton père de mémoire, déclara-t-elle.

Il y eut un silence. David passa la main dans ses cheveux.

– Ah ! fit-il, visiblement secoué.

Jane ne lui avait jamais caché la vérité. Il était né d'un amour de vacances, elle n'avait pas jugé bon d'en informer son père car elle ne voulait pas s'imposer. Doté d'un caractère optimiste, David ne s'était pas posé trop de questions. Il avait vécu heureux à Haworth, où sa mère s'était installée dans la maison de sa marraine Paula quelques mois avant sa naissance.

Il avait gardé peu de souvenirs de la vieille dame, se rappelant seulement son humour un peu grinçant et ses talents de cuisinière. De son propre aveu, Jane était incapable de préparer un repas convenable. Mais elle excellait dans les salades et la pâtisserie. Il se rappelait les soirées passées à refaire le monde, dans le jardin d'hiver attenant à l'atelier. Les coussins empilés, la théière posée en permanence sur la cuisinière ancienne, la musique, les parfums d'encens et de vanille composaient une atmosphère bohème bien différente de l'univers traditionnel de la plupart de ses camarades. La maison de Jane, toujours ouverte, accueillait aussi bien des poètes que des peintres ou des guitaristes.

Elle travaillait beaucoup, avec plusieurs maisons d'édition. On lui envoyait les textes d'albums pour enfants, qu'elle illustrait. Elle réalisait aussi des affiches de théâtre et des cartes de vœux, qu'elle vendait par l'intermédiaire de son site Internet. David était très fier de sa mère.

Ce matin-là, pourtant, il se sentait perplexe. Certainement à cause de ce quasi-double, sur la toile, qui semblait l'observer.

– J'aimerais bien le rencontrer un jour, déclara-t-il brusquement.

Jane tourna vers lui un visage impénétrable.

– C'est ton choix, David. Tu trouveras ses coordonnées dans mon agenda, à la lettre A, pour Alexis.

Elle était toujours la même, fine, mutine, ses boucles encadrant son visage menu. Ses yeux verts ne se troublèrent pas. Elle portait un jean bleu foncé, un chandail noir et une blouse blanche ouverte.

David éprouva soudain un sentiment d'agacement. Il aurait voulu l'entendre se plaindre d'avoir été abandonnée, raconter ce qui s'était exactement passé, au cours de l'été 1984, en Haute-Provence, tout en sachant que ce n'était pas le genre de sa mère. Tout en étant républicaine, elle avait fait sienne la devise de la famille royale britannique : « *Never explain, never complain*[1]. » Elle avait été élevée dans l'idée qu'il fallait se battre et ne pas faire preuve de faiblesse. Il l'aimait et l'admirait. Profondément.

Il jeta un rapide coup d'œil à sa montre, se détourna.

– Je dois y aller si je ne veux pas rater mon train.

– Bonne chance, David.

Elle lui envoya un baiser du bout des doigts.

Il s'en alla en ayant l'impression d'avoir manqué quelque chose.

Le silence retomba sur l'atelier. Dehors, la neige tombait à nouveau. Jane s'approcha de la grande baie vitrée. « Une hérésie », avait commenté l'entrepreneur lorsqu'elle lui avait fait part de son désir, et elle avait répondu, comme s'il s'était agi d'une évidence : « J'ai besoin de lumière. »

Parfois, même si elle était profondément attachée à cette maison, qui avait été son refuge, elle se disait qu'elle aurait aimé vivre au soleil. Mais la simple idée de déménager lui ôtait tout courage. Elle vivait là depuis

1. « Ne jamais expliquer, ne jamais se plaindre. »

des lustres, elle y avait ses habitudes, quelques amis sur qui elle pouvait compter. À quarante-trois ans, elle n'avait pas vraiment envie de changer de vie. La neige recouvrait les pieds de pois de senteur de Sicile et de bleuets cramoisis. Les deux grands pins écossais qui montaient la garde au coin du garage ne risquaient rien ; ils avaient connu des hivers plus rigoureux. Jane contemplait son jardin, se sentant bizarrement déconnectée de la réalité. Était-ce le fait d'avoir évoqué Alexis avec David ? Elle aurait aimé le revoir.

Elle se disait souvent qu'elle aurait dû l'informer de la naissance de David. Marquée par le divorce houleux de ses parents, par les séparations de plus en plus nombreuses déchirant des couples amis, Jane avait une vision assez négative de l'amour. Elle avait gardé de l'été 1984 passé à la Grange le merveilleux souvenir d'une histoire idéale entre un homme et une femme. Précisément parce qu'Alexis et elle s'étaient aimés follement, cet été-là, Jane pensait que leur relation ne pouvait durer. La confrontation avec le quotidien aurait forcément tout gâché. Ils étaient trop différents.

Soudain, résolue, elle recouvrit la toile d'un drap blanc.

Le pays tout entier embaumait. Le soir, en ôtant ses vêtements, Mathilde avait l'impression que le parfum de la lavande l'imprégnait toute, faisait partie d'elle-même.

C'était devenu une tradition. Chaque année, fin juin, elle prenait la route menant à la Grange pour un rendez-vous d'autant plus important qu'il n'avait jamais été fixé. Elle savait, sans que cela ait été formulé, qu'elle faisait partie de la famille. Grâce à l'affection de Valentine et d'Alexis, elle avait mieux supporté l'éloignement de Clément. C'était dans l'ordre des choses… Son fils approchait de la trentaine. À la fin de ses études, il avait choisi de s'installer dans le Massachusetts. Il travaillait comme chercheur dans une grande entreprise informatique, s'était marié avec Jessica, une délicieuse Américaine agent littéraire. À la fin de l'automne, Mathilde deviendrait grand-mère. Grand-mère ! Cette perspective l'emplissait de joie.

Elle n'avait plus peur cependant. Depuis qu'elle avait retrouvé ses racines, elle se sentait prête. Elle en discutait parfois avec Alexis. Tous deux se racontaient sans fard. Il lui avait fait remarquer un soir : « L'as-tu constaté, toi aussi ? Dans notre histoire, la Grange joue le rôle d'un point fixe. – Ou d'un aimant », avait glissé Mathilde.

Elle-même savait combien il était rassurant de suivre le même chemin que son père, de s'ancrer dans la terre caillouteuse, les pieds enracinés, la tête levée vers le ciel. Elle se sentait à sa place à la Grange.

Au pied de l'alambic, Alexis, torse nu, ne laissait à personne le soin de charger le grand vase de fourchées de paille.

Une bouffée de tendresse submergea Mathilde.

– La récolte sera meilleure, cette année, commenta-t-elle.

Son frère lui sourit.

– Notre combat commence enfin à porter ses fruits ! L'arrachage a permis d'arrêter la progression de ces maudites cicadelles qui propagent le phytoplasme du Stolbur. Tu sais, comme moi, que nous ne pouvons utiliser de pesticides ni d'antibiotiques contre cette bactérie. Je préférerais, d'ailleurs, cesser toute activité plutôt que d'y recourir !

Elle connaissait, pour l'avoir soutenu, son engagement. Alexis travaillait avec des pépinières et des laboratoires agréés en agriculture biologique afin de trouver des variétés tolérantes au phytoplasme et, surtout, des plants sains. Il avait remarqué que, curieusement, certaines variétés de lavande et de lavandin résistaient mieux que d'autres à la maladie. Il convenait cependant d'observer leur comportement à moyen terme. Alexis avait expliqué à sa demi-sœur que les semences étaient toujours indemnes de phytoplasmes. Logiquement, en plantant des pieds sains de lavande, on était assuré d'avoir une nouvelle plantation résistante si le sol avait été désinfecté à la vapeur.

C'était une tâche de longue haleine dans laquelle Alexis recherchait l'exigence à chaque étape. Pour ce faire, il protégeait ses jeunes plants avec des filets anti-insectes et des pièges de couleur jaune donnaient des informations précieuses sur l'état sanitaire des pépinières. Le désherbage se faisait à la main.

Contrôlées par un organisme technique, le CRIEPPAM, et par le Service officiel de contrôle, le SOC, les pépinières bénéficiaient de la certification « plant sain ».

Le conseil général de la Drôme, conscient de l'enjeu, avait décidé d'apporter son soutien financier aux producteurs utilisant des plants sains.

C'était l'espoir d'Alexis. Il bataillait à son niveau pour mobiliser aussi bien les lavandiculteurs que les distillateurs, les apiculteurs, les parfumeurs et les professionnels du tourisme, tous concernés au premier chef par l'avenir de la lavande.

La concurrence des autres pays producteurs, comme la Bulgarie, l'Ukraine, la Chine ou la Moldavie, se faisant âpre, il importait de défendre la qualité et l'authenticité de la lavande provençale.

– Pourrais-tu vivre ailleurs ? questionna brusquement Mathilde.

Il secoua la tête.

– Je ne me pose même pas la question !

L'espace d'un instant, une ombre voila son regard. Il avait envisagé, longtemps auparavant, de tout quitter pour partir à la recherche de Jane, mais avait bien vite chassé cette idée.

Il se redressa, l'air intrigué.

– Tiens, on a de la visite, fit-il.

Un inconnu à la carrure athlétique se dirigeait vers eux. Alexis éprouva une impression curieuse. Sa silhouette, son visage lui étaient vaguement familiers. Mathilde ne put dissimuler sa surprise.

– Un inconnu ? C'est fou comme il te ressemble !

La même idée dut leur traverser l'esprit car le frère et la sœur échangèrent un regard perplexe.

Le visiteur s'arrêta à leur hauteur, salua d'abord Mathilde avant de se tourner vers Alexis.

– Votre mère m'a dit que je vous trouverais ici, déclara-t-il dans un français parfait, avec juste une pointe d'accent britannique.

Il marqua une hésitation.

– Je m'appelle David Wayburn et je suis votre fils.

Instinctivement, Mathilde se rapprocha d'Alexis, dans le désir de le soutenir. Elle se sentait dans un état second, partageant l'émotion palpable des deux hommes et revivant ce qu'elle-même avait traversé.

– Mon fils, répéta Alexis, visiblement sous le choc.

Il ne mettait pas la parole de David en doute, il cherchait simplement à assimiler la nouvelle.

– Jane, reprit-il, vous êtes le fils de Jane…

Et son visage exprima une douleur si profonde que Mathilde eut mal pour lui.

– Pourquoi ne m'a-t-elle rien dit ? souffla-t-il.

49

Il ne voulait pas penser, ni réfléchir. Après avoir passé la soirée et une partie de la nuit à discuter avec David, il avait arrêté sa décision très vite. Sa mère et sa sœur s'étaient éclipsées, il ne savait même pas où. Mathilde avait peut-être emmené Valentine à Manosque.

David et lui avaient parlé, parlé, autour d'une omelette, d'une salade de tomates et de fromage de chèvre, accompagnés d'un petit vin des côtes du Ventoux.

C'était bizarre cette impression de s'être toujours connus, de se découvrir des goûts communs, et cette certitude que vingt-deux années leur manqueraient toujours. Cette nuit-là, Alexis avait compris ce que pouvait avoir ressenti Mathilde tout au long de sa vie.

Le lendemain, David était remonté dans sa Clio de location et avait repris la route de Marseille. Il s'envolerait deux jours plus tard pour l'Australie. Il ne paraissait pas vraiment affecté par cette rencontre avec son père. Il était souriant, séduisant, droit… Jane avait bien élevé leur fils.

Il l'avait appelée au petit matin, alors que le soleil levant argentait les routes de lavande. Il avait éprouvé un pincement au cœur en reconnaissant sa voix légèrement voilée, si semblable à son souvenir. « David est venu me voir, lui avait-il dit. C'est lui qui m'a communiqué ton numéro de portable. » Il l'avait sentie un peu perdue, avait repris : « J'arrive. Il faut qu'on s'explique, toi et moi. »

L'instant d'après, il se disait : « Décidément, je ne sais pas parler aux femmes ! » Les femmes en général, il s'en moquait éperdument. Une seule comptait pour lui. Jane.

Sa mère avait souri lorsqu'il lui avait annoncé son départ pour l'Angleterre. « En pleine saison ? Avec la lavande ? Il faut que tu aies une bonne raison ! – La meilleure du monde », avait-il répondu.

À présent, alors que l'Eurostar entrait dans la gare de Saint-Pancras, les doutes et les angoisses l'assaillaient. Jane et lui ne s'étaient pas revus depuis l'été 1984. Même si David lui avait affirmé que sa mère vivait seule à Haworth, elle n'avait pas de comptes à lui rendre pour tout ce qui concernait sa vie privée.

L'un comme l'autre avaient mené des existences parallèles ; ils n'avaient plus grand-chose en commun avec le jeune couple qui avait vécu un été de passion à la Grange.

Il descendit de l'Eurostar, se mêla à la cohue sous l'immense verrière. Il avait hâte d'arriver dans le Yorkshire.

Les bruyères mauves tapissaient la lande à perte de vue sous un ciel pastel romantique à souhait. Jane se détourna de la baie vitrée et jeta un regard à la pendule. « Je serai là à seize heures », avait promis Alexis.

Pourquoi se le cacher ? Elle avait peur. Peur de le décevoir, peur de ne pas le trouver semblable au souvenir qu'elle avait gardé de lui… C'était pure folie de se revoir vingt-trois ans après. Pourtant, elle n'avait pas cherché à le décourager.

De nouveau, elle regarda le décor si familier. Elle s'y était sentie protégée, en sécurité, durant toutes ces années. Elle s'était consacrée à l'éducation de David et à la peinture. Même si elle avait regretté de ne pas devenir une artiste reconnue comme elle en avait rêvé, son travail d'illustratrice lui avait apporté de nombreuses joies.

« Et maintenant ? » se dit-elle.

Le miroir lui renvoyait l'image familière d'une femme un peu trop pâle. Elle avait tenté de discipliner ses boucles avec les doigts, comme chaque jour, et seulement souligné ses yeux verts d'un soupçon de mascara. Pas de fond de teint, ni de rouge, Jane restait « nature ». Et la visite d'Alexis ne changerait rien à ses habitudes.

Pouvait-on remonter le temps ?

C'est quelqu'un de bien, on dirait.

Le texto envoyé par David l'avait rassérénée. Elle avait tant redouté que le père et le fils ne sympathisent pas !

Ginger, assise à côté d'elle, laissa échapper un bref jappement. Jane courut jusqu'à la porte.

Elle aperçut une Mini grise qui se rangeait le long du muret. Un homme grand, bâti comme David, en descendit. Elle le reconnut tout de suite.

Il hésita avant de tirer sur la chaînette de la cloche.

Ginger se rua sur le portillon du jardin.

Jane entrevit le visage d'Alexis, ses yeux, si semblables à ceux de son fils.

Elle se souvint du jour où elle lui avait demandé : « Vous voulez bien m'embrasser ? » et eut l'impression de humer un parfum de lavande.

Sans plus réfléchir, elle s'élança à sa rencontre.

Collection

« FRANCE DE TOUJOURS ET D'AUJOURD'HUI »

Jean Anglade, *Une vie en rouge et bleu*
Le Dernier de la paroisse
Le Choix d'Auguste
Sylvie Anne, *Le Gantier de Jourgnac*
La Maison du feuillardier
Jean-François Bazin, *Les Raisins bleus*
Le Clos des Monts-Luisants
Le Vin de Bonne-Espérance
Henriette Bernier, *Le Baron des champs*
Jean-Baptiste Bester, *L'Homme de la Clarée*
Françoise Bourdon, *Le Moulin des Sources*
Le Mas des Tilleuls
Édouard Brasey, *Les Lavandières de Brocéliande*
Patrick Breuzé, *Les Remèdes de nos campagnes*
La Valse des nuages
Michel Caffier, *Corne de brume*
La Paille et l'Osier
Anne Courtillé, *La Tentation d'Isabeau*
Le Gaucher du diable
Annie Degroote, *Les Racines du temps*
Jérôme Deliry, *Une rivière trop tranquille*
L'Héritage de Terrefondrée
Raphaël Delpard, *L'Enfant sans étoile*
Pour l'amour de ma terre
Alain Dubos, *La Mémoire du vent*
La Corne de Dieu
Marie-Bernadette Dupuy, *Les Fiancés du Rhin*
Angélina. Les mains de la vie
Élise Fischer, *Les Noces de Marie-Victoire*

Emmanuelle Friedmann, *Le Rêveur des Halles*
La Dynastie des Chevallier
Alain Gandy, *Les Cousins de Saintonge*
Gérard Georges, *Une terre pour demain*
Le Destin des Renardias
Le Bal des conscrits
Georges-Patrick Gleize, *La Fille de la fabrique*
Yves Jacob, *Sous l'ombre des pommiers*
Hélène Legrais, *L'Ermitage du soleil*
Les Héros perdus de Gabrielle
Les Ailes de la tramontane
La Guerre des cousins Buscail
Philippe Lemaire, *Rue de la Côte-Chaude*
L'Enfant des silences
L'Oiseau de passage
Éric Le Nabour, *Retour à Tinténiac*
La Louve de Lorient
Jean-Paul Malaval, *L'Or des Borderies*
Soleil d'octobre
Les Noces de soie
La Villa des térébinthes
Antonin Malroux, *La Promesse des lilas*
La Cascade des loups
La Pierre marquée
Jean-Luc Mousset, *L'Enfant des labours*
Joël Raguénès, *La Maîtresse de Ker-Huella*
Geneviève Senger, *La Maison Vogel*
Jean Siccardi, *La Source de saint Germain*
Le Maître du diamant noir
Jean-Michel Thibaux, *L'Olivier du Diable*
Le Maître des Bastides
Brigitte Varel, *Le Secret des pierres*
Louis-Olivier Vitté, *La Guérisseuse de Peyreforte*

Collection

« ROMAN D'AILLEURS »

Jean Bertolino, *Pour qu'il ne meure jamais*
Jean-Baptiste Bester, *Les Neiges de Toula*
Marie-Bernadette Dupuy, *L'Orpheline des neiges*
Le Rossignol de Val-Jalbert
Éric Le Nabour, *La Dame de Kyoto*
Michel Peyramaure, *Les Villes du silence*
Tempête sur le Mexique
Mourir pour Saragosse
Bernard Simonay, *La Fille de l'île Longue*

ROMANS HORS COLLECTION

Jean-Jacques Antier, *Blanche du Lac*
Le Convoi de l'espoir
Jean-Baptiste Bester, *Le Cocher du Pont-Neuf*
Lucien De Pena, *L'Argent des autres*
Michel Peyramaure, *Les Folies de la duchesse d'Abrantès*
Joël Raguénès, *L'Instinct du prédateur*
Bernard Simonay, *Le Lys et les Ombres*

DOCUMENTS

Jérôme Deliry, *Sept Enfants autour du monde*
Charles Guilhamon, *Sur les traces des chrétiens oubliés*
Frédéric Pons, *Algérie. Le vrai état des lieux*

Photocomposition PCA

Impression réalisée par
CPI Brodard et Taupin
La Flèche

pour le compte des Éditions Calmann-Lévy
31, rue de Fleurus, 75006 Paris
en avril 2013

calmann-lévy s'engage
pour l'environnement en réduisant
l'empreinte carbone de ses livres.
Celle de cet exemplaire est de :
850 g éq. CO_2
Rendez-vous sur
www.calmann-levy-durable.fr

PAPIER À BASE DE
FIBRES CERTIFIÉES

N° d'éditeur : 5186804/01
N° d'imprimeur : 72922
Dépôt légal : avril 2013
Imprimé en France